Le Secret de l'École du Louvre

Le Secret de l'École du Louvre

Anaïs Ripoll

©2019, Anaïs Ripoll

Édition : BoD - Books on Demand,
12/14 rond-point des Champs-Élysées, 75008 Paris, France
Impression : BoD - Books on Demand, Norderstedt, Allemagne

ISBN : 978-2-322-13462-5
Dépôt Légal : Février 2019

Couverture : *Ecole du Louvre, Porte Jaujard*
Crédit Photo : Romain Creusot

Aux années Louvre, et aux meilleures amies qu'elles m'ont données

Paris, 1789

Le bruit affolé des pas sur le dallage ne masquait pas les grondements de la ville en furie. Paris prenait feu de toutes parts, de l'intérieur, son cœur implosait et répandait sa haine, laissant éclater sa rage.
Tant d'églises déjà saccagées, tant de demeures pillées. Non, c'était sûr, il fallait qu'il le mette à l'abri.
Il devait sauver ce secret transmis depuis des siècles à l'élite dont il faisait partie. Le trésor devait continuer à perpétrer son rayonnement. Tant de cœurs nobles y avaient contribué, tant de cœurs purs le recevraient en héritage.
Et qui d'autre que lui, Dominique Vivant-Denon, pour obéir à cette glorieuse mission ? Il savait la valeur d'un patrimoine universel qu'il faut sauvegarder à tout prix.
La folie populaire n'avait plus de limite. Cette fois il le savait, ce n'était pas qu'une révolte. Ils n'auraient aucun scrupule, tout brûlerait, sans discernement.

Il pénétra dans la pièce de marbre glaciale, dominée par les nobles colonnes qui l'écrasaient de leur solennité. Devant lui, le monument se dressait là, perçant l'obscurité, domptant l'espace.
Le tombeau de cet illustre ancêtre, menaçant, figé dans la nuit pour l'éternité. Coysevox en avait sculpté la vie, le mouvement, pour toujours, bravant ainsi la mort que renfermait ce sarcophage. La figure de Mazarin, immortalisée à tout jamais dans le marbre dans un dernier élan de vie, semblait surprise, piégée au dépourvu comme s'il s'apprêtait à sauter de son lit de pierre. Devant, les femmes de bronze, assises en recueillement, accueillaient Dominique Vivant-Denon. Il s'avança, tremblant. Contournant l'illustre tombeau, il se baissa, hésitant. Les bruits se rapprochaient. Les cris, les tirs des canons résonnaient de plus en plus fort, de plus en plus près. Bientôt, les torches éclaireraient l'entrée, réchauffant le marbre glacial.
Il n'avait plus le temps. Il poussa de toutes ses forces sur le

socle, dont la base pivota et s'ouvrit lentement. Il prit son trésor comme un enfant que l'on tire du berceau, avec précaution, une lueur de fol amour dans son regard où dansaient maintenant les braises.

Il allait le mettre en sécurité. Il n'y avait qu'un seul lieu sûr, inconnu de tous sauf de lui, où son trésor réchapperait à la barbarie du soulèvement populaire.

Il sut bientôt que cette folle entreprise avait certainement sauvé son trésor. Car cette nuit-là, rien ne put arrêter la furie humaine, et les cendres de Mazarin furent jetées à la Seine.

1

Rencontres

Paris, 2010

« Les bifaces acheuléens ». Anna interrogea ce livre et le résumé qui en couvrait le dos. Est-ce que ce manuel sur les silex l'aiderait à éclaircir cette première semaine de cours sur l'archéologie de la Préhistoire ? Elle en doutait. L'École du Louvre exigeait un niveau de travail et de connaissances bien supérieur à l'université d'histoire de l'art sur les bancs de laquelle elle était déjà passée.
Elle reposa l'ouvrage, le jugeant trop pointu, et en préféra un autre. Elle s'assit à un bureau de la bibliothèque et commença sa lecture.
La bibliothèque se trouvait au sous-sol de l'École, école elle-même située dans une aile du célèbre musée. Par les grandes fenêtres, on apercevait à l'étage les étudiants qui se pressaient de rentrer en cours. L'ambiance en cette rentrée scolaire était studieuse, seulement perturbée par quelques chuchotements et le bruit sourd des photocopieuses.
Anna sursauta quand un grand sac à main s'écrasa sur le bureau en face du sien. Une jeune fille, très jolie et essoufflée, s'excusa du dérangement. Anna replongea dans sa pénible lecture ponctuée de termes inconnus, mais la demoiselle l'interrompit :
– Excuse-moi, il est bien ce manuel ? J'ai du mal à suivre les cours de Préhistoire, il me faudrait un bon bouquin.
– Je ne sais pas, je viens juste de le commencer, mais je te le prêterai s'il est bien !
Anna lui sourit d'un air encourageant et détailla un peu plus sa nouvelle rencontre. Ce minois ravissant, c'était Marie. Plusieurs têtes s'étaient relevées de leur livre, car il était facile de rester suspendu aux jolis yeux en amande et au nez aquilin de la

jeune fille, que de beaux cheveux châtains impeccables encadraient.

Les étudiants avaient réussi le même concours d'entrée qui leur avait ouvert les portes de la prestigieuse école d'histoire de l'art et archéologie. Les trois années du premier cycle organisaient les cours de manière chronologique. La première année était donc consacrée essentiellement aux époques préhistoriques et antiques. Les pointes de silex n'étaient pas ce qui excitait le plus grand nombre des étudiants, mais il fallait en passer par là. Anna essayait de ne pas juger l'art d'un point de vue évolutif, et s'intéresser autant aux périodes anciennes que modernes. Mais son esprit vif et passionné aimait approfondir uniquement ce qui titillait sa sensibilité et son insatiable curiosité.

– Tu viens d'où avec ce petit accent chantant ? Chuchota Marie.

Ils étaient nombreux ceux qui avaient quitté leur province pour tenter leur chance dans cette école de renom.

– D'Avignon, tu as l'ouïe fine ! À moins que je ne parle comme un film de Marcel Pagnol…

– Haha oui, les cigales et tout !

Marie se mit à rire. Elle se présenta comme parisienne, vivant chez sa mère dans le seizième arrondissement. Sa sophistication répondait avec bonheur au naturel de sa nouvelle amie provinciale.

Anna parla sans retenue de son excitation, son enthousiasme de débarquer dans la Ville Lumière, son angoisse mêlée d'impatience de découvrir les Travaux Dirigés qui avaient lieu dans les musées au plus près des œuvres. Elle évoqua avec légèreté la demi-heure de retard qu'elle avait eu le jour de la rentrée parce qu'elle s'était trompée de sens dans le métro, confia tout ce qu'elle trouvait immense dans la capitale, ô combien elle se sentait petite dans les dédales des ruelles de la ville. Elles partageaient la même reconnaissance et la même fierté d'admirer la pyramide du Louvre, tous les matins, en allant en cours. Elles admirent d'un même chœur que c'était une chance inouïe d'étudier entre ces murs chargés d'histoire.

L'après-midi s'avançait et les filles eurent envie de

monter prendre un café. Anna décida d'emprunter le bouquin qui s'était finalement avéré fort utile. Elle se dirigea vers la banque de prêt pendant que son amie rangeait ses affaires. Elle donna un petit coup sur la sonnette posée sur le comptoir.
Un jeune homme arriva, chemise et pantalon décontractés, négligence calculée, une chevelure envahissante sur son visage plutôt agréable. Il eut un sourire charmeur en découvrant la jeune femme. Celle-ci lui tendit le manuel et sa carte d'étudiante.
– Nouvelle !
– Pardon ?
– Toi, t'es nouvelle ! lui dit-il avec désinvolture et une familiarité qui la surprirent.
– J'ai l'air si perdue que ça ?
– Non, la Préhistoire c'est au programme de première année, tout simplement.
Il fit son plus grand sourire puis se mit à pianoter sur son logiciel. Il s'amusa un moment à regarder la photo d'Anna sur sa carte étudiante. Celle-ci commençait à s'agacer. Il devait s'ennuyer pas mal et avoir une certaine assurance pour aborder ainsi les étudiantes.
– L'accent, c'est Marseille ? Les calanques et tout ?
Anna n'était à Paris que depuis une semaine mais avait déjà justifié les « e » et les « in » qui traînaient en fin de phrases une bonne dizaine de fois. Peut-être devait-elle faire une annonce générale pour qu'on ne lui pose plus la question. Provocateur et visiblement en manque d'occupation, il lança :
– Ça va les silex, pas trop l'angoisse ? Accroche-toi parce qu'il y a un certain pourcentage d'élèves qui retape la première année. Je m'appelle Oscar. J'ai été élève ici, je bosse à la bibliothèque et en même temps je prépare le concours de conservateur.
Il avait l'air plutôt certain qu'il dirigerait un jour le plus célèbre musée du monde. Anna lui arracha sa carte des mains, fit un sourire diplomatique en guise de remerciement, et retrouva son amie. Elles se dirigèrent vers la sortie.
– Qu'est-ce qu'il est lourd le bibliothécaire, souffla-t-elle.

– Mais plutôt mignon, devina Marie par-dessus son épaule.

La cafétéria se résumait à quelques tables et trois distributeurs de café et friandises. Elle était sommaire, mais il y résonnait une ambiance beaucoup plus animée et conviviale qu'à la bibliothèque. Les élèves de première année avaient la plupart de leurs cours dans l'amphithéâtre Rohan qui se trouvait côté rue Rivoli. Mais l'espace administratif, la cafétéria, la bibliothèque et certaines salles de cours se trouvaient dans l'aile du Louvre qui longe la Seine. La Porte des Lions accueillait, monumentale, nos petits nouveaux de première année, intimidés et déboussolés.
Les deux filles arrivaient en papotant, et alors qu'elles cherchaient du regard une table libre, elles remarquèrent une petite blonde qui reniflait et se mouchait discrètement. Elles s'interrogèrent du regard et s'accordèrent tacitement à aborder leur camarade. Celle-ci se sentit honteuse, surprise dans son moment d'abandon.
– Ce n'est rien, désolée, il y a de la place, si vous voulez vous asseoir.
Les filles acceptèrent l'invitation.
– Tu es en première année aussi ? Demanda Marie.
– Oui, renifla la petite blonde. Mais je débarque de ma province, je suis complètement dépassée ! La ville est immense, les cours sont super durs.
– Je te comprends, dit Anna amicalement, j'ai mis trois jours à comprendre la différence entre un métro et un RER. Tu viens d'où ?
– Du côté de Montpellier.
– Merveilleux, une consœur sudiste ! Ça va aller ! On fera bientôt des carences de vitamine D à cause du climat, mais on restera soudées !
Elle réussit à faire sourire la jeune fille, qui se prénommait Virginie. Petite, elle avait des cheveux blonds très fins coupés au carré, de petits yeux azuréens et un nez fin et court. Avec son teint de neige et son air vulnérable, on aurait dit un oiseau tombé du nid.

– J'ai dix-huit ans, je viens d'avoir mon bac et je n'avais jamais quitté la maison familiale, dit-elle comme pour justifier son moment de faiblesse.

Elle fut prise d'une petite quinte d'asthme et sortit son inhalateur pour en calmer les premiers effets.

– Allez, on va se requinquer avec un bon café ! Dit Anna en se levant prestement.

Enthousiaste, elle se dirigea vers le distributeur, fit la manœuvre et prit les trois gobelets de café. Mais en se retournant, elle percuta une grande brune dont elle macula complètement le chemisier. Il y eut une seconde suspendue, Anna attendant la réaction de sa victime. Celle-ci éclata de rire :

– Allez, je t'en paye un autre, c'est ma tournée ! J'ai piqué cette chemise à ma sœur, elle va me tuer, mais ça pimentera notre colocation !

– Je suis vraiment désolée, balbutia Anna.

– T'inquiète ! Ah, je vois que tu as une table, allons-y. Salut les filles, moi c'est Dorothée !

Les présentations se firent autour du café fumant. La grande brune à la voix portante c'était donc Dorothée, sa bonne humeur contagieuse réussit même à contaminer la petite Virginie.

– Haut les cœurs, on a vingt ans, on est à Paris, on va conquérir le monde ! Au fait, dit-elle sans transition, transportée par son excitation, je vous propose qu'on se mette dans le même groupe pour les Travaux Dirigés. Ce sera plus sympa !

Elles comparèrent leurs disponibilités et réussirent à trouver un groupe commun pour les cours en petit comité qui se déroulaient dans les musées. Le lendemain, elles commençaient d'ailleurs leur premier TD d'art égyptien au musée du Louvre.

Les quatre amies et une dizaine d'autres élèves attendaient leur professeur, dans le brouhaha du musée du Louvre. Bousculées de toutes parts par les touristes, elles s'impatientaient, prêtes à dégainer leur bloc-notes pour en apprendre plus sur l'archéologie du Nil.

Anna discutait gaiement avec ses nouvelles copines, quand elle vit s'avancer un jeune homme vers son groupe. Preste, il fit sauter son sac de son épaule, rangea le casque de musique qu'il avait sur les oreilles, mit un stylo entre ses lèvres fines et dégaina sa carte d'étudiant. C'était comme si Anna avait été frappée par la foudre. Elle ne bougeait plus, figée.

Le jeune homme remarqua l'étudiante qui le dévisageait et il lui fit un sourire de salutation. Comme réveillée, elle réalisa qu'il l'avait surprise en train de le détailler, et rougit jusqu'au cuir chevelu.

Le professeur arriva à ce moment-là. Grand, maigre, un peu voûté, il portait des lunettes devant un regard éteint.

– Je sens que ça va être passionnant, ironisa Dorothée.

– Bonjour, je suis Sébastien Tardieu, votre professeur de TD en archéologie égyptienne. Avant de commencer, je dois faire signer une feuille de présence à un certain Mathieu…

– C'est moi ! Bonjour.

C'est le garçon qu'Anna avait remarqué qui s'avança, à l'aise, pour signer la mystérieuse feuille. Un discret piercing à l'arcade éclairait un regard vif, son sourire qu'Anna jugeait renversant était souligné d'un bouc clair. Anna ne le quittait pas des yeux, inconsciente de ne pas être très discrète.

– Allô, ici la Terre, plaisanta Dorothée. Coup de foudre annoncé sur la planète Louvre.

– Il s'est perdu celui-là ? S'étonna Marie. Avec son look de skateur, il n'a pas le profil type de l'étudiant de l'EDL[1].

– Bien, allons-y, annonça mollement le professeur qui ouvrit la marche vers les salles égyptiennes.

Il s'arrêta devant la carte géographique du pays pour faire son introduction. Sa voix faiblarde se perdait dans le brouhaha de la salle. Placide, il récitait son discours, sans conviction. Les filles devaient vraiment faire un effort pour tendre l'oreille et entendre son exposé. Virginie décrochait déjà, gagnée par l'ennui. Un flash violent la réveilla. C'était un touriste Japonais,

---

[1] École du Louvre

qui la salua d'un grand sourire.
– Il m'a prise pour la momie du Louvre ? S'agaça la jeune fille.
Le cours commença bien sûr chronologiquement avec l'étude des premiers bas-reliefs retrouvés dans les tombes, et le professeur s'attarda un moment sur le couteau de Gebel-el-Arak, dont le manche était sculpté d'une scène de combat entre un homme et des animaux. Dorothée ne manquait pas un mot qui sortait de la bouche de Sébastien Tardieu et prit des notes assidues.
– Excusez-moi, interrompit-elle. Vous avez dit que c'était de l'ivoire ou de l'os ?
– De l'ivoire évidemment !
Ce n'était pas le professeur qui avait répondu, et Dorothée dut baisser la tête pour découvrir qui avait prononcé la phrase d'un ton prétentieux. Il était brun, petit, vêtu d'un costume comme s'il travaillait dans une banque. Il portait un attaché-case, une bouche pincée et des sourcils en accent circonflexe qui lui donnaient un air pédant assez horripilant. Dorothée aurait pu écraser ce nabot d'un coup sur la tête, mais elle se retint. Marie fit une grimace en découvrant le personnage. De près, il avait un gros grain de beauté sur une joue et était, à vrai dire, plutôt ringard dans son costard. Mais la jeune Marie était d'un naturel profondément bon, un brin naïf. Elle essayait toujours de ne pas juger les gens et de rester aimable. L'éducation qu'elle avait reçue lui avait par ailleurs enseigné l'art d'afficher un sourire poli, façade et parade de toutes les situations ennuyeuses.

À la fin du cours, les filles prirent la précaution de refaire un tour de salle pour se remémorer les images des objets étudiés. Marie se concentrait, seule devant la vitrine du couteau de Gebel-el-Arak.
– Époque de Nagada..., Récita Marie pour enregistrer l'information.
– Nagada trois, plus précisément.
Elle leva les yeux. Le gnome en costume lui adressait un sourire qu'il pensait ravageur.
– Je m'appelle Thomas.
– Enchantée, je m'appelle Marie.

– Faux ! dit-il en pointant un index poilu sur elle. Tu t'appelles Marie-Charlotte, je l'ai vu sur ta carte.

Les filles, qui n'avaient pas perdu une miette de la conversation, durent réprimer un fou rire.

– Heu, en effet, mais c'est un peu plus sympa de dire Marie, bredouilla cette dernière.

– Je continuerai à t'appeler Marie-Charlotte, avec ton autorisation.

Déstabilisée, elle balbutia quelque chose, mais il la coupa :

– Marie-Charlotte, est-ce que je peux t'inviter au restaurant ?

Elle écarquilla ses yeux amandes comme deux papillons en éclosion. Prise au dépourvu, elle bafouilla :

– Je n'ai pas faim, merci.

– Charmante ! dit-il en riant. Évidemment, il est dix-sept heures. Je disais cela pour une prochaine fois.

Coincée, elle accepta à contrecœur. Ravi et sûr de son effet, il lança son écharpe trop grande autour de son cou et s'éloigna, son attaché-case au bout des doigts. Thomas avait été attiré comme une mouche par Marie-Charlotte. La jeune fille dégageait en effet une certaine élégance et une beauté douce émanait de ses traits harmonieux, à la manière d'une de ces créatures de Botticelli.

– Qu'est-ce qu'il voulait le nain de jardin ? Arriva Dorothée.

– M'inviter à dîner, dit Marie avec gêne.

– Tu as dit non j'espère… Marie-Charlotte ? Intervint Anna avec un sourire malicieux.

Leur amie ne sut que répondre, dépassée. Elles éclatèrent de rire.

– Vous êtes moqueuses, se défendit Marie. Il a l'air bien élevé, c'est certainement un gentleman.

– On dirait un satyre ! Éclata Anna. Vous savez, la créature mi-homme mi-bête, dans les Bacchanales, qui boit du vin et drague les nymphes à longueur de temps.

Les filles admirent la ressemblance avec l'énergumène de leur classe et ne manquèrent pas d'accabler de moqueries leur amie dépitée.

– Tu faisais moins la maline quand le *bad boy* du Louvre a

débarqué dans le groupe, interrompit Dorothée à l'intention d'Anna.
À l'évocation de Mathieu, la jeune fille avoua, vaincue :
– Je n'ai pas réussi à prendre une seule note de tout le cours. Ma scolarité est fichue.

Le lendemain, elles avaient un cours magistral en amphithéâtre. Elles s'étaient retrouvées devant l'entrée, en avance. Dorothée tenait un café chaud dans ses mains.
– Prêtes pour l'archéologie du Néolithique ?
Des mines peu convaincues furent sa seule réponse.
– Tiens Anna, regarde qui voilà, dit Virginie en assenant un petit coup de coude à son amie.
C'était Mathieu qui débarquait, pimpant, et qui allait saluer un collègue. Il s'aperçut qu'Anna le regardait, et, surpris, il lui fit un geste de la tête. Anna se ratatina et tourna la tête instinctivement.
Le flot d'élèves commençait à pénétrer dans l'amphithéâtre. Alors qu'elles prenaient place, l'obscurité se fit. Avant que le cours ne débute, quelqu'un que les filles avaient déjà vu s'avança sur l'estrade et s'empara du micro. Une voix chevrotante appela au silence général. C'était Geneviève Tardieu, la codirectrice de l'École.
– Bonjour à tous et à toutes.
Marie analysa le look de Madame Tardieu. Enveloppée dans son grand châle, elle portait des lunettes et ses cheveux étaient coiffés d'un éternel chignon gris sur le sommet de sa tête, dans l'indifférence des jours et des saisons.
– Mais, quel âge elle a, Mamie Nova ? Interrogea Dorothée.
Ses amies s'esclaffèrent. Il n'en fallait pas plus pour que la directrice soit rebaptisée. Anna repensa au professeur d'archéologie égyptienne, Sébastien. Il s'appelait également Tardieu. Elle s'efforça de leur trouver un air de ressemblance, comme pour deviner un lien de parenté.
– J'espère que les premières semaines de cours se passent bien et que vous prenez vos marques. Je suis toujours un peu émue par les élèves de première année. J'étais sur ces bancs bien

avant vous, déclara-t-elle avec une pointe d'émotion.
– Dans les années vingt ? Souffla Dorothée pour faire rire ses copines.
– Je ne saurais trop vous recommander de vous tenir au courant de l'actualité artistique, de visiter et prendre en notes toutes les expositions tout au long de l'année. Une importante rétrospective sur le peintre Raphaël aura d'ailleurs lieu en janvier au musée du Louvre.
Les filles se réjouissaient d'avance de cette exposition qui mettrait en lumière l'œuvre du Maître de la Renaissance.
– Je vais passer la parole à Luc, président du Bureau des Élèves, afin qu'il vous présente l'association.
C'est un jeune homme au look décontracté, qui marchait sur son pantalon trop long, qui traversa l'estrade. Les filles ne manquèrent pas d'étudier son physique intéressant. Il avait des cheveux bruns beaucoup trop longs, plusieurs piercings à une oreille, une écharpe à franges sur son tee-shirt de rockeur. Il prit le micro :
– Heu, salut !
Le micro grinça horriblement et on dut se couvrir les oreilles.
– Désolé, dit-il en souriant, dévoilant ainsi un petit écartement dentaire synonyme de bonheur.
On ne savait pas s'il était craquant ou ridicule. Il avait une manière de s'exprimer un peu bête, mais plutôt amusante.
– Attention, Pirate prend les commandes du navire, lança Marie.
Décidément très en forme, ses copines saluèrent ce nouveau sobriquet.
– Je m'appelle Luc, avec mes collègues, on s'occupe du BDE. On est chargé d'organiser de super soirées mais aussi de soutenir les intérêts des élèves. Alors si vous avez besoin d'un conseil, de demander quelque chose à la direction par notre intermédiaire, n'hésitez pas. Le bureau est à droite au fond du couloir de l'aile Jaujard. Ah, et on a une règle, celui qui frappe à la porte du BDE doit amener des bières.
Il rit de sa propre blague, mais Mamie Nova protesta et voulut reprendre le micro.

– Intéressant ce Pirate, approuva Marie.
Virginie n'avait rien dit, légèrement troublée par le personnage.
– Enfin, je voulais vous signaler que nous avons monté une chorale ainsi qu'un club de théâtre. Laissez libre cours à vos talents artistiques et venez rejoindre nos troupes !
Luc fut remercié et retourna s'asseoir. Mamie Nova fit encore quelques recommandations et laissa nos quatre héroïnes aux mains et aux griffes du professeur d'archéologie de la Préhistoire.

Il s'était révélé nécessaire après ce cours d'aller travailler à la bibliothèque, et les filles riaient beaucoup moins devant la masse de travail à abattre. Elles prirent place autour d'une table et commencèrent leurs approfondissements. Elles étaient concentrées quand Virginie sortit Anna de sa lecture :
– Pssst !
D'un geste du menton, elle lui signala la présence de Mathieu. Debout devant une étagère, son casque de musique sur la tête, il cherchait visiblement un livre, et se balançait au rythme de ses écouteurs sans s'en apercevoir.
– Va lui parler, la secoua Virginie.
– T'es folle ! Chut, laisse-moi travailler.
Mais c'était trop tard, Anna ne pouvait plus s'empêcher de lever la tête dans sa direction toutes les trente secondes.
– Tu comptes relire la première page de ton livre encore combien de fois ? S'amusa Dorothée.
– Il se dirige vers les photocopieuses, renseigna Virginie.
Mais Anna restait clouée à sa chaise, ses jambes n'étant plus irriguées par son sang.
– Tiens, va me photocopier ça en trois exemplaires, lui ordonna Marie en lui tendant la bibliographie du cours précédent.
Il fallut encore cinq minutes aux jeunes filles pour convaincre Anna de décoller de sa chaise. Celle-ci avança à reculons, poussée par les encouragements de ses amies. Enfin, elle respira un grand coup, prit un livre au hasard sur une étagère et rejoignit Mathieu à la photocopieuse.
Il leva la tête et lui sourit :

– Tu peux photocopier avant moi si tu veux, proposa-t-il. J'en ai pour longtemps, je veux photocopier tout ce livre.
– Mais, on n'a pas le droit de photocopier un livre entier, dit bêtement Anna en regardant le mot d'interdiction accroché au mur.
Mathieu haussa les épaules :
– Il coûte super cher, alors… Tu fais quoi comme option ?
Chaque élève devait choisir un cours de spécialité qu'il suivrait et approfondirait tout au long du cycle de trois ans.
– Art moderne, dit-elle. Et toi ?
– Tableaux anciens. Mais en fait, mon péché mignon, c'est la numismatique.
Anna se demandait si c'était un sport ou un dessert, mais heureusement, avant qu'elle ne demande, il précisa :
– Je m'intéresse aux pièces de monnaie anciennes.
Surprenant ! L'habit ne faisait pas le moine, et Anna pressentit qu'elle irait de surprise en surprise avec lui.
– Et toi, tu lis quoi ? Demanda-t-il.
Catastrophe ! Elle avait pris un livre au hasard et n'en avait pas la moindre idée. Elle le retourna car il était à l'envers, et lut :
– « L'architecture Napolitaine rococo du dix-huitième siècle ».
– C'est pas au programme, s'étonna Mathieu.
Se sentant en détresse, elle improvisa :
– Je lis ça le soir, pour me détendre.
Il haussa les épaules, amusé, car il avait démasqué sa démarche :
– Chacun son truc.
Elle rougit :
– Il faut que je travaille un peu ma répartie…
– J'aime bien ton petit accent du Sud en revanche.
Il sourit. Elle décolla du sol.
– Bon, se reprit-elle. Comment on photocopie ça en trois exemplaires ?
Il se pencha au-dessus d'elle et cliqua sur un bouton.
– Il suffit d'appuyer sur « 3 ».

Les cours avaient commencé depuis plus d'un mois, les

étudiants prenaient leurs marques et gagnaient en confiance, malgré le rythme de travail soutenu imposé par la difficulté des cours, le nombre de dates à retenir et le peu de temps pour faire des recherches.

Mais les filles étaient ravies de ce début d'année et s'accordaient à dire, confiantes, que réussir ce concours était la meilleure chose qui leur soit arrivée. Se rencontrer, la seconde. En effet une forte complicité s'était nouée très tôt entre ces quatre tempéraments aussi différents que complémentaires.

Solidaires dans l'adversité, elles se prêtaient leurs notes, échangeaient leurs bouquins, s'organisaient des sessions de révisions devant les œuvres. Plusieurs soirs par semaine, elles se retrouvaient dans le grand appartement de la mère de Marie-Charlotte pour rire de tout et tout le monde comme ce sexe sait si bien y faire.

La diversité de caractères et de parcours personnel, n'avait fait qu'enrichir cet harmonieux quatuor. Elles se comparaient elles-mêmes volontiers aux quatre points cardinaux. Dorothée, dotée d'une surdose de confiance et d'optimisme avait un grand esprit d'indépendance. Virginie lui enviait cette assurance débordante. Elle était plus réservée, à choisir plutôt la solution de confort que de prendre une initiative trop audacieuse. Elle avait un grand sens maternel et voulait sans cesse protéger et rassurer ses proches.

Anna était d'un naturel et d'un spontané qui l'exposait à des situations improbables et drôles. Toujours vêtue d'un jean et d'un pull confortable et négligé, elle ne prenait pas la peine de maquiller son joli visage, qui s'éclairait de lui-même quand elle parlait avec son accent chantant. C'est à peine si elle coiffait ses longs cheveux châtains, qu'elle laissait battre au vent. Marie-Charlotte, elle, était toujours vêtue avec grande élégance et sophistication et son allure était impeccable. Elle était aussi précieuse qu'étourdie, et n'aimait pas se retrouver dans ses situations gênantes ou conflictuelles.

– Bonjour, dit Sébastien Tardieu au petit groupe d'étudiants qui se pressait autour de lui. Nous allons nous diriger vers les salles égyptiennes mais nous devons faire un détour par les peintures

italiennes de la Renaissance, à cause d'une zone fermée pour maintenance. Alors ne vous éparpillez pas et gardez le rythme.
Sans protester, la petite foule animée de conversations futiles suivit le jeune professeur. Mathieu salua Anna d'un signe de tête et d'un sourire mais Celle-ci tourna la tête hâtivement.

Le groupe pénétra dans la Grande Galerie. Ce splendide corridor, dès son origine, outre sa fonction de passage, avait pour but d'éblouir les hôtes de prestige qui rendaient visite au Roi, et qui avaient l'honneur et le privilège d'admirer les plus belles œuvres de la collection royale exhibées en trophées. Les toiles des Maîtres étaient abritées d'une grande verrière, chef-d'œuvre de technique et d'innovation pour l'époque qui offrait un éclairage zénithal. Que c'était beau… Les filles ne purent s'empêcher de ralentir le pas pour laisser traîner un œil sur les toiles italiennes.

– On va voir rapidement les Léonard de Vinci ? Proposa Dorothée.

Elles n'eurent pas le temps de la ramener à la raison, car un bruit étrange perça à travers le brouhaha de la foule. Elles se questionnèrent du regard. Le martèlement recommença. Les filles levèrent la tête, surprises que cela vienne de la verrière. Trois grands coups les firent sursauter. Et avant qu'elles n'aient réalisé ce qu'il se passait, une fenêtre de ce grand plafond de verre se brisa dans une véritable douche de débris. Les cris de surprise et de peur emplirent l'immense corridor. Un groupe d'inconnus masqués avait encerclé la foule et s'était dispersé parmi elle. Les filles ne pouvaient que rester tétanisées, incapables de réagir. Leur groupe d'étudiants ainsi que leur professeur s'étaient accroupis par terre, les mains sur la tête pour se protéger. Les filles eurent enfin le réflexe d'en faire de même, sauf Anna qui resta debout contre un mur à contempler la scène hallucinante. En une seconde les alarmes avaient hurlé, la foule s'était dispersée et piétinée. Il sembla que les étrangers avaient disparu aussi vite qu'ils étaient apparus. Seuls restaient la marée de débris de verres, immense, et les gens terrorisés ou blessés qui s'aidaient à se relever et à reprendre leurs esprits.

2

Intrusion

La nuit était tombée très tôt comme pour envelopper les intrus de son manteau noir et les aider dans leur fuite. Les sirènes de police et de pompiers hurlaient toujours dans l'obscurité. La foule des milliers de visiteurs continuait d'être systématiquement évacuée. Après avoir dû rester confinées plusieurs heures à l'intérieur du musée, les filles se retrouvèrent en plein air, dans ce début de soirée glacial. Sonnées, elles sentaient à peine leurs jambes et n'étaient toujours pas parvenues à formuler une phrase sensée. Elles s'assirent sur un muret près de la Pyramide, pour reprendre leurs esprits.
– Elles étaient dans la Grande Galerie, prenez-les en charge !
C'était un policier en uniforme qui venait de donner l'ordre au SAMU d'appliquer les premiers soins aux jeunes filles.
– Non non, ça va, bredouilla Dorothée.
Mais le policier insista et deux infirmiers se présentèrent à elles et leur posèrent des questions :
– Vous pouvez parler ? Vous m'entendez normalement ? Pas de maux de tête ? Avez-vous été blessée ?
Elles répondirent distinctement et gagnèrent une couverture et un peu de répit. Leurs regards ne s'étaient toujours pas croisés depuis leur évacuation. Marie se leva, enveloppée dans sa couverture, et osa :
– Les filles, qu'est-ce que c'était ? Un attentat ?
– Non, rassurez-vous. Ils n'étaient pas armés et aucune victime n'est à déplorer.
Elles tournèrent la tête. C'était le jeune flic qui venait de les informer. Grand, brun, athlétique, la mâchoire carrée, beauté insolente, il s'avança vers les jeunes filles, cow-boy en terrain conquis.
– Si vous avez repris un peu vos esprits, j'aimerais vous poser quelques questions, dit-il en sortant un calepin et un stylo.
Les filles furent surprises et quelque peu déstabilisées, et firent

un effort de concentration pour se remémorer le maximum de détails.

– Il faut vous suivre au commissariat ? Paniqua Marie. Ma mère va s'inquiéter.

– Non… Quelques formalités pour commencer.

– Moi c'est Dorothée ! Dit Celle-ci en tendant la main et souriant de toutes ses dents.

Les filles la regardèrent avec étonnement. Contre toute attente, le jeune homme enchaîna :

– Enchanté, Philippe Garnier. Donc, où étiez-vous au moment du vol ?

Elles se turent, stupéfaites. Cela aurait dû être une évidence, mais avec le choc, elles n'avaient pas encore pris le recul nécessaire pour analyser ce à quoi elles avaient assisté.

– Alors, c'était un vol ? Reprit Anna, abasourdie. Mais qu'est-ce qui a disparu ?

– Oui, excusez-moi, je n'ai pas pris la peine de vous expliquer. Un tableau de Raphaël a été dérobé.

Elles se dévisagèrent, muettes d'étonnement. Marie se pinça discrètement le bras pour être sûre qu'elle n'allait pas se réveiller.

– Alors, où étiez-vous précisément, reprit-il, insistant.

– Nous sommes étudiantes à l'École du Louvre, nous allions en cours dans les salles égyptiennes, bredouilla Dorothée, mais à cause de travaux de maintenance nous avons dû faire un détour par la Grande Galerie. Nous nous sommes retrouvés sous la grande verrière quand elle a… explosé ? hésita-t-elle.

– On a entendu une sorte de martèlement très fort, dit Anna, on a compris que ça venait d'en haut et quand on a levé la tête, la verrière a éclaté à cet endroit-là. On s'est mises à l'abri contre le mur pour éviter la chute des morceaux de verre.

– On est restées accroupies sur nous-mêmes par réflexe de protection, personnellement je n'ai rien vu, je suis incapable de vous apporter une quelconque information, regretta Marie-Charlotte.

– J'ai vu des hommes en noir avec des cagoules, dit Anna, qui semblait revivre la scène. Je ne sais pas combien ils étaient car

ils se déplaçaient rapidement et que tout le monde hurlait et courait dans tous les sens. Ils ont disparu aussi vite qu'ils étaient arrivés, je ne sais même pas par où.
– C'est bizarre, dit Dorothée. J'avais l'impression que d'autres n'étaient pas tombés du ciel, mais qu'ils avaient bel et bien surgi de quelque part autour de nous.
Philippe Garnier écoutait, attentif, en hochant la tête. Il prit quelques notes et en entendant le témoignage de la grande brune, il répondit :
– On ne peut rien vous cacher mademoiselle, vous feriez une bonne détective ! En effet il semblerait que l'un ou plusieurs d'entre eux soient passés par l'intérieur du musée.
Dorothée osa demander, poussée par la curiosité :
– Vous en savez plus ? Vous avez visionné les caméras de sécurité ?
Comme il faisait un geste pour signifier de se calmer, Anna insista, agacée :
– C'est à vous de nous renseigner, on ne sait rien de nos agresseurs. Comprenez-nous, on aimerait savoir.
– Je suis désolé, je n'ai pas le droit de parler, secret professionnel, dit-il savamment. Mais vous en saurez certainement plus dès demain matin dans la presse. Je vous laisse ma carte. Si vous vous souvenez de quoi que ce soit, le moindre détail qui vous paraîtrait insignifiant, appelez-moi.
Il tendit sa carte. Les quatre se ruèrent pour l'attraper, mais Dorothée fut plus rapide. Ravie, elle le gratifia de son plus beau sourire. Il s'éloigna en laissant traîner un regard charmeur.
– Pourquoi c'est toi qui gardes sa carte ? Bouda Marie-Charlotte.
L'agent avait produit un effet unanime sur les quatre étudiantes. À cet instant, c'est Sébastien Tardieu, leur professeur, qui les aborda :
– Je suis sincèrement désolé, dit-il. Mon Dieu, c'est terrible…
Il était dévoré d'inquiétude et ne pouvait s'empêcher de bouger sur lui-même. Il se retournait pour regarder le ballet qu'offraient tout autour de lui les ambulances et les camions hurlant. Lui d'habitude si retenu et renfermé, avait cédé à la

panique.
– Monsieur Tardieu, dit Marie timidement, ils ont volé un Raphaël…
– Je sais, dit-il la gorge nouée. J'en suis vraiment affecté… À vrai dire, ma spécialité n'est pas l'art égyptien… J'ai eu ce poste à défaut. Ma spécialité, c'est la Renaissance italienne. C'est une tragédie dans le monde de l'art de perdre ce chef-d'œuvre.
– C'est quel tableau ? Demanda Dorothée.
– La Vierge à l'Enfant et Saint Jean-Baptiste, plus connu sous le nom de « Belle Jardinière ».
Les filles restèrent pensives, en deuil, se mordant la lèvre comme pour réaliser l'ampleur de l'événement.
– Le tableau devait figurer dans l'exposition sur le Maître au mois de janvier… Reprit Sébastien qui se décomposait au fur et à mesure qu'il parlait. Je travaille sur cette rétrospective historique. Je me demande comment on va réorganiser le projet de l'exposition… Bon, rentrez chez vous, dit-il dans un sursaut. Demain les cours seront annulés, reposez-vous et essayez d'oublier tout ça.
Elles étaient dans un tel état de nerfs et d'angoisse qu'elles ne fermeraient probablement pas l'œil de la nuit.
Sébastien partit dans la direction d'un groupe d'officiers dans l'espoir d'obtenir plus d'informations. Le directeur du musée et de l'École, Monsieur Fauret, était arrivé en toute vitesse, accompagné de son bras droit Geneviève Tardieu. Sans plus attendre les filles virent les journalistes se ruer sur eux et les flashs de leurs appareils photo immortaliser leur mine déconfite et catastrophée. Elles restèrent là encore un moment, gelées dans la nuit, tremblantes les unes à côté des autres et dans le silence le plus solennel, conscientes de vivre un moment qui les marquerait à vie. Seuls les hélicoptères qui quadrillaient toujours le secteur brouillaient ce silence de plomb.
Anna pensa que ce site magique, ses statues royales alignées qui les dominaient, solennelles, renfermant des millénaires d'histoire, était ce soir plus mystérieux que jamais. La lumière éblouissante de la pyramide, fière et moderne, ne parvenait pas

à réchauffer leur cœur, englouti par ce lieu chargé de secrets.

Le lendemain fut le jour le plus long de l'existence des quatre filles. Toutes avaient passé la journée accrochées aux chaînes télévision et sur internet. Elles n'étaient sorties que pour acheter la presse dans l'espoir de recueillir la moindre information sur ce qu'elles avaient vécu.
Les médias proposaient une multitude de pistes sans en privilégier aucune. Les hypothèses les plus diverses étaient exposées. Un magazine à scandale attribuait même l'exploit à un commando extraterrestre. D'autres avançaient un complot rocambolesque, une mise en scène inventée de toutes pièces par Monsieur Fauret, le conservateur du musée, acculé de toutes parts. L'un mettait en exergue son laxisme en matière de sécurité, l'autre évoquait un personnage finalement assez mystérieux et toujours à l'écart des mondanités. Il était le bouc émissaire tout désigné de cette affaire hallucinante. La presse mondiale avait fait de cet événement sans précédent sa une sensationnelle. L'ampleur, la répercussion dans l'imaginaire collectif avaient été immenses. Chacune des filles, chez elle, désespérait de connaître rapidement le dénouement de cette affaire extraordinaire. Elles se téléphonèrent plusieurs fois dans la journée pour se soutenir et échanger leur ressenti. N'y tenant plus, elles se réunirent finalement dans un café Place du Palais Royal.

Elles avaient pris une table à l'intérieur, près d'une fenêtre. La circulation aux abords du Louvre était toujours perturbée, les bandes de sécurité barraient le passage et les alentours étaient passés au peigne fin. Le trafic était saturé à cause de la déviation et des curieux qui ralentissaient aux abords du quartier. Pourtant, la vie suivait son cours. Les touristes marchaient le front levé pour admirer la Comédie Française, après avoir pris une photo de la bouche de métro. Les pigeons s'envolaient et les Parisiens se serraient aux terrasses, le nez baissé vers la même une que tous les journaux exhibaient en gros titre.
Le Café était à moitié vide et le serveur s'affairait à l'autre bout

de la salle. Les mines étaient fermées, fatiguées, animées par le manque de sommeil qui agitait de petits tics nerveux. C'est Anna qui rompit le silence :
– Les filles, je ne dors plus.
– C'était hier Anna, pas il y a un mois, la reprit Dorothée.
– Ne pas savoir est la pire des angoisses, continua son amie. J'ai entendu toutes sortes d'hypothèses plus folles les unes que les autres.
Avec Anna, tout prenait aisément des proportions démesurées. La sagesse et le juste milieu n'étaient pas franchement sa ligne de conduite.
– Certaines hypothèses pourraient tenir la route, dit Virginie. Ils pensent à la mafia russe ou un gang de revendeurs…
– J'ai même entendu parler d'un collectionneur anonyme richissime caché quelque part sur le globe qui aurait commandité l'attaque pour ajouter ce fleuron à sa collection personnelle, dit Marie.
– Est-ce qu'on connaîtra un jour la vérité ? S'inquiéta Anna. Il y a tellement d'œuvres d'art qui ne sont jamais retrouvées… Je me suis renseignée, le trafic d'œuvres d'art est le deuxième plus important au monde, après les armes.
– Plus important que le trafic de drogue ? S'étonna Marie.
Son amie acquiesça.
– On ne le reverra jamais ce tableau, se résigna Marie.
– L'espoir fait vivre, dit Virginie avec philosophie. Regarde, la Joconde avait bien été volée au début du vingtième siècle par un ouvrier italien, on l'a retrouvée quelques années plus tard cachée sous son lit. Depuis c'est l'œuvre la plus célèbre au monde.
– Peut-être que *La Belle Jardinière* deviendra une icône à son retour au musée, rêva Marie.
– Je n'arrête pas de me demander pourquoi cette œuvre, et pas une autre, dit Anna qui était extrêmement concentrée et impliquée.
– Sa valeur financière, ça paraît évident, dit Dorothée. Il n'en passe jamais en vente aux enchères, les œuvres de Raphaël sont inestimables.

– Mais dans ce cas, pourquoi n'avoir volé que cette œuvre ? S'écria Anna, prise dans son tourment. Réfléchis, tu fais un casse au Louvre, tu fais sauter le toit, et tu n'emportes qu'un seul tableau, alors que tu pourrais dévaliser tous les Léonard de Vinci qui sont accrochés à côté ?

Son raisonnement laissa sans voix ses amies. Elles eurent un même découragement face au vide qu'appelait cette question.

– Tu as raison, admit Dorothée, c'est incompréhensible. De toutes évidences, ils venaient chercher cette œuvre et pas une autre. Ce n'est donc pas forcément l'argent qui les a motivés.

– Bref, tout cela nous dépasse et n'est pas de notre ressort, conclut Marie-Charlotte. Laissons la police faire son travail.

– Bien sûr que cela nous concerne, la corrigea Anna. Nous sommes de futures historiennes d'art ! Tu n'as donc aucune conscience professionnelle ?

– Nous sommes étudiantes, rectifia Virginie.

– Quand le Louvre sera vidé de tous ses chefs-d'œuvre, qu'étudieras-tu ? S'enflamma Anna.

– On va mettre cette réplique sur le compte de ton côté marseillais, concéda Dorothée.

– Où veux-tu en venir, s'impatienta Marie. Va jusqu'au bout de ton idée.

Elles pressentaient en effet que leur amie brûlait d'impatience de livrer son avis passionné :

– Les filles, notre vie est marquée à jamais. Notre destin lui aussi est indissociable : nous avons vécu cette expérience unique ensemble. Jamais je n'arriverai à oublier, ni à passer outre, ni à patienter.

« Quelle rhétorique ! » Pensa Marie avec admiration. Elles attendaient, inquiètes, la suite du discours :

– Il faut mener l'enquête, conclut Anna.

Quelques secondes de silence suivirent cette annonce, avant l'exclamation générale.

– Mais tu es folle !

– Et comment tu comptes t'y prendre, Sherlock ? lança Dorothée.

Elles se rapprochèrent et se penchèrent les unes vers les autres, par instinct de discrétion. On aurait dit Les Causeuses de Camille Claudel, le dos courbé, trépignantes et concentrées sur leur conversation de la plus haute importance.

– J'ai pensé à plusieurs pistes, répondit Anna en comptant sur ses doigts. Premièrement, en lui faisant un peu de charme, je suis certaine que le beau Philippe Garnier passera aisément aux aveux quant à l'avancée de l'enquête policière. Alors si tu ne souhaites pas participer à mon projet, tu peux me rendre sa carte.

Dorothée fit la moue, plutôt désireuse de conserver la carte de visite tant convoitée.

– Tes autres pistes ? Demanda Virginie.

– Sébastien Tardieu : on apprend soudainement qu'il est spécialiste de la Renaissance, alors qu'il enseigne l'art égyptien. Il pourrait nous renseigner avec précision sur le tableau volé, quelles sont ses spécificités, son histoire, son parcours. Je vous rappelle qu'il travaille sur le projet de la grande exposition rétrospective de Raphaël prévue en janvier.

– Pas très malin d'inclure un professeur dans notre enquête, remarqua Virginie.

– Il ne doit pas savoir qu'on enquête bien sûr, rétorqua Anna. Je pensais aussi que l'on pourrait interroger Thomas, alias « le Satyre », et Mathieu. Ils étaient avec nous dans la Grande Galerie au moment des faits, Peut-être qu'ils ont vu un détail qui nous aurait échappé.

Dorothée s'esclaffa :

– Ah, je comprends mieux où tu veux en venir ! Tu veux te servir de cette histoire pour approcher Mathieu. Les gens normaux proposent d'aller boire un café.

– Je te préviens, je ne m'occuperai pas d'interroger le satyre ! avertit Marie-Charlotte. Pas même pour l'amour de l'art !

– Allez, mettez-y du vôtre, supplia Anna. Participez à notre cause commune, dénouer la vérité ! Je pensais aussi que nous pourrions interroger le service de sécurité, notamment ceux qui contrôlent le passage des sacs, pour déterminer si certains cambrioleurs ont emprunté la même voie que les touristes.

Elles réfléchirent. Elles étaient très craintives quant aux risques

et conséquences, et peu convaincues qu'elles pourraient faire avancer une affaire de cette ampleur.
– C'est trop lourd pour nos épaules, se démonta Marie-Charlotte. On va mettre les pieds dans la fosse aux serpents.
– Les filles, faites-moi confiance, s'il vous plaît ! Accordez un mois à cette affaire ! Et je vous promets que si on n'a pas avancé, je ne vous parlerai plus jamais de ce projet fou.
Elles hésitèrent puis Dorothée accepta, motivée par l'idée d'obtenir la paix. Elle était en effet certaine qu'elles ne parviendraient pas à obtenir une quelconque information, et que d'ailleurs, la police devait déjà bien avoir avancé de son côté. Et en bonus, elle aurait une bonne raison de rappeler le bel agent en uniforme.
– Je suis partante aussi, céda Virginie prudemment.
Elle était plutôt enthousiaste, et Anna se sentit transportée d'excitation. Seule Marie-Charlotte gardait les bras croisés et la mine boudeuse.
– Marie ? Attendit Anna.
– Un mois, pas plus, accepta cette dernière. Et à une seule condition. Mes études restent ma priorité. Si cette enquête devait y nuire, j'abandonne.
Elles conclurent à l'unisson que la condition était recevable et même fort raisonnable. Anna n'avait plus qu'une hâte : commencer.

3

Indiscrétions

Sur la place de la Comédie Française, en face du Louvre, Marie-Charlotte prenait un café avec Thomas, alias Satyre. Les filles avaient eu raison de sa résistance et elle avait accepté, à contrecœur, de profiter d'un rendez-vous pour interroger le garçon. Dans le même groupe de TD qu'elles, il était présent dans la Grande Galerie au moment des faits. Peut-être avait-il vu ou entendu quelque chose susceptible d'enrichir leurs premiers éléments.

Le Café était chic et guindé. Thomas, sûr de son effet, était vêtu de son costume d'homme d'affaires. Une touffe de poils noirs dépassait de sa chemise boutonnée. Ses lunettes rondes voulaient lui donner un air de la plus haute importance.

– Je suis ravi que tu m'aies proposé ce café, entama-t-il. Je suis flatté.

Elle savait qu'à cause de cela, il allait entretenir de faux espoirs et continuer à lui faire la cour inutilement. Elle maudit Anna intérieurement.

– Tu vas bien, toi, depuis l'attaque ? Dit-elle en plongeant un sucre dans sa tasse.

Elle était pressée d'entrer dans le vif du sujet pour écourter au maximum cette entrevue. Thomas émit un rire lent et maîtrisé :

– Cette petite intrusion ? Des touristes qui n'avaient pas envie de faire la queue…

Il but une gorgée, le petit doigt levé, ses sourcils en accent circonflexe dressés.

– Honnêtement, j'ai déjà oublié cet épisode, dit-il pour garder une contenance.

– Mais, tu as vu quelque chose toi ? Interrogea Marie maladroitement.

– J'ai vu un de ces types essayer de kidnapper une petite fille, dit-il finalement d'un air grave.

Marie ouvrit de grands yeux, hallucinée :

– Ah oui ? Incroyable ! Le tableau n'était Peut-être qu'une diversion alors. Mais qu'as-tu fait ?
Gêné, il improvisa :
– Oh, ce que tout le monde aurait fait… Je me suis interposé…
La jeune fille commençait à comprendre qu'il inventait cette histoire de toutes pièces pour se faire valoir. Elle soupira, impatiente. À l'évidence Satyre ne serait d'aucune aide, elle perdait son temps.
– Assez parlé de ça, dit-il. Parle-moi de toi.
Mais avant qu'elle ne puisse le renseigner, il commença sa propre introduction comme un commercial souhaitant vendre son produit. Il étala son cursus scolaire et personnel comme une lettre de motivation, en passant par sa maîtrise de droit sans omettre le sujet de son mémoire. Elle avait du mal à rester concentrée, fortement ennuyée par son discours égocentrique.
– Et depuis la rentrée, je suis inscrit à la chorale de l'École, énuméra-t-il fièrement. Nous étudions un chant médiéval a cappella, très intéressant.
Il précisa, comme si c'était un argument fort :
– Je suis baryton.
Elle prit un air admiratif. Polie, elle termina sa tasse et s'agita, faisant mine de devoir partir.
– Bon, Thomas, je ne vais pas tarder…
– Mais, le cours au musée est annulé, dit-il. Allons dîner ?
– Non merci, je suis très pressée, s'excusa-t-elle.
Elle n'attendit pas son reste. Il se leva pour l'aider à enfiler son manteau, en gentleman. Il l'invita, elle le remercia et fila sans plus attendre de son petit pas vif et rapide, comme une souris en danger.

Dorothée avait été désignée pour retrouver la piste du gardien qui, le jour du vol, travaillait au contrôle des sacs sous la pyramide inversée. Elle devait parvenir à définir si tous les cambrioleurs étaient tombés du toit, ou, si comme il le lui semblait, certains étaient arrivés par les entrées principales. Comme elle n'avait évidemment pas accès aux vidéosurveillances, elle devait obtenir l'information autrement.

La grande brune aux allures de femme, avait été choisie parmi le groupe car on avait jugé qu'elle était plus crédible et plus impressionnante.

Elle s'avança donc vers le contrôle des sacs, le musée ayant partiellement rouvert au public. Elle interpella l'agent de sécurité qui surveillait la file d'attente.

– Excusez-moi Monsieur bonjour. J'étais là le jour du cambriolage, j'étais précisément en train de passer le contrôle des sacs quand l'alarme a retenti. Dans la panique générale, quelqu'un en a profité pour voler mon sac à main.

Celui-ci surveillait la file d'attente par-dessus elle, tendu. Il avait probablement reçu des ordres stricts et des consignes de sécurité renforcées. La jeune femme le dérangeait visiblement.

– Portez plainte à la police directement.

– Vous ne comprenez pas, répondit l'étudiante. C'est un sac Chanel en cuir matelassé, il coûte une fortune. J'exige des explications et je ne partirai pas d'ici. Je veux parler à l'agent qui était en poste lundi après-midi.

Il commençait à s'agiter, nerveux.

– Circulez Madame, on n'est pas responsable des pertes et vols surtout dans un mouvement de panique générale. Essayez de comprendre que le vol d'un tableau de Raphaël soit prioritaire sur la perte de votre sac.

– Puisque je vous répète qu'on me l'a volé ! Vous voulez que je fasse un scandale devant tout le monde ? J'exige de parler au patron, appelez votre patron !

Prise dans son rôle, elle se dit en elle-même qu'elle devrait Peut-être calmer son cinéma avant de se faire véritablement remarquer.

– Calmez-vous Madame, d'accord, j'ai compris.

Il la prit un peu à part et lui expliqua :

– L'agent qui travaillait ici lundi après-midi a été suspendu. À l'heure qu'il est, il est encore interrogé par la police. Je ne peux pas vous renseigner davantage.

– Donnez-moi son nom, que je le retrouve par moi-même, insista la brune en croisant les bras.

Elle se plaisait dans le rôle de la riche touriste capricieuse.

– C'est confidentiel Madame, essayez de comprendre.
Il perdait visiblement patience.
– Faites un effort et visualisez la caméra de sécurité ! J'exige de voir la vidéosurveillance !
Un collègue gardien s'approcha d'eux, attiré par le ton de la jeune fille qui avait encore monté d'un cran.
– Qu'est-ce qui se passe ici ?
– Elle veut parler à Hervé Catimini, répondit à voix basse l'agent excédé.
– Il ne travaille plus ici. Déposez une plainte à la police Mademoiselle, et circulez, on a du travail.
Dorothée fut remerciée sèchement par les deux agents. Elle fit l'honnête femme scandalisée et s'éloigna en proférant des paroles d'indignation. Mais elle avait obtenu ce qu'elle voulait : le nom du gardien en poste le jour du vol. Elle se félicita intérieurement, excitée et fière de son efficacité. Son audace avait payé. Si elle échouait dans sa scolarité, elle pourrait sans doute se reconvertir en tant qu'actrice.

Anna et Virginie travaillaient à la bibliothèque. Virginie se concentrait sur *La Belle Jardinière*, le tableau disparu. Elle épluchait les livres sur la peinture italienne de la Renaissance à la recherche des spécificités de l'œuvre. Elle étudia avec attention une reproduction du tableau. L'huile sur toile, de forme cintrée, représentait la douce Madone, assise de trois quarts dans un paysage de campagne. À ses pieds, l'Enfant Jésus, nu, et le petit Saint Jean-Baptiste vêtu de sa peau de bête. Virginie lut la notice qui accompagnait l'image : « Les trois personnages forment une composition pyramidale héritée des recherches de Léonard de Vinci, aboutissant à un équilibre classique mesuré. L'arbre en plumeau, et la douceur laiteuse de la Madone, sont des héritages du Pérugin, premier maître du jeune Raphaël. Ce tableau fut réalisé vers 1508 à Florence, avant son départ pour Rome, pour un commanditaire inconnu. »
Elle soupira, peu avancée. Puis soudain, elle souffla à l'intention d'Anna :

– J'ai pensé à quelque chose…
– Un bon manuel qui nous éclairerait sur la période des dynasties archaïques une et deux ?
Anna désespérait. Elle était chargée d'approfondir le premier cours d'archéologie du Proche-Orient. C'était une succession de dates, de règnes, de conflits extrêmement complexes. Les filles s'étaient mises d'accord pour que l'une d'elles se consacre à l'étude des cours. Ainsi elle partagerait ses notes et recherches avec celles qui s'occupaient de l'enquête. Elle s'étira pour détendre ses muscles engourdis par la concentration.
– Je me disais qu'il faudrait Peut-être mettre le bureau des étudiants dans le coup, chuchota Virginie.
– Tu es folle, s'exclama Anna.
Virginie lui fit signe de baisser d'un ton. Les deux filles, assises face à face, se rapprochèrent.
– Ils ont Peut-être accès à des informations qui faciliteraient nos recherches, chuchota Virginie.
– Je ne pense pas qu'ils sachent quoi que ce soit. Et puis Pirate, enfin Luc, a l'air un peu stupide… Je ne sais pas si on peut compter sur lui.
– Oui, mais réfléchis, insista Virginie. Luc est le représentant des élèves, il participe certainement aux réunions administratives de l'École. Impossible que le vol ne soit pas évoqué durant ces réunions !
Anna vit que son amie croyait en cette idée et qu'elle n'allait probablement pas lâcher cette piste. Elle céda :
– D'accord, allons parler à Pirate.
Elles bouclèrent leur sac et quittèrent la bibliothèque. Elles remontèrent en direction de l'École, et frappèrent à la porte du Bureau des Étudiants. Un brouhaha fusait de l'intérieur, des rires et des cris se faisaient entendre. Les filles regrettaient déjà leur démarche. Pirate ouvrit la porte à la volée. Il se trouva face aux deux jeunes filles. À la vue de Virginie, il resta statufié, la bouche ouverte.
– Bonjour, le bouscula Anna. On peut rentrer ?
Sans quitter Virginie des yeux, il bégaya :

– C'est pour des invitations à la soirée de demain ?
Les filles s'interrogèrent du regard.
– Oui, improvisa Virginie.
Pirate sursauta de joie :
– Génial, c'est quinze euros par personne.
Anna, agacée, sortit son portefeuille. Elle n'avait pas franchement prévu de passer à la caisse. Pirate souriait, dévoilant ses petites dents écartées. Il marchait sur son pantalon trop grand, et ses longs cheveux bruns étaient attachés en queue-de-cheval. De près, il avait son charme. Ses yeux bleus brillants répondaient aux deux saphirs de Virginie. Celle-ci sentit ses joues s'empourprer légèrement.
– On peut savoir ce que c'est que cette soirée ? Intervint Anna en tendant sa monnaie.
– On se rejoint dans un bar à Odéon, dit-il. Il y aura un concert live et des réductions sur les consommations.
Anna haussa les épaules. Pourquoi pas.
– On t'en prend quatre, dit Virginie en pensant à ses deux autres amies.
Pirate ouvrit la porte et les invita à entrer. Le local était petit mais chaleureux. Des étudiants étaient affalés sur un canapé et buvaient des bières dans une ambiance fort décontractée. L'un jouait carrément aux jeux vidéo sur un ordinateur. Au mur étaient accrochées des reproductions d'œuvres célèbres détournées. Le David de Michel Ange était ainsi affublé d'un caleçon et la Liberté guidant le Peuple jouait de la guitare électrique. Anna se demanda si l'idée de Virginie de questionner Pirate était une bonne entreprise. Il semblait avoir l'âge mental d'un adolescent.
Les filles achetèrent les places puis Virginie s'adressa à Luc à voix basse :
– Est-ce que je peux te parler en privé ?
Il ouvrit ses yeux azur ronds comme des billes. Tout excité, il l'entraîna à part et croisa les bras, dans l'attente. Celle-ci chercha comment tourner la chose et se lança :
– J'étais là au moment du vol… Dans la Grande Galerie.
Il se fit plus attentif, surpris et inquiet :

– Ça va, tu n'as rien eu ?
– Non, rassure-toi. Mais voilà, depuis… Je me pose énormément de questions. Est-ce que tu en sais un peu plus ?
– Heu, tu me prends de court… Et bien non, pas vraiment. Lundi, il y a l'assemblée mensuelle de l'École, et en tant que représentant du BDE j'y assisterai. Peut-être que ce point sera abordé… Pourquoi ?
– Simple curiosité, je crois que je serais plus rassurée si j'en savais davantage, c'est tout.
– Tu sais, tu es en sécurité dans ce bureau, à moins qu'on ne le force pour nous voler un ordinateur ou un pack de bière… Alors viens-y quand tu veux, proposa-t-il en riant.
Il se sentit très idiot de cette proposition, mais la petite blonde lui faisait perdre ses moyens. Virginie était encore plus gênée que lui.
– Tu pourras me raconter ce qui sera dit à l'assemblée ?
– Pas de souci, dit-il. En attendant, on se voit demain soir !

Le bar était bondé et l'ambiance battait son plein. Les quatre filles se frayèrent un chemin à travers la foule. Un groupe de musique funk libérait les corps sur la piste de danse. Elles devaient crier pour s'entendre.
– Ça nous fait du bien de nous aérer un peu l'esprit, dit Virginie comme pour justifier leur présence ici.
Anna cherchait en vain Mathieu du regard, histoire de trouver un intérêt à cette sortie. Mais il ne semblait pas présent.
– Ce soir on se lâche, décréta Dorothée.
Elle commanda quatre shooters de vodka. Les filles ne firent aucune résistance, contentes de penser un peu à autre chose qu'à l'événement auquel elles avaient assisté trois jours plus tôt. Elles trinquèrent et burent cul sec. Elles grimacèrent de dégoût.
– Salut les filles ! Content de vous voir !
C'était Luc. Une bière à la main, il était visiblement déjà fort joyeux. Il ne quittait pas Virginie des yeux, souriant de toutes ses dents.
– Sympa ce bar ! dit-elle en se penchant vers lui pour qu'il

l'entende.

Les filles regardaient la manœuvre, amusées. Mais Luc se fit embarquer par un groupe de filles pompettes qui riaient et le taquinaient. Elles l'empoignaient par les bras et par le tee-shirt. Peu résistant, il se laissa entraîner par son petit fan-club féminin et disparut dans la foule. Virginie parut très vexée.

Elles se commandèrent un cocktail et allèrent trouver une table qui se libérait près de la piste de danse.

– Je n'ai pas eu le temps de vous raconter, commença Dorothée. J'ai le nom du gardien qui était là pendant le vol ! Un certain Hervé Catimini.

Ses amies applaudirent son efficacité. Elle était visiblement très fière de cette réussite.

– J'ai cherché sur les pages blanches, j'en ai trouvé trois à Paris. Je pense que j'irai me présenter directement.

Elles approuvèrent la suite de cette démarche.

– Au cas où ça vous intéresserait, enchaîna Marie, mon entrevue avec Satyre n'a strictement rien donné ! Mais je vous suis reconnaissante pour cette heure d'ennui mortel que vous m'avez fait passer. Je suis incollable sur le plan de son mémoire de droit des affaires qui lui a valu une mention très bien.

Ses amies ne retinrent pas leurs rires.

Soudain, en levant la tête, Anna remarqua que quelqu'un au bar la regardait avec insistance. C'était Oscar, le bibliothécaire. Fier et nonchalant avec sa chevelure désordonnée, on aurait dit un autoportrait de Gustave Courbet.

Il saisit l'occasion de croiser le regard de la jeune femme pour s'avancer à sa table :

– Bonsoir Anna, dit-il avec assurance.

Les filles se turent, surprises et amusées.

– Bonsoir, dit-elle un peu sèchement.

– Je peux t'offrir un verre ?

– J'en ai déjà un, merci.

Ses amies durent se mordre la lèvre pour ne pas rire. Visiblement très vexé, il fit demi-tour.

– T'as un ticket avec le bibliothécaire ! S'exclama Marie. Tu es

un peu dure, il n'est pas mal dans son genre.
Anna l'examina de loin. Avec sa touffe de cheveux d'artiste incompris, son look décalé, elle le trouvait fort déplaisant. Il avait un air cynique qui habitait toujours son regard.
– Je ne sais pas, il ne me plaît pas ce gars, se défendit Anna en buvant son cocktail à la paille. Je le trouve prétentieux.
Leur attention se tourna sur la piste ou apparemment, Pirate faisait beaucoup d'effet auprès de la gent féminine. Littéralement accaparé par un groupe de filles, il amusait la galerie, dansait de bras en bras, jonglant entre ses prétendantes. Il était à présent fort alcoolisé et ne prenait pas conscience des regards noirs que lui lançait une petite blonde à la table près de la piste. Virginie affichait une mine pincée. Elle pensait lui avoir fait un certain effet, mais Peut-être s'était-elle trompée.
– Jalouse ? La taquina Dorothée.
La blonde haussa les épaules :
– Je ne suis pas du genre à courir après un garçon. Alors s'il préfère roucouler avec son fan-club, à lui de voir.
– Je suis tout à fait de ton avis, renchérit Marie-Charlotte. J'estime qu'un homme doit faire la cour à une femme, la séduire en plusieurs étapes.
– Marie, laisse-moi te poser une question, dit Dorothée. Tu débarques de quel siècle avec ta machine à remonter le temps ?
Anna et elle se mirent à rire. La concernée se défendit :
– Excusez-moi, mais je pense qu'on a le droit d'exiger un certain respect des formes. Pour obtenir mes faveurs, un garçon doit faire ses preuves et gagner ma confiance.
Anna imagina Marie-Charlotte transposée dans le cycle des Progrès de l'Amour, ces toiles de Fragonard qui développaient chaque étape de l'amour galant. Enfin, à force de patience et d'effort, le soupirant pourrait Peut-être espérer que sa douce le couronne de fleurs en signe d'acceptation.
– Et la passion dans tout ça ? Objecta Anna. La spontanéité d'un coup de foudre, la magie d'un baiser volé ?
À l'évidence, deux théories opposées s'affrontaient.
– Marie vit au dix-huitième siècle, mais toi tu vis dans un roman, rit Dorothée.

– Désolée, mais je suis trop entière, trop passionnée pour patienter et résister sous prétexte du respect des formes, dit Anna. *carpe diem*, on n'a qu'une vie !

Anna se mit en situation et pensa que si Mathieu lui sautait soudainement dessus, il n'y avait aucune chance qu'elle ne lui résiste sous prétexte d'un protocole désuet.

– Tiens, Oscar le bibliothécaire a l'air d'avoir choisi une autre proie, dit Dorothée pour changer de sujet.

En tournant la tête en direction du bar, elles virent le jeune homme en compagnie d'une très belle rousse sophistiquée, aussi féminine que classe. Grande et svelte, elle portait un chemisier, une jupe et des collants. Sa chevelure de feu, impeccable, encadrait un joli minois et un regard pastel. Somme toute, une beauté assez froide. Anna se dit qu'il avait des goûts diamétralement opposés, car elle n'avait rien en commun avec la rouquine.

– Cette fille me dit quelque chose, dit Virginie. Je crois que c'est la fille du directeur.

– Non, sérieux ? Demanda Dorothée. Ce serait intéressant de la fréquenter, on pourrait en savoir un peu plus sur l'enquête.

Elles pensèrent que la jeune fille devait vivre un quotidien en pleine tourmente, au cœur de l'événement qui avait secoué le musée que dirigeait son père. Mais, pincée, l'air un peu snob, elle ne paraissait pas facile d'accès. Ce n'était à l'évidence pas l'avis d'Oscar qui la charmait ouvertement à coup de sourires ravageurs et de verres de rosé.

Dorothée avait profité de son samedi après-midi pour sonner aux adresses trouvées sur l'annuaire et que devait habiter Hervé Catimini. Le premier était décédé. Elle espéra que ce n'était pas le malheureux gardien suspendu qui se serait donné la mort. À la seconde adresse, était domicilié un Hervé Catimini de vingt-cinq ans qui travaillait dans les assurances. Elle raya cette piste et se rendit à Saint-Ouen, dans la proche banlieue nord de Paris. Elle sonna à la porte de son ultime piste.

Un homme âgé d'une soixantaine d'années ouvrit et demanda

de quoi il s'agissait, légèrement méfiant.

– Bonjour Monsieur, je suis étudiante à l'École du Louvre, j'aurais voulu vous poser quelques questions si cela ne vous importune pas, dit Dorothée de sa voix la plus doucereuse.

– Vous êtes quoi, vous êtes journaliste ? Demanda le vieux avec défiance.

– Non, je vous l'ai dit, je suis étudiante. S'il vous plaît, j'ai arpenté toute la ville pour vous retrouver, accordez-moi cinq minutes.

Il détailla la grande brune d'un air sceptique. Il regarda autour d'elle comme pour vérifier qu'elle était seule, et il poussa la porte d'entrée, l'invitant tacitement à pénétrer chez lui.

Elle suivit ses pas et se retrouva dans un salon assez modeste et démodé, mais plutôt chaleureux.

– Du thé ? Proposa le vieil homme.

Dorothée fut surprise et accepta avec diplomatie. Il fallait créer un climat de confiance propice au dialogue. Dorothée aimait aller au front. Elle avait un aplomb assez déconcertant et le vieux Catimini y avait été sensible. Elle tourna un peu sa cuillère dans sa tasse puis rompit le silence :

– J'étais dans la Grande Galerie quand le Raphaël a été volé…

Elle but une gorgée mais étudia d'un œil sa réaction. Il se tortillait légèrement, nerveux.

– J'espère que vous n'avez pas eu d'ennui, dit-elle.

– Oh, j'ai été interrogé au poste de police mais comme ils n'avaient rien à retenir contre moi, ils m'ont vite relâché. Mais qu'est-ce qui vous pousse ici et que cherchez-vous ?

– La vérité, dit-elle simplement. Quand on l'a vécu c'est différent, on veut savoir. Écoutez, j'ai la nette impression que tous les cambrioleurs ne sont pas arrivés par le toit. C'est pourquoi, sans mettre en cause votre professionnalisme, je me demandais si vous aviez remarqué des individus étranges au contrôle des sacs.

Le vieux hésita, frotta ses mains rêches, puis se décida à parler :

– La police ne veut pas me croire. Je leur assure qu'ils ne sont pas passés par le contrôle des sacs. Je suis persuadé de n'avoir rien vu de suspect. D'ailleurs, l'étude des caméras de surveillance n'a rien donné sous cet angle.

Il soupira :

– Si je perds mon travail, à mon âge, qu'est-ce qu'il va m'arriver…

– Personne ne va perdre son travail, assura Dorothée. Mais alors, si je suis votre raisonnement, par où auraient-ils pu arriver ?

– Cela ne sert à rien que je vous en parle, vous me prendrez pour un vieux fou, comme tout le monde. Pourtant, cela fait quarante ans que je travaille au Louvre, j'en ai vu des choses bizarres, des tableaux déplacés, j'en ai entendu des bruits qui venaient de nulle part.

Dorothée commença à douter de la santé d'esprit de son interlocuteur. Mais elle l'invita d'un geste à développer :

– Personne ne me croit au sujet des portes secrètes.

– Portes secrètes ? Releva-t-elle avec étonnement.

– Le Louvre est avant tout un château médiéval, rappela Catimini, mystérieux. Mais ce que je ne comprends pas, c'est que ce plan est réputé secret, personne n'y a accès.

– Quel plan ? L'arrêta Dorothée d'un geste de la main.

– C'est une légende, mais paraît-il qu'il existe un plan du Louvre secret.

Un labyrinthe souterrain caché sous les fondations du Louvre. Mmmh.

– Mais, ce qui cloche si l'on vous suit, dit Dorothée, c'est que si ces malfaiteurs étaient en possession d'un plan secret, pourquoi auraient-ils agi en plein jour ? En admettant qu'ils auraient ce plan en leur possession, ils auraient très bien pu venir un jour de fermeture, dans la discrétion la plus totale.

Catimini fit un geste de la tête, dépité. Il n'avait aucune explication rationnelle à fournir en réponse à cette remarque.

Dorothée le remercia pour son accueil. Compatissante, elle rassura le petit vieux sur la suite des événements. Mais alors qu'elle tournait au coin de l'immeuble, elle se demanda si ce vieux Monsieur avait toute sa tête.

La vie scolaire avait repris son cours et son rythme normal. Le musée restait quant à lui partiellement fermé au public. Anna sortait de son cours de spécialité et se dirigeait vers la sortie, quand à quelques mètres d'elles, elle aperçut Mathieu. Il lisait les affichages, dansant légèrement au rythme de son casque de musique. Elle rougit violemment à sa vue. Elle tenta de maîtriser ce changement brutal de température qui trahissait l'effet qu'il lui faisait. C'était inexplicable, une réaction physique incontrôlable. La jeune fille ne faisait habituellement pas preuve de timidité envers le sexe opposé. Fidèle à son tempérament entier, elle était plutôt fonceuse, et même joueuse. Mathieu était bien le seul qui lui ôtait tout son courage.
Elle tenta donc de le dépasser sans qu'il s'en aperçoive, baissant la tête, mais il l'apostropha, ôtant son casque de musique :
– Eh, salut !
Comme prise au piège, elle se braqua puis se détendit un peu pour lui rendre son sourire.
– Comment vas-tu depuis le vol ? Demanda-t-il gravement. Je ne t'ai pas revue depuis le feu d'artifice de la Grande Galerie.
– Heu… Je t'avoue que je dors mal. Et toi ?
– Pareil, soupira-t-il. Je me repasse en boucle ces cinq incroyables minutes, ça me revient comme des flashs.
Elle hésita, puis osa :
– Tu as remarqué quelque chose de particulier, toi ? Je veux dire, au sujet de nos agresseurs. Moi je n'ai vu que des types masqués et habillés en noir, je ne sais même pas combien ils étaient.
– Eh bien, commença-t-il.
Il rit, un peu gêné :
– Ça peut paraître insignifiant, mais l'un d'eux avait une manche de son vêtement déchirée, probablement par les débris de verre. Il est passé tout près de moi, j'ai vu qu'il avait une sorte de tatouage sur le bras.
– Ah bon ? Dit-elle, le cœur battant la chamade.
– Non mais laisse tomber, c'est sûrement rien, dit-il.

– Si si, dis-moi, insista-t-elle. Tu te souviens de ce que ça représentait ?
– On aurait dit… Tu sais, le symbole… Le serpent qui se mord la queue.
Elle ne s'attendait pas à cela, et afficha une mine fort surprise.
– Intéressant… Dit-elle pour elle-même. Il faudrait que je me renseigne…
– Que tu te renseignes… ? Dit-il en riant.
Elle s'aperçut qu'elle avait pensé à voix haute et balbutia, troublée. À cet instant, ils aperçurent le directeur Monsieur Fauret, qui pénétrait dans l'école d'un pas pressé. À ses côtés, il y avait la jolie rousse qu'Anna avait remarquée à la soirée du BDE. Mathieu se rendit compte qu'Anna observait la scène. Il l'informa :
– C'est Anne-Cécile Fauret, la fille du directeur.
– Ah, vous avez fait connaissance, constata-t-elle un brin jalouse.
Il haussa les épaules :
– Elle n'est pas méchante.
Monsieur Fauret pressa sa fille de l'abandonner, car il devait rejoindre son bureau où l'attendait une pyramide de problématiques à traiter. Anne-Cécile quitta à regret son père. Elle avait l'air très soucieuse. Elle s'aperçut que Mathieu et Anna la regardaient, alors elle adressa un signe de tête très froid à leur attention.
– Elle doit penser que toute l'École parle dans son dos, expliqua Mathieu.
– Pourquoi ? Demanda Anna.
– Imagine, tu es la fille du directeur du musée et de l'École du Louvre. Non seulement tout le monde te soupçonne d'être rentrée par piston sans passer le concours, mais en plus, ton père fait la une de la presse internationale à cause du plus gros casse de musée de l'histoire.
Anna n'avait pas envisagé les choses sous cet angle, mais elle comprenait mieux pourquoi Anne-Cécile gardait un visage fermé et la tête haute. Elle devait passer parmi la foule d'étudiants qui chuchotaient sans cesse sur son passage.

4

Le Louvre dans la tourmente

Dorothée faisait quelques recherches sur l'archéologie proche-orientale sur son ordinateur portable. Elle accompagnait sa soirée studieuse d'une tasse de thé et d'un paquet de gâteaux. Elle vivait en colocation avec sa sœur dans un charmant studio du quinzième arrondissement. Elle s'était imposée de consacrer au moins deux heures par soir à l'approfondissement des cours, afin de ne pas accumuler de retard et de combler le temps imparti à l'enquête.

Elle travaillait toujours avec la télévision en fond, le son baissé. Les images qui se succédaient scandaient un rythme qui la tenait en éveil. Elle effectuait une recherche sur internet quand des images subliminales attirèrent son attention. Elle reconnut la pyramide du Louvre. Devant, le journaliste de la chaîne d'information s'exprimait au micro. Pensant qu'il devait s'agir de l'avancée de l'enquête, elle monta le son.

– « C'est donc dix jours après le vol du tableau de Raphaël au musée du Louvre, que son conservateur, Michel Fauret, a disparu alors qu'il se rendait à une réunion administrative à l'École du Louvre où il exerce également la fonction de directeur… »

Hallucinée, notre brune se leva d'un bond de son bureau et augmenta encore le son. Ses mains tremblaient tellement et son cœur battait si fort qu'elle n'arrivait pas à se concentrer sur les paroles du journaliste. Elle se saisit de son téléphone et appela Anna immédiatement :

– Allô ?

– Allume la télé ! Ordonna Dorothée. Vite, sur la première chaîne.

– Qu'est-ce qui se passe ? S'affola Anna. On a retrouvé le tableau ?

Dorothée ne l'entendait plus, les yeux rivés sur son écran de télévision. Un cri de stupéfaction résonna de l'autre côté du

combiné.
– Oh mon Dieu !
En bafouillant, elles raccrochèrent pour prévenir les deux autres filles et fixer une réunion de la plus haute importance le lendemain matin à la première heure.

    Les cours étaient annulés et les élèves qui avaient échappé aux informations martelantes de la télévision et de la presse, avaient trouvé une porte close. Un mot d'informations affiché repoussait la reprise des cours au surlendemain. Les filles échangèrent le même regard inquiet et rebroussèrent chemin en direction du Café de la place de la Comédie Française. Elles s'installèrent autour d'une table, l'air sombre, et Dorothée parla en premier :
– L'heure est grave. Ce n'est plus de notre ressort. Il faut qu'on arrête ce qu'on a commencé.
Virginie et Marie n'attendirent pas un instant pour acquiescer, soulagées d'abandonner une enquête qui virait Peut-être au crime.
– Que dit la presse au sujet de la disparition ? demanda Anna comme si elle n'avait pas entendu son amie.
– Anna ! La réprimanda Virginie.
Mais Marie, curieuse, attrapa un journal abandonné sur une table voisine, et en lut à voix haute le gros titre :
– « Disparition inquiétante du conservateur du Louvre. »
Elle se rendit à la page de l'article et lut à voix haute. Elle résuma :
– Ils n'excluent aucune piste mais ils penchent pour un abandon de poste. D'après les premiers éléments de l'enquête, il semblerait que suite au vol du Raphaël, il vivait dans une angoisse permanente, pour ne pas dire qu'il faisait une dépression... On pense qu'il aurait fui face à l'ampleur de ses responsabilités et par crainte d'être mis en cause dans le vol du Raphaël.
– Mais enfin, ça n'a aucun sens, protesta Anna. Quelqu'un qui veut être mis hors de cause ne se rend pas coupable d'un délit de fuite ! Il reste la tête haute et se défend haut et fort ! À mon

sens, il reste plusieurs hypothèses. Peut-être que Fauret a lui-même organisé le vol du Raphaël, mais qu'il s'est morfondu de remords et s'est fait disparaître.

– N'importe quoi ! Dit Marie en balayant d'un geste cette hypothèse. C'est un conservateur de musée. Leur rôle est de protéger l'art et de le laisser à la portée de tous. Qu'en aurait-il fait ? L'œuvre est tellement célèbre qu'elle est invendable.

Anna acquiesça avec l'argumentaire de son amie, et reprit :

– Seconde hypothèse non énoncée dans ton article : Fauret a pu être enlevé.

Un silence pesant s'installa. Marie indiqua :

– Dans l'article, ils disent que Michel Fauret se rendait au Louvre pour une réunion administrative de crise et que sa voiture a été retrouvée vide au parking souterrain.

– Et s'il était déjà mort ? Dit Virginie gravement. Peut-être qu'il s'est déjà suicidé… Ou pire, qu'il a été…

Personne n'eut le courage de finir sa phrase. Dorothée réveilla l'assemblée :

– Excusez-moi ! Il me semblait que nous étions d'accord pour mettre un terme à notre enquête.

– C'était une erreur, se ravisa Anna.

– On n'a aucune piste valable, s'écria Dorothée. On n'a rien, rien ! Et ça se complique.

– On est à peine au début de l'enquête, expliqua Anna. Je vous rappelle qu'il nous reste une carte à jouer, et c'est Peut-être un as.

– Laquelle ? Demanda Virginie.

– Philippe Garnier, le flic mignon. Dorothée, tu as gardé sa carte de visite ?

La brune acquiesça. C'était l'argument décisif. En effet, elle n'avait pas oublié le bel agent et s'enthousiasmait d'avance à l'idée de le recontacter pour jouer ce joker.

– Bon, admit-elle. Je veux bien me charger de l'appeler. Je lui proposerai que l'on se retrouve quelque part et je l'interrogerai discrètement.

– Parfait, dit Anna. Il faut agir rapidement. Pour ma part, je vais faire une recherche sur cette histoire de serpent qui se

mord la queue.
Les filles échangèrent le même regard interrogateur.
– Qu'est-ce que c'est que cette histoire ? Demanda Virginie.
Anna rougit, prise en faute :
– Oh, une piste que je dois creuser… C'est Mathieu qui aurait vu ce symbole tatoué sur un des cambrioleurs…
Les trois explosèrent d'un même cœur :
– Attends, tu n'as pas mis Mathieu dans le coup quand même ?
Acculée, Celle-ci se défendit en levant les mains et en balbutiant :
– Mais non, ça va, du calme ! On a discuté du cambriolage comme de la pluie et du beau temps.
– Bon, reste discrète, conseilla Virginie. Dorothée, quand tu verras Garnier, actionne ce dictaphone… Je l'ai acheté exprès pour l'enquête. Cela nous permettra de ne pas perdre une miette de la conversation.
Dorothée ne se réjouissait guère à l'idée d'enregistrer son rendez-vous avec Philippe Garnier, mais cela lui rappela que ce devait rester strictement dans le cadre de l'enquête. Elle prit l'appareil et le rangea dans son sac à main.
Les filles furent interrompues dans leurs tergiversations par le téléphone d'Anna. Celle-ci répondit :
– Maman ?
À l'autre bout du combiné, une voix à l'accent plein de soleil criait :
– On a vu ce qui s'était passé au Louvre, tu vas bien ?
Anna adressa un regard désolé à ses amies et reprit :
– Oui oui Maman, ne t'inquiète pas !
– Comment ça ne t'inquiète pas ! Mais enfin d'abord un vol, maintenant une disparition ! Tu es bien prudente au moins ? Oh je savais qu'il ne fallait pas que tu partes, la capitale c'est trop dangereux ! Tu devrais Peut-être rentrer à la maison ?
Anna n'arrivait pas à placer une parole, et ses amies étouffaient leurs rires.
– Pas question que je redescende Maman ! Je ne commets aucune imprudence, ne t'inquiète de rien.
– Bon, bon. Tu veux que je vienne à Paris ? Ton père et moi

sommes très inquiets. Tu manges correctement ? Ah, ta grand-mère est derrière, attends, elle me parle.
Anna entendit son aïeule crier en arrière-fond.
– Ta grand-mère demande si tu as trouvé un Jules.
Les filles éclatèrent de rire.
– Bon, je raccroche Maman, je suis débordée !
Ce fou rire leur avait remonté le moral. Mais Anna avait quand même un nœud à l'estomac d'avoir assuré à ses parents qu'elle ne courrait aucun risque. Qui pouvait bien savoir quelle direction prendrait toute cette affaire ?

À la table du Fumoir, Philippe Garnier regardait les silhouettes se presser derrière la vitrine du Café. Allait-il la reconnaître ? Il ne l'avait vue qu'une fois, le soir du casse spectaculaire au Louvre. Il se rappelait une grande brune, élancée, le sourire franc et l'air déterminé. Il avait été étonné qu'elle lui téléphone, prétextant se souvenir d'un détail « insignifiant » et l'invitant à la retrouver dans un lieu moins formel que le commissariat.
Le Fumoir était un grand Café parisien situé devant la Cour Carrée du musée du Louvre. Les verres tintaient, les conversations animaient en arrière-fond ce Café cher mais toujours bondé. Les serveurs, sur leur trente-et-un, prenaient le manteau à l'entrée et esquissaient une révérence à la sortie.
C'est dans cette ambiance chic et romantique que Dorothée retrouva Philippe Garnier. Il se leva pour lui adresser un signe, elle le rejoignit à la table qu'il avait choisie près d'une fenêtre. L'ambiance feutrée éclairée par une bougie était propice à un moment de charme et de confidences.
– Je suis ravi de vous revoir, dit-il en tirant sa chaise pour qu'elle prenne place.
– Nous pourrions nous tutoyer, dit l'étudiante, je ne suis pas si vieille.
– Quel âge as-tu ? S'inquiéta-t-il.
– Vingt ans, sourit-elle.
Il lui rendit son sourire, visiblement charmé.
Ils étudièrent la carte, et alors que Philippe la priait de prendre

ce qu'elle souhaitait sans se soucier de la colonne des tarifs, elle actionna discrètement le dictaphone dans son sac à main. Celui-ci était placé sous la table, du côté de Philippe. Elle commença, un peu maladroite :
– C'est terrible cette histoire de disparition…
– Oui, dit-il d'un air grave en fronçant ses épais sourcils bruns.
– Je suis bouleversée, confia-t-elle. Est-ce qu'on a établi un lien certain avec le vol du tableau ?
– Détends-toi, dit-il.
Il interpella un serveur, le priant de ramener une bouteille de champagne. Dorothée était toujours dans l'expectative d'une réponse.
– On ne sait quasiment rien à ce stade, l'informa-t-il à contrecœur. Tout ce qu'on sait, c'est qu'il a dit à sa fille qu'on l'avait appelé en urgence à l'École pour une réunion de crise. Il est parti sur les coups de vingt heures, et à deux heures du matin, sa fille ne le voyant pas rentrer et ne parvenant pas à le joindre, a donné l'alerte.
– C'est terrible, concéda Dorothée. Sa fille doit être atterrée.
– Tu la connais ? demanda Philippe.
– Non, de vue seulement.
– Ce qui est troublant, c'est que cette réunion de dernière minute n'est mentionnée dans aucun agenda, renseigna Philippe. Mais un appel a bien été passé sur son téléphone depuis l'École du Louvre.
Il toussota et se ressaisit :
– Bref, parle-moi plutôt un peu de toi.
Elle se redressa, flattée, et entama une présentation succincte de son parcours personnel et scolaire. Il l'écoutait tout en remplissant leurs verres.
– Au fait, coupa-t-il. Je suis désolé, tu voulais me parler d'un élément du vol qui t'était revenu en mémoire. Je t'écoute, pardonne-moi.
Prise de court, elle ne sut qu'improviser, et répéta ce qu'elle avait appris d'Anna quelques heures plus tôt :
– Oh, c'est sûrement bête, mais j'ai cru voir une sorte de tatouage sur l'un des cambrioleurs… Un genre de serpent…

Philippe se stoppa et, une seconde plus tard, prit son verre d'un geste détaché :
– Vraiment… ?
Elle haussa les épaules :
– Je n'en sais pas plus !
– Tu as eu raison de m'appeler, il ne faut négliger aucun détail, c'est la première règle qu'on nous enseigne à l'école de police.
Il rit, et elle se mordit la lèvre. Il était vraiment renversant. Son visage avenant, son charisme grisant, sa gestuelle étudiée et assurée la décontenançaient. Elle se demanda si le fantasme du protecteur en uniforme n'était pas un cliché ancré dans l'imaginaire des fillettes depuis les princes charmants de leur enfance.
Dorothée s'excusa et partit en direction des toilettes. Elle en profita pour se remaquiller légèrement, travailla son sourire le plus charmeur. Elle se remémora le débat qu'elle et ses amies avaient eu au bar le week-end dernier. Anna était de l'école de la spontanéité et de la passion, prêchant de foncer quand une opportunité se présentait. Forte de ce conseil, elle retourna quelques instants plus tard retrouver le bel étalon.
Le reste de la soirée se passa dans une ambiance empreinte de douceur et de séduction. Le dîner terminé, ils quittèrent le Fumoir et firent quelques pas le long de la Seine. Paris de nuit était magique. Ses ponts illuminés, la Conciergerie et ses tours éclairées, étaient propices à un moment de complicité. Toutes les lumières scintillaient sur l'eau, au rythme berçant des bateaux qui descendaient paisiblement. L'air était plus vif, le soir, en ce mois de septembre, et Dorothée frissonna. Philippe ôta sa veste et les posa sur ses épaules. Ce contact la surprit, et elle le laissa lui caresser les bras pour la réchauffer. Il passa finalement sa main dans les cheveux de la jeune femme et l'embrassa.
C'est suivant la philosophie qui invitait à vivre l'instant présent et à savourer les plaisirs de la vie, que la jeune fille accepta de le suivre jusque chez lui pour un dernier verre.

Dorothée vérifia que le bel éphèbe dormait à poings

fermés. Quelle folie s'était emparée d'elle ! Elle n'avait décidément pas beaucoup résisté. Elle admira ses traits harmonieux, sa mâchoire carrée et ses yeux clos. Qu'il était beau ! Exquis, dans son sommeil d'enfant. Divin, son corps à demi découvert épuisé de l'effort fourni. On aurait dit le Faune Barberini, la sculpture de Bouchardon dans la Cour Puget du Louvre. Endormi, nu, tout tendu de ses muscles, la force en sommeil qui, lorsqu'elle se réveillerait, se jetterait à nouveau sur sa proie consentante.

Dorothée quitta discrètement le nid de leurs ébats et se dirigea dans le salon. L'appartement était spacieux et lumineux. Aménagé avec goût dans un style moderne et cosy, le salon doté d'une grande baie vitrée donnait sur le parc du Trocadéro et sa Tour Eiffel, plantée superbement au milieu. Elle admira le panorama. Puis, comme ramenée à la réalité, elle chercha quelle était la porte qui menait au bureau. Elle en poussa une, qui grinça légèrement. Le bureau était petit et jonché d'un tas de dossiers en cours. Portée par l'excitation, elle ne put s'empêcher de soulever la paperasse dans l'espoir de trouver une information utile à son investigation.

Poussant et repoussant les multiples chemises et classeurs, elle finit par trouver celui qui relatait l'affaire du Louvre. Le cœur battant à se rompre, mais avec beaucoup de concentration, elle le parcourut. Sur une feuille vierge empruntée au hasard, elle recopia quelques indications intéressantes. Elle avait trouvé l'adresse du domicile de Michel Fauret, et, plus intéressant encore, copie du rapport de l'état actuel de l'enquête policière. Elle le lut rapidement. La police optait pour la piste de l'enlèvement. Il ne semblait pas concevable que quelqu'un qui souhaite se faire disparaître, gare sa voiture dans un parking souterrain et s'enfuie à pied. Si la voiture avait été retrouvée devant une gare ou un aéroport, l'hypothèse aurait pu tenir la route. Dorothée constata que la police avait épluché toutes les vidéosurveillances des gares et aéroports parisiens et qu'aucune n'avait démontré la présence du directeur en ces lieux. Par ailleurs, sa carte bancaire était muette depuis la disparition. Aucun paiement par carte ni retrait d'espèces n'avait été effectué.

Dorothée apprit encore que des recherches avaient été menées en vain dans les principaux bois de la ville et alentours. Des plongeurs avaient arpenté la Seine pendant plusieurs jours, sans parvenir à trouver le corps du malheureux.

Dorothée déglutit, le cœur battant la chamade. La police le recherchait activement, mort ou vif. La perspective que les courants de la Seine étaient fouillés aux abords du Louvre pendant qu'elle et ses amies étaient en cours dans le musée au même moment, lui inspira un sentiment d'horreur. Mais elle se félicita de cette lecture. Elle et ses amies allaient pouvoir se consacrer à la piste de l'enlèvement, ou de l'homicide. Elle était consciente de leur avoir fait gagner un temps précieux, qu'elles ne perdraient pas en cherchant à savoir si Fauret s'était enfui face à l'ampleur des événements, tel que la presse le soutenait.

Dorothée entendit que Philippe se levait et la cherchait. En panique, elle referma le dossier et rétablit le même bazar organisé que celui qu'elle avait trouvé en entrant dans la pièce. Elle plia le papier sur lequel elle avait pris des notes et le glissa dans la poche de la chemise qu'elle portait. Elle se sentait comme l'épouse dans Barbe Bleue qui aurait ouvert la porte défendue. Elle sortit de la pièce d'un pas rapide et silencieux et elle feignit un étirement de fatigue, debout devant la baie vitrée du salon.

– Tu ne dors plus ? S'étonna Philippe.

Elle haussa les épaules et s'excusa de l'avoir réveillé. Il la rejoignit et l'enlaça, l'invitant à le raccompagner jusqu'à sa couche. Elle se sentit puissante et envoûtante comme une Salomé dansante de Gustave Moreau. Sa victime enivrée n'avait rien vu de sa manœuvre. Un peu coupable, elle chassa ce sentiment, fière d'avoir exécuté son dessein.

– Alors, cette soirée avec le flic, ça a été concluant ? Demanda Marie en prenant place à une table.

Dorothée avait réuni ses amies à ce qui était devenu leur quartier général, le Café de la place de la Comédie Française. Mais Virginie manquait à l'appel, car elle était à son cours de spécialité.

Dorothée avait décidé de cacher à ses amies la tournure qu'avait prise la fin de soirée. Elle n'aimait pas étaler sa vie privée et n'avait pas besoin de l'aval de ses copines. Peut-être qu'au fond, elle n'était pas vraiment fière d'avoir profité du bel homme. Mais elle se sentait telle une femme fatale, une espionne infiltrée. Et puis après tout, elle n'avait fait que lier l'utile à l'agréable.

Elle sortit le papier froissé de sa poche et ses deux amies s'écrièrent, ravies :

– Bien joué ! Tu es redoutable. Mais comment as-tu obtenu toutes ces informations ?

– Disons qu'il a été coopératif.

– Quelle force de persuasion ! Je suis étonnée qu'il ait fait fi du secret professionnel aussi facilement, dit Marie-Charlotte, ingénue.

Épatée, Anna parcourut ses notes et conclut :

– Fauret a donc bien été enlevé.

– En fait, rectifia Dorothée, au vu des fouilles et des battues menées sans relâche, la thèse de l'homicide n'est pas écartée. Ils cherchent un corps.

Anna frémit à cette pensée, mais la rejeta aussitôt. Cela lui semblait tout bonnement inconcevable. Elle se rattachait à l'idée qu'il était en vie, quelque part, attendant d'être secouru. Elle se proposa de récupérer le dictaphone pour l'écouter à l'occasion. Docile, Dorothée le lui tendit sans résistance. Elles furent dérangées par le téléphone d'Anna. C'était Virginie.

– Je viens de sortir de mon cours, vous êtes au QG ?

– Oui, tu nous rejoins ? J'ai quelque chose d'important à vous dire, répondit Anna.

Ses amies l'interrogèrent du regard.

Virginie se trouvait dans le hall d'entrée de l'École du Louvre, elle s'apprêtait à sortir mais elle ralentit à cette annonce.

– Dis-moi.

Anna se lança :

– J'envisage de pénétrer chez Fauret.

– Quoi ? Éclatèrent ses amies d'un même chœur.

– Pénétrer chez Fauret, tu veux dire le cambrioler ? Reprit Virginie, effarée.
Elle baissa d'un ton, consciente de ne pas être seule dans le hall de l'école.
– Je crois que c'est la prochaine étape indispensable oui. Il faut mettre un coup d'accélérateur, assura son amie à l'autre bout du fil.
– On ne trouvera rien, protesta Marie. La police a déjà dû tout retourner de fond en comble.
– Je te rappelle que sa fille, Anne-Cécile, y habite, renchérit Dorothée.
Virginie se posta dans un couloir près des bureaux administratifs.
– Et si on mettait Anne-Cécile dans le coup ? Proposa Virginie.
– Anne-Cécile, ça te dérange si on vient te cambrioler demain ? Ironisa Dorothée.
– Mais Peut-être qu'elle désespère de voir que la police n'avance pas, et qu'elle accepterait de l'aide extérieure, supposa Virginie.
– Je ne pense pas, dit Anna. Cette fille est d'une antipathie qui me fait froid dans le dos. Je n'ai aucune confiance en elle. On ne la connaît pas. Si ça se trouve, elle nous fera expulser de l'école ou elle préviendra la police.
– Et ton plan pour entrer chez Fauret, c'est quoi ? Demanda Virginie.
– Grâce aux investigations de Dorothée, on connaît l'adresse exacte de Fauret. Rue, numéro, code, étage. Reste que je suis bien incapable de forcer une serrure et que l'idéal serait qu'il n'y ait aucune trace d'effraction. Il faudrait que je me procure le double de la clé.
Son idée fut accueillie de râlements d'indignation.
– On va trop loin, gémit Marie-Charlotte.
Anna était comme possédée, et Marie commençait à se familiariser avec cette petite flamme d'excitation et de malice qui faisait pétiller ses yeux verts.
– Un enlèvement et un vol sont illégaux. On doit vaincre le mal par le mal, poursuivit Anna avec conviction.

Virginie commença à se demander si la vie de Michel Fauret valait l'échec de sa scolarité et la punition à perpétuité de la part de ses parents.
– Au sujet de l'organisation pratique, continua Anna qui pilotait les opérations. Suis-je la seule parmi nous à avoir mon permis de conduire ?
Les filles se concertèrent et acquiescèrent.
– Pourquoi ? Redouta Dorothée.
– Je me disais que si ça tournait mal, il faudrait Peut-être partir sur les chapeaux de roues, avoua Anna. Or, je suis la seule à avoir le permis.
– Mais tu n'as pas de voiture, remarqua Marie, ravie à l'idée d'abandonner le projet.
– En fait, j'ai cru apercevoir une superbe Audi garée devant chez toi, risqua Anna.
Marie vit où son amie voulait en venir et s'écria :
– Pas question, elle est à ma mère ! Si elle se rend compte qu'on la lui a piquée, elle me coupera les vivres !
– Ce qu'il faudrait, dit Dorothée, c'est quelqu'un de stupide, et qui a une voiture.
Il y eut un silence.
– Comme Thomas le Satyre ? Suggéra Virginie.
– Ah non ! Se révolta Marie. Pas lui, pas lui !
– C'est lui ou la voiture de ta mère, trancha Anna.
Un grand silence se fit. À l'autre bout du combiné, Marie-Charlotte se morfondait :
– Qu'est-ce qui m'a pris de faire l'École du Louvre ?
Virginie annonça qu'elle les rejoignait pour définir les derniers ajustements de cette folle entreprise. Elle raccrocha et s'éloigna du couloir où elle s'était attardée le temps de l'appel téléphonique. Ce qu'elle ne savait pas, c'est que derrière une porte, quelqu'un n'avait pas perdu une miette de la conversation.

5

Effraction

Virginie frappa à la porte du Bureau des Étudiants. Personne ne répondit. Intriguée, elle tendit l'oreille en direction de l'intérieur du local. Une musique agitée se faisait entendre à travers la cloison, ainsi que des cris. Curieuse, elle poussa la porte. Pirate était debout sur le canapé, vêtu d'une cape. Il déclamait des vers d'une voix forte, brandissant une épée factice. Virginie toussota pour faire remarquer son intrusion. Honteux, il sauta du canapé et décrocha sa cape. Il coupa la musique et alla l'accueillir.
– Excuse-moi, je dérange visiblement, dit-elle avec amusement.
– Non, dit Pirate. Je répétais mon texte. Tu sais, je fais partie du club de théâtre… Il y a une scène de combat, alors… Tu n'es pas intéressée pour adhérer à la troupe ?
Virginie rougit à cette proposition. Elle, sur scène, devant un public ! Voir Luc déguisé et décriant de la poésie l'aurait amusée, mais elle déclina gentiment son offre. Elle pénétra dans la pièce chaleureuse.
– Que me vaut cette visite ? Tu es venue te réfugier comme je te l'avais conseillé ?
– Non, dit-elle. À vrai dire, tu m'avais promis de me raconter ce qui s'est dit au conseil de l'École.
– Ah oui. Attends, j'ai pris des notes exprès pour toi.
Alors qu'il dépliait scolairement la feuille de sa poche, Virginie le trouva attendrissant et sourit maternellement.
– Alors, on a commencé par évoquer le problème de la cafétéria, tout le monde se plaint qu'elle est trop petite. La codirectrice Geneviève Tardieu a protesté et rien ne sera changé. Mais le BDE va militer pour qu'on ait au moins un micro-ondes, je te rassure !
Il rit et s'assit sur une chaise en face d'elle.
– Ensuite, on a abordé le budget des associations, bref, on s'en

fiche.
– Qu'a-t-on dit sur le directeur ? Le pressa Virginie.
– Eh bien… à vrai dire pas grand-chose, parce que Geneviève Tardieu n'arrêtait pas de pleurer. Elle a annoncé qu'il fallait chercher un autre directeur, dans l'hypothèse où Fauret ne reviendrait plus…
– On l'enterre vivant, remarqua Virginie. On a cité des noms potentiels ?
– On a pensé au directeur adjoint, Monsieur Véronet, mais Celui-ci a objecté qu'il était également professeur à l'université de Reims et que les déplacements ne seraient pas pratiques.
Il vérifia ses notes, un peu déstabilisé par le regard impatient de la jolie blonde.
– On a également pensé à l'adjoint du conservateur du Louvre, Monsieur Beaumarais. Geneviève Tardieu a conclu en disant qu'elle le convoquerait pour lui suggérer la proposition.
– C'est tout ?
– Oui, répondit Pirate en rangeant le papier.
Virginie était perdue dans ses pensées. Pirate la contemplait, attendant qu'elle dise quelque chose. Il était hypnotisé par sa douceur, la blancheur porcelaine de sa peau et ses yeux de chat. C'était la princesse des dessins animés de son enfance, dessins animés qu'il regardait d'ailleurs encore parfois.
– Je te remercie, dit-elle en revenant à la réalité.
– De rien. Mais je peux te demander pourquoi tu veux savoir ça ?
– La curiosité est un vilain défaut, avoua Virginie en se levant.
Il la raccompagna à la porte qu'il ouvrit galamment. Elle allait tourner les talons quand il la rattrapa :
– Attends, j'ai failli oublier !
Il disparut un court instant et revint avec un petit paquet.
– Qu'est-ce que c'est ? demanda Virginie.
– Aucune idée. Je l'ai trouvé ce matin devant la porte, c'était à ton nom.
Virginie tressaillit. Qui pouvait avoir l'idée de lui faire parvenir un colis à l'École, en passant par le BDE ? Hésitante, elle arracha l'emballage cartonné. Un petit objet tomba par terre en

scintillant. Elle se baissa pour le ramasser. C'était une minuscule petite clé en cuivre, pas plus grande que deux centimètres. Elle resta bouche bée, et Pirate haussa les épaules.

À la bibliothèque, les filles parvenaient difficilement à se concentrer sur leurs révisions. Anna ne pensait qu'à établir son plan d'attaque. Il lui restait le principal : trouver comment pénétrer le domicile du directeur porté disparu. Elle pianotait nerveusement sur son bureau. Oscar, le bibliothécaire, faisait des allers-retours dans la salle de lecture pour ranger les livres abandonnés par les élèves. Il jetait quelques regards vers elle, attiré et vexé d'avoir été repoussé lors de la soirée au bar.
À ce moment, Anne-Cécile Fauret entra dans la pièce. Oscar la gratifia d'une salutation outrancière. Flattée, elle resta là à discuter avec lui plusieurs minutes. Celui-ci roulait des mécaniques et lui faisait un discours fort amusant puisque la rousse sophistiquée riait presque aux éclats.
Oscar était le blanc-bec prétentieux qu'Anna ne supportait pas. Elle ne tolérait décidément pas cette manière de toujours s'adresser aux femmes en terrain conquis.
Anna étudia discrètement Anne-Cécile. Vêtue d'un fin chemisier rentré dans une jupe haute, elle portait des collants foncés et marchait à pas de velours, longue et féminine, dans de petites ballerines plates. Sa chevelure était de feu, sa peau blanche comme neige saupoudrée de taches de rousseur ; ses yeux bleus fragiles reflétaient une lassitude et une tristesse que seules les belles paroles du bibliothécaire semblaient illuminer. En l'observant Anna ne put s'empêcher de penser aux peintures préraphaélites d'un Gabriel Dante Rossetti. L'héroïne de ses œuvres était toujours rousse, aussi nostalgique et douce que femme fatale et dangereuse. Anne-Cécile concentrait cette ambivalence, ce mélange aigre-doux de douceur et de froideur.
Anne-Cécile s'installa finalement non loin d'Anna et de ses acolytes. Elle regarda dans leur direction, mais ne leur adressa pas un sourire. À nouveau froide comme une tombe, son visage impassible se tourna vers son bouquin.
Cette froideur soudaine fit tressaillir Anna. Elle tenta de sonder

l'état d'esprit de la jeune femme. Son père était porté disparu, la police devait sans cesse la déranger et l'interroger. Mais elle continuait à venir en cours, supportant les mesquineries et les chuchotements qu'elle semait toujours sur son passage. On pouvait aisément comprendre qu'elle ne pétille pas de bonheur. Anna ressentit une pincée de culpabilité à l'idée de l'entreprise qu'elle allait commettre sous son toit. Mais c'était pour son bien ! Peut-être réussirait-elle à lui ramener son père et alors, Anne-Cécile lui pardonnerait cet insolent projet.

La rousse partit en direction des photocopieuses. Mécaniquement, Anna bondit de sa chaise et se dirigea vers le bureau abandonné. Elle fit mine de faire tomber son stylo près du sac à main de sa camarade. Accroupie, elle fouilla dans le sac et trouva rapidement son trousseau de clés. En une seconde elle s'était relevée et avait glissé la clé dans sa poche.

Ses amies n'avaient rien remarqué, plongées dans leurs livres d'archéologie. Anna se précipita vers elles et glissa :
– Je reviens dans maximum une heure.
Avant qu'elles n'aient pu être renseignées sur ce départ soudain, Anna était partie comme une furie. Elle courut derrière le Louvre, sur les quais de Seine, pour attraper un bus.

Quand elle revint à la bibliothèque, essoufflée et ébouriffée par sa course, elle chercha immédiatement Anne-Cécile du regard. Mince ! Elle avait quitté la salle de lecture. En panique, courant partout, au fond de la salle, aux photocopieuses, et à la banque d'accueil, elle se résigna au départ de la jeune femme. Comment allait-elle lui rendre son trousseau de clé ?
Hésitante, elle s'approcha de la banque d'accueil, où Oscar bouquinait, les pieds posés sur une chaise. Il leva à peine son nez de l'ouvrage :
– Tu empruntes un livre ?
– Heu… Non, dit-elle.
Il leva la tête, intéressé, pensant qu'elle allait Peut-être revenir sur ses premières impressions et lui proposer un verre en ville.
– J'ai trouvé ça dans la salle de lecture, quelqu'un a dû les

perdre… Si on te les réclame…
Elle lui tendit le trousseau. Il le prit, sans cesser de sonder avec insistance la jeune fille, honteuse tête baissée, qui regagnait la sortie.

Ce soir-là, les quatre complices étaient réunies chez Marie-Charlotte. Mais cela n'avait rien d'une soirée pyjama classique avec chocolat et commérages sur le sexe masculin. L'air grave, elles projetaient leur intrusion chez Michel Fauret.
– Bon, je récapitule, dit Anna. J'ai acheté un long bonnet noir, que j'ai troué pour en faire une cagoule.
– Essaie-la, demanda Dorothée.
Hésitante, un peu honteuse, Anna passa la cagoule sur sa tête. C'est là qu'elle prit conscience de la réalité de son projet. Comme si le masque avait un pouvoir magique, celui de rendre possible l'inimaginable, caché derrière l'anonymat qui décuplait le courage.
– Tu peux encore reculer, dit gentiment Virginie.
Mais Anna était déterminée.
– Je suis allée faire faire un double des clés d'Anne-Cécile. J'espère qu'elle ne s'est aperçue de rien, et qu'elle a récupéré son trousseau à la bibliothèque sans problème.
Les filles saluèrent son initiative.
– Marie, tu as organisé le transport avec Satyre ? Reprit Anna.
Celle-ci fit une moue dépitée :
– Oui, c'est bon, c'est réglé. Il m'emmène au cinéma à la séance de vingt-deux heures. On sortira vers minuit. Là, je lui proposerai d'aller boire un verre, même si je vous maudis de m'envoyer dans ses filets. Vers une heure du matin, je lui demande de me raccompagner. On se gare à l'écart devant chez Fauret, je prétexte que c'est chez moi.
– Parfait, tu as tout saisi, la félicita Anna. Si je dois sortir en trombe pour une raison ou pour une autre, comme une alarme ou la police qui débarque, on improvise.
Marie-Charlotte tenait à exprimer son mécontentement :
– Vous n'êtes vraiment pas sympa de me forcer à fréquenter Satyre. Je vous préviens, c'est la première et la dernière fois.

– Bon courage, rirent ses amies.
Virginie prit la parole à son tour, tout en fouillant dans son sac à main.
– Anna, je te remets cette clé. Quelqu'un me l'a livrée par l'intermédiaire du BDE.
– Qu'est-ce que c'est ? S'étonna Anna en la prenant et l'examinant.
– Aucune idée, mais c'est assez louche pour que ça ait un rapport avec l'enquête.
– Sois très prudente, conclut Dorothée.
Les trois embrassèrent leur amie comme si c'était la dernière fois qu'elles la voyaient vivante.

La voiture de Thomas s'engagea rue du Cirque, à l'écart de la foule des Champs-Élysées, roulant au pas pour ne pas réveiller les riches habitants du quartier. Il s'enfonça dans une petite impasse résidentielle, fit un créneau maladroitement et tira le frein à main.
– C'est ici que tu habites ? Demanda Thomas en coupant le contact.
– Oui, dit Marie en observant l'immeuble des Fauret. Merci pour cette soirée, c'était super.
C'était le moment tant redouté de l'après rendez-vous. Un silence pesant s'installa. Thomas ne sentait pas la jeune fille très réceptive, mais comme il était assez sûr de lui, il se pencha vers elle pour tenter une approche. Marie fit mine d'éternuer bruyamment, et Thomas se retira, dégoûté.
Elle regarda sa montre : il était une heure passé. Anna devait guetter l'arrivée de la voiture cachée derrière un buisson, prête à enfiler sa cagoule. Marie bredouilla et tira la poignée de la voiture, pressée d'échapper aux mains velues du Satyre gourmand.
– Écoute, je vais aller chercher un manteau plus épais, et si tu veux, on peut retourner faire un tour de voiture après… Tu veux bien m'attendre ici ?
– Je ne peux pas monter ? Tenta Thomas avec maladresse.
– Heu, non, ma mère dort… Écoute, je fais le mur exprès pour

toi. Si jamais ma mère s'aperçoit que j'étais sortie, tu risques de me voir revenir en courant. Il faudra sûrement que tu démarres en trombe…

Surpris et excité par cette escapade dangereuse qui avait un goût de romance interdite, il lui assura être un homme d'action, prêt à griller tous les feux rouges pour sauvegarder leur fugue précipitée.

Elle se força à l'embrasser sur la joue pour gagner sa patience, et Thomas se frotta les mains en la regardant s'éloigner.

Marie tourna à l'angle où se cachait Anna.

– C'est bon, dit Marie. Mais fais vite.

– Dix minutes maximum, promit son amie.

Anna se leva et allait s'approcher de la maison, quand Marie la retint par le bras. La peur se lisait dans ses yeux plongés dans l'obscurité. Marie balbutia, terrorisée :

– Sois prudente.

La peur de son amie était communicative. Anna avait-elle mesuré le risque qu'elle s'apprêtait à prendre ? Elle s'imagina menottée au poste de police, et sa mère prenant le train pour venir la renier. Mais elle ne pouvait plus faire demi-tour. Le cœur prêt à se rompre, elle fit mine d'être une résidente et tapa le digicode. La porte s'ouvrit. Dans le hall, elle sortit sa cagoule et l'enfila. Fine et athlétique dans sa tenue noire moulante, elle monta au premier étage et tendit l'oreille. Pas l'ombre d'un bruit à l'intérieur. Aucun rayon de lumière ne filtrait non plus sous la porte. Prête à mettre la clé dans la serrure, elle eut une dernière hésitation. Elle pensa à tout le mal qu'elles s'étaient donné jusqu'alors et tourna doucement la clé, priant pour qu'il n'y ait pas d'alarme. Rien ne se déclencha. La porte céda et elle se trouva face à un long couloir orné de peintures. Seule la lumière des lampadaires de la rue envoyait une lumière blafarde et reflétait la silhouette géante des fenêtres sur le mur.

Le couloir donnait sur de nombreuses pièces. Laquelle prendre sans tomber nez à nez avec sa camarade de classe ? Elle ne savait même pas ce qu'elle cherchait exactement !

Elle passa devant une salle de bains, puis trouva un grand bureau. Elle y entra. L'imposant bureau Empire tout en acajou, orné de bronzes dorés solennels formés de chimères ou de sphinx, était parfaitement rangé. Aucun papier ne dépassait. Un encrier en bronze Napoléon III côtoyait une lampe bouillotte de la même époque. Anna ouvrit très lentement les tiroirs. La police devait déjà être passée par là. Et si son intrusion était vaine ?

Elle se sentait comme Fantomas, dans sa tenue noire moulante qui devait tapir son ombre dans la nuit. Ses cheveux châtains étaient plaqués sur sa nuque, sous sa cagoule de laine. Elle avait chaud, cela la grattait, mais elle restait concentrée sur sa recherche.

Elle jeta un œil sur la photo encadrée sur le bureau. À côté d'une photo d'Anne-Cécile enfant, reconnaissable par sa chevelure de feu, il y avait une photo de classe jaunie. Anna essaya de reconnaître Anne-Cécile, puis lut la date « 1973 ». « Ce n'est pas Anne-Cécile, mais probablement son père sur cette photo ! ». Elle prit la photo entre ses mains et l'examina de plus près, à la fenêtre, à la lueur de la rue éclairée. Elle avait été prise dans le jardin des Tuileries, devant l'École du Louvre. Elle n'eut pas le temps de s'amuser à chercher lequel était son directeur parmi tous ces jeunes hommes en pantalons à pattes d'éléphants. Elle la reposa et s'affaira à chercher autre chose.

L'étude du bureau n'ayant pas été concluante, elle chercha sur les étagères. Son pied heurta un carreau du sol qui n'était pas parfaitement solidaire des autres. Elle se figea, craintive qu'on l'ait entendue. Elle s'accroupit pour remettre le carreau en place, mais en le faisant bouger, elle s'aperçut qu'il renfermait une cachette. Elle alluma la petite lampe de poche qu'elle avait apportée par précaution. Au fond du trou, une boîte rectangulaire en laque japonaise était là. Elle tendit la main pour l'attraper et la remonter. Elle secoua la boîte légèrement, mais elle ne faisait pas de bruit. Était-elle vide ? En tout cas, elle était fermée par un minuscule cadenas en cuivre. Elle réfléchit. Ce fut comme une illumination et elle sortit la petite clé de sa poche, celle que Virginie lui avait donnée. Elle scintilla dans l'obscurité. Elle l'introduisit dans la serrure. Le cadenas semblait vieux et n'avait pas été forcé depuis bien longtemps. Anna insista et il céda, à sa grande surprise.

Avec émotion, elle l'ouvrit et eut la surprise de découvrir un splendide dessin, vieilli par le temps. Elle braqua sa lampe dessus. C'était une esquisse à la pierre rouge, une sanguine représentant un angelot. La technique, privilégiée par de nombreux artistes pour les épreuves préparatoires, avait un aspect poreux proche du pastel. C'était croqué sur le vif, et à la fois, précis et maîtrisé. Un coup de crayon assuré, Peut-être la marque d'un maître. Anna était fascinée par la beauté de la technique. Comme hypnotisée, elle hésita à la remettre à sa place. En quoi cela éclairerait l'affaire ? Certes, sa cachette était suspecte. Mais c'est en retournant le papier jauni qu'elle se paralysa. En haut, dans un angle, un tout petit symbole avait été apposé à l'encre rouge, comme un tampon. Elle s'approcha pour être sûre, mais il n'y avait pas de doute. Le petit cercle était en bien un serpent qui se mordait la queue.

Elle voulut replacer la boîte dans le trou, comme si elle lui avait brûlé la main. Mais en se penchant, elle remarqua qu'autre chose avait été déposé dans ce coffre-fort de fortune. Elle dirigea sa lampe en cette direction, et cette fois, un petit cri de terreur lui échappa.

« Un flingue ! »

Elle voulut remettre la sanguine dans la boîte, mais elle ne parvenait plus à refermer le cadenas. Elle tenait absolument à ce qu'aucune trace ne soit laissée derrière elle. Personne ne devait soupçonner cette intrusion, il fallait tout laisser intact. Elle se raidit, car elle avait entendu du bruit.

« Bon sang, faut que je sorte d'ici ! ».

Prise de panique, elle reboucha le carreau et s'enfuit sur la pointe des pieds en direction de la porte d'entrée. Mais elle avait gardé, dans sa précipitation, la boîte dans ses bras ! Elle voulut faire demi-tour pour la replacer dans sa cachette d'origine, mais se glaça d'effroi. Anne-Cécile se tenait debout dans le couloir, en chemise de nuit !

Anne-Cécile poussa un hurlement. Anna eut si peur qu'elle se rua dans l'escalier, qu'elle dévala à toute vitesse. Se jetant hors

de l'immeuble, elle retrouva Marie derrière son buisson et l'attrapa par le poignet :
– Cours !
Marie se mit à courir derrière son amie, terrorisée. Arrivée à la voiture de Thomas, Anna arracha sa cagoule et se jeta à l'arrière du véhicule. Marie la suivait de peu et elle prit place à l'avant en claquant la porte de toutes ses forces.
– Démarre !
Thomas, stupéfait, tourna la clé, mais la voiture cala. Il regarda l'intruse dans le rétroviseur. Les cheveux ébouriffés, Anna lui sourit :
– Coucou Thomas !
– Démarre ! Ordonna à nouveau Marie pour le sortir de sa torpeur.
Celui-ci s'exécuta en tremblant et la voiture partit en trombe. Alors qu'elles reprenaient leurs esprits difficilement et que la voiture quittait le secteur, Marie-Charlotte rompit le silence abasourdi de son conducteur.
– Je vais t'expliquer, dit-elle. J'avais invité Anna à dormir à la maison, car sa mère l'a chassé de chez elle… Alors je la cache chez moi. Mais ma mère nous a entendues et on est parties en courant.
Anna croisa son regard dans le rétroviseur. Thomas sortit de son état de stupeur pour demander dans quelle direction ils allaient. Marie lui indiqua une adresse dans le quinzième arrondissement, rue Mademoiselle. Anna comprit qu'elles allaient chez Dorothée. Thomas se gara sur le côté pour régler son GPS, ce qui agaça Anna, impatiente. Elle se retournait sans cesse pour s'assurer que la police n'était pas à leurs trousses.
En alerte, Dorothée avait laissé son téléphone allumé, pour rester au courant de l'affaire. Elle les attendait sur le pas de la porte. Anna sortit de la voiture et dut contrôler ses jambes pour qu'elles ne cèdent pas. Marie se pencha au-dessus de la portière et remercia Thomas pour la soirée, en excusant sa fin précipitée.
Dorothée installa un lit de fortune au pied de son lit. Anna reprenait ses esprits, enveloppée dans sa couverture. Elle leur

montra la boîte, l'ouvrit et leur tendit la sanguine.
– J'ai trouvé ça dans le bureau de Fauret.
Les filles restèrent silencieuses, ne voyant pas en quoi cela éclairait l'affaire. Anna leur expliqua ce que lui avait confié Mathieu.
– Anna, ce mec te fait perdre la tête, la réprimanda Dorothée.
– Il faut quand même approfondir cette piste, insista Anna. Ce que je ne comprends pas, c'est que la personne qui nous a fait parvenir la clé devait savoir qu'on comptait s'introduire chez Fauret, et elle devait espérer que l'on trouve cette sanguine.
Cette dernière phrase fut suivie d'un long silence. Quelqu'un était donc au courant de leurs indiscrétions ?
– J'ai aussi vu un flingue.
Les filles déglutirent.
– C'était de la folie, on ne le refera plus, dit Dorothée en éteignant la lumière. Les filles, il faut qu'on dorme. Demain, les cours reprennent, et il ne faut laisser transparaître aucun malaise.
– Mon Dieu, si je croise Anne-Cécile, je vais m'évanouir, dit Anna en s'allongeant sur le matelas.
Marie, couchée à ses côtés, posa une main rassurante sur le bras de son amie, et elles cédèrent à l'épuisement.

Anna jetait des regards inquiets vers l'entrée de la bibliothèque, redoutant l'arrivée d'Anne-Cécile. L'estomac noué, la jambe agitée d'un tic nerveux, elle n'avait aucun espoir de parvenir à travailler son cours d'art assyrien.
Au lieu de la fille du directeur récemment cambriolée, son cœur bondit dans sa poitrine, car ce fut Mathieu qui entra. Il posa son sac à un bureau et se dirigea vers les étagères pour choisir un livre. Elle hésita à l'aborder, puis finalement se dirigea vers lui. Depuis qu'elle avait cambriolé son directeur, tout lui paraissait soudainement beaucoup moins difficile à réaliser.
– Salut, dit-elle en s'appuyant contre le mur.
– Salut, sourit-il en rangeant un livre. Quoi de neuf ?
Anna hésita puis l'entraîna à part. Elle parlait à voix basse en

fuyant son regard.
– J'ai besoin que tu me dises si c'est bien le symbole que tu as vu sur le tatouage.

Il fronça les sourcils, ne comprenant pas de quoi elle parlait. Elle soupira et le pria de la suivre dans la petite pièce du fond, qui était toujours vide. Au passage, elle prit dans son sac une pochette cartonnée qu'elle serrait sur sa poitrine.

Il l'interrogeait toujours de ses yeux noisette, curieux et incertain. Elle prit sa respiration et ouvrit la pochette. Elle en sortit délicatement la sanguine et la lui montra.

– Magnifique, lâcha-t-il tout en passant son doigt légèrement au-dessus.

Elle retourna le dessin et lui tendit. Sa réaction fut immédiate.
– Oui, c'est ça, dit-il. Mais où… ?
Elle l'interrompit :
– Mathieu, ne pose aucune question, s'il te plaît.
Il resta coi, puis chuchota :
– Tu ne peux pas me mettre ça sous le nez sans un minimum d'explications.

Elle restait muette de peur. Stupéfait, il vit ses grands yeux verts se remplir de larmes.

– Bon, OK, calme-toi, dit-il en la prenant par les épaules pour qu'elle s'asseye sur une chaise. Tu t'es renseignée sur ce symbole ?

Elle hocha la tête négativement, elle n'avait pas eu le temps.
– Viens, on va faire une recherche, dit-il.

Poussé par la curiosité, il s'installa à l'un des ordinateurs. Anna tira sa chaise à ses côtés.

– Par où commencer ? On trouvera sans doute un livre ici spécialisé dans les sciences occultes, ou je ne sais quoi.
– Si tu tapais quelque chose comme « les symboles et leur signification » ? proposa Anna qui avait retrouvé un peu de maîtrise d'elle-même.

Il s'exécuta, et trois titres apparurent. Anna les nota et remplit les fiches de demande d'emprunt. Elle laissa Mathieu pour transmettre ses demandes de prêt à la banque d'emprunt.

– Oscar, dit-elle avec surprise.

« Je l'avais complètement oublié celui-là, pensa-t-elle. »
– Bonjour, dit-il avec amusement.
Elle tendit les fiches où étaient notés les titres des livres qu'elle souhaitait consulter.
– Les symboles et leur signification ? S'étonna Oscar.
Ses cheveux étaient ébouriffés, le bouton du col de sa chemise savamment détaché.
– Oui, ça pose un problème ? S'impatienta-elle.
Il haussa les épaules, faussement désinvolte, et partit à la recherche des trois ouvrages. Il revint cinq minutes plus tard, et alors qu'il enregistrait le prêt, il l'interrogea à nouveau :
– Ce n'est pas au programme des cours…
Elle soupira, excédée. Il les lui tendit et alors qu'elle allait s'en saisir, il fit mine de les lui retirer :
– Bonne lecture.
Anna les mit dans son sac et partit sans le remercier. Elle retrouva Mathieu dans la petite pièce ovale du fond, celle des consultations des revues. Par chance, personne n'y allait jamais. Ils se répartirent les recherches. Anna ouvrit l'un des livres. C'était un livre d'iconographie assez basique, il ne comportait pas de chose aussi approfondie. Elle chercha dans les symboles chrétiens, en vain. Elle tourna les pages jusqu'au chapitre des symboles païens, mais ne trouva rien non plus. Elle se rendit sans trop y croire au chapitre des symboles celtes. Soudain, Mathieu sortit de sa lecture, songeur :
– Je devrais Peut-être signaler à la police ce que j'ai vu ?
Le doute s'installait en lui, comme s'il portait la responsabilité de la clé de l'enquête. Anna paniqua à l'idée que la police remonte la trace jusqu'à son effraction.
– Non ! Pas si on ne trouve rien dessus, ils ne te prendront pas au sérieux.
Alors qu'elle fermait ce livre et en ouvrait un autre, un papier tomba par terre. Elle se baissa pour le ramasser et l'ouvrit machinalement. Son cœur fit un bond dans sa poitrine.
« Page 158. »
Stupéfaite, elle resta bêtement hypnotisée. Elle tapota sur le bras de Mathieu. Il tourna la tête et vit le mot. En silence, ils

ouvrirent le livre. Ils tressaillirent d'un même mouvement de surprise. Le fameux serpent était reproduit. Ils restèrent sans voix. Était-ce Oscar qui les envoyait sur cette piste ? Quelqu'un d'autre avant eux avait-il consulté l'ouvrage ? Était-ce une coïncidence ? La voix tremblante, Anna entama la lecture du chapitre à voix haute :
– L'Ouroboros, ou serpent qui se mord la queue, est un symbole méconnu des historiens de l'art... remonterait à une secte médiévale dont la signification reste mystérieuse. Ce symbole serait l'emblème d'une secte de la ville de Rome, en ces temps où l'Italie était morcelée de petites villes rivales en concurrence constante. C'est un symbole d'éternité, de renaissance d'un cycle sans fin.
– Intéressant, dit Mathieu.
– Raphaël a travaillé presque toute sa vie à Rome, dit Anna. C'est forcément lié à ce peintre. Et si je retournais questionner Oscar ?
– T'inquiète pas, si c'était lui qui avait fait le coup, il ne t'enverrait pas sur cette voie, ironisa Mathieu.
Qu'aurait Oscar à gagner à un tel jeu de piste ?
Perdue dans ses pensées, Anna se rongeait les sangs. Et si en plus d'un cambriolage, elle se retrouvait en situation de receleuse ? Si elle était coupable du vol d'une œuvre importante ? Et d'où provenait ce dessin d'une grâce particulière et d'une exécution magistrale ? Elle recommença à être envahie de panique et les larmes coulèrent sur ses joues sans qu'elle ne puisse les retenir.
– Anna, dit lentement Mathieu en la regardant droit dans les yeux. Tu dois me dire où tu as trouvé ce dessin. Je peux t'aider.
Il la prit par le menton pour qu'elle lève les yeux vers lui. Elle déglutit. Elle allait être obligée d'avouer qu'elle était une criminelle, Mathieu la prendrait pour une folle, la dénoncerait, et surtout ne voudrait jamais d'elle.
– Je veux savoir, insista-t-il.
– C'est une histoire de dingues, avoua Celle-ci la voix tremblante.
Il l'incita du regard à continuer.

– Avec quelques copines, on mène un peu l'enquête…
Elle redouta de lever les yeux vers lui. Quand elle le fit, il souriait, fasciné :
– Incroyable…
Il restait là, à la contempler reniflant ses larmes. Ses yeux habituellement pétillants étaient un livre ouvert, et présentement, il y lisait l'angoisse la plus totale.
– Tu as un courage fou, dit-il avec excitation. Et elle en est où cette enquête ?
Elle dut refréner ses ardeurs :
– Mathieu, si je te confie nos découvertes, tu vas être impliqué, je ne veux pas te causer de problème.
Il redevint sérieux. Qu'il était beau quand il réfléchissait !
– Je veux participer à votre enquête. Dis-moi tout, je vais vous aider.
Son cœur battant à se rompre, Anna décida de tout lui raconter.

6

Lettre anonyme

– La séance est ouverte, décréta Dorothée.
Marie-Charlotte avait proposé à ses amies de déjeuner chez elle pour faire le point.
– Bon, on en est où ? Demanda Marie.
– Eh bien, je sens que j'avance, dit Anna, je gagne du terrain.
Les filles s'interrogèrent du regard. Anna mangeait tranquillement, sans remarquer l'étonnement de ses amies.
– De quoi tu parles ? Demanda Virginie.
– De Mathieu bien sûr, répondit-elle en découpant sa viande.
Les filles rirent.
– Anna, nous parlons de l'enquête, dit Dorothée. Ma pauvre, il va te rendre dingue ce mec !
– Je dois vous parler à ce propos, avoua Anna en essuyant sa bouche avec sa serviette. Vous n'allez Peut-être pas m'approuver…
– Je crains le pire, murmura Virginie.
– Voilà, j'ai mis Mathieu dans le coup.
– Quoi ? Éclatèrent les filles.
– Anna, on a dit que c'était top secret, s'offusqua Marie. Tu te rends compte que tu le connais à peine ? Et s'il nous vend ? S'il a peur et qu'il change d'avis ? Tu ne lui as pas dit pour le cambriolage chez Fauret quand même ?
Anna resta muette, n'osant avaler sa bouchée de carottes. Elle déglutit enfin :
– Mathieu est sérieux et très curieux de l'affaire.
– Mais tout le monde est curieux, déplora Virginie.
– Écoutez ! L'enquête a avancé grâce à lui. C'est Mathieu qui m'avait parlé de ce symbole et là, je retrouve le même chez Fauret ! Je suis certaine que la clé de l'énigme se trouve dans la signification de ce symbole. J'ai donc montré à Mathieu la sanguine pour être sûre que c'était bien ce qu'il avait vu… De fil en aiguille, j'ai été obligée d'avouer.

– Je crois surtout que tu as fait ça pour te rendre intéressante à ses yeux, ce n'est pas correct, protesta Dorothée.
Anna resta bouche bée.
– Pardonnez-moi, j'aurais dû vous en parler avant, je nous ai mis en danger ! Ce garçon me fait perdre le ciboulot !
– Bon, à part cet incident, parle-nous de ce symbole, grinça Virginie, agacée.
– Eh bien, c'est un symbole médiéval rattaché à la ville de Rome. Le lien avec Raphaël est évident, mais dans quelle mesure, je l'ignore. Je ne pense pas que nos manuels d'histoire de l'art nous racontent que Raphaël faisait partie d'une secte. Il va falloir se renseigner autrement.
– C'est là qu'intervient Sébastien Tardieu je pense, proposa Dorothée. N'oubliez pas, il est prof d'art égyptien, mais sa vraie spécialité, c'est la Renaissance italienne.
– Oui, mais il y a d'autres faits troublants, continua Anna. Quelqu'un nous a indiqué la page du livre qui concernait le symbole. Je me demande si ça n'était pas Oscar.
– Incroyable ! Dit Marie. Il serait donc au courant ?
– Peut-être qu'il était là au moment du vol, et qu'il a aussi vu l'Ouroboros. Mais comment aurait-il su que tu menais l'enquête ? Demanda Virginie. Tu es sûre d'avoir toujours été discrète ?
– Oui, hésita son amie.
– Je me demande de plus en plus si Fauret a vraiment été enlevé, douta Dorothée. Et si c'était lui qui avait organisé le vol ? Si c'était lui qui détenait le fameux plan secret du musée, si toutefois ce plan existait ? Imaginons. Il fait partie d'une secte adoratrice de Raphaël, et vole le tableau. Ensuite, il se fait disparaître et s'offre une retraite pénarde au Panama !
– Mais pourquoi aurait-il acheté un flingue s'il ne s'était pas senti menacé ? Objecta Anna. Et pourquoi agir en plein jour ?
– Peut-être que celui qui a fait ça était un proche de Fauret, supposa Virginie. Il a donc eu accès au plan et a volé le tableau. En plein jour, afin de nuire à la réputation du musée. Fauret le démasque, lui envoie des menaces, comme quoi il va le dénoncer. Et paf, le mec fait enlever Fauret avant qu'il ne

parle !

– Je suis perdue, avoua Marie.

– La question centrale, reprit Anna, c'est : pourquoi Fauret a-t-il disparu ? A-t-il découvert quelque chose qu'il n'aurait pas dû savoir ? S'il s'est fait supprimer, ou sortir du circuit, c'est qu'il était Peut-être en possession d'une information qui l'a exposé à ce danger.

– J'ai demandé à Luc les noms des candidats au poste de Fauret, continua Virginie. On a un certain Véronet, qui s'est désisté. On peut donc l'écarter.

– Sauf si c'est lui mais que pour brouiller les pistes, il décline l'offre, proposa Dorothée.

– Et il y a un certain Beaumarais, adjoint du conservateur. Il faut creuser ces deux pistes.

Le beau dessin à la sanguine, d'une remarquable précision et d'un art des proportions particulièrement équilibré, trônait sur la table. Virginie murmura :

– Et si Fauret avait lui-même volé ce dessin… Alors nous sommes sur la piste d'un criminel… Peut-être que l'on se donne tout ce mal pour retrouver un vulgaire malfaiteur.

– J'ai volé un voleur, gémit Anna. Vous croyez que je vais aller en prison ?

Dorothée, pragmatique, fit une rapide recherche sur son smartphone et lut :

– Le recel est un délit passible de cinq ans d'emprisonnement, et d'une amende pouvant aller jusqu'à la moitié de la valeur de l'objet, quel que soit son montant.

Anna s'effondra sur la table, la tête enfouie dans ses bras :

– Ma vie est fichue !

– Qu'est-ce qu'on fait ? Demanda Virginie en rangeant la sanguine dans une pochette cartonnée.

– On l'amène au poste de police en disant qu'on l'a trouvée dans une poubelle ? Proposa Marie.

– Non, dit Virginie, ils ne nous croiront pas et nous surveilleront de près.

– Je vais la ramener chez Fauret, déclara Anna la voix brisée de larmes. Je ne veux plus de ce truc chez moi ! Je dois à tout prix

la remettre où je l'ai trouvée.
– Calme-toi, ordonna Virginie. Oublie cette idée, il est hors de question que l'on prenne à nouveau un risque pareil. Et ne nous leurrons pas, Anne-Cécile a dû faire changer les serrures, mettre des barreaux aux fenêtres et poser des alarmes. C'est impossible. Anna, arrête de pleurer, ressaisis-toi !
Elle passa une main réconfortante sur son épaule, mais la jeune fille avait complètement cédé à la panique.
– Tu parles d'une future historienne de l'art, je commence ma carrière comme voleuse !
– Ça n'a pas empêché Fauret d'aller loin dans la vie, ironisa Dorothée. Continue comme ça et tu finiras conservatrice du Louvre. Mais pourquoi on cherche encore cet escroc ?
– On n'est sûr de rien. La présomption d'innocence, dit Marie savamment.
Marie-Charlotte, ingénue, voulait continuer à croire en la bonté de l'homme, en toutes circonstances.
– Au moins, maintenant, on sait pourquoi on enquête, dit Dorothée sur un ton de reproche. On doit absolument régler cette histoire au plus vite afin de nous innocenter du vol de ce dessin.
– Laissez-moi tomber les filles, renifla Anna, je suis nocive. Pensez à votre survie, abandonnez-moi.
Devant le silence de ses amies, elle se ravisa :
– Non, sérieusement, vous n'allez pas me laisser tomber, hein ?

Virginie retenait des bâillements de plus en plus insistants. Elle était avec ses amies en cours de Travaux Dirigés d'art égyptien avec Sébastien Tardieu. Il lui semblait que le musée n'avait jamais accueilli plus de touristes que depuis le vol et la disparition de son conservateur. Les gens venaient du monde entier, poussés par l'excitation, espérant presque assister à un autre événement d'envergure extraordinaire.
Sébastien Tardieu parlait de sa voix basse et ennuyeuse habituelle, ce n'était pas facile de rester concentrée sur ses paroles avec le brouhaha en fond. Mais surtout, Virginie avait peu dormi. Elle avait passé sa soirée à lire et relire le petit

carnet de l'enquête qu'elle et les filles avaient décidé de mettre au point. C'était une idée d'Anna. Chaque fois que l'une d'elles relevait un élément qui lui semblait avoir un lien avec l'affaire, elle le notait, et le carnet circulait ainsi de complice en complice. C'était un enchevêtrement de notes, ratures, gribouillages, flèches et schémas. Des noms étaient barrés ou entourés d'un grand point d'interrogation. Il fallait régulièrement se poser et l'étudier, si l'on voulait comprendre l'articulation entre les différents protagonistes et les événements constatés.

Sébastien Tardieu lui-même était une énigme. La trentaine, physique rabougri, peu énergique, l'air déprimé, il était maigre, voûté, son regard éteint caché derrière de grandes lunettes. Il portait le même nom que la codirectrice, Geneviève Tardieu, et pourtant, il n'exerçait pas la spécialité qu'il voulait. Quel était son lien exact avec cette dame de pouvoir ?

Anna s'efforçait de rester concentrée sur le cours mais prenait des notes irrégulières. Elle sentait que Mathieu cherchait à croiser son regard, mais elle évitait le sien. Ses amies l'avaient fortement réprimandée de lui avoir révélé leur folle entreprise. Elle regrettait de lui avoir tout rapporté. Après tout, elles avaient raison, elles ne savaient rien de lui.

Mathieu justement était plus motivé que jamais par les révélations que lui avait faites son excentrique camarade. Il était impatient de commencer à contribuer à l'enquête, mais il attendait des directives, un signe de la part de celles qu'il pensait être ses coéquipières. Mais les quatre se montraient plutôt distantes et lui tournaient le dos autant que possible.

Mathieu se posta derrière Anna et lui souffla à voix basse :

– Alors ? Qu'est-ce que je peux faire ?

Elle baissa son nez sur ses notes, fermée comme une huître. Ses amies l'observaient du coin de l'œil, vérifiant qu'elle n'encourageait pas le jeune homme à se joindre à elles.

– Il vaut mieux abandonner ce projet, chuchota-t-elle sans se retourner vers lui. Je suis désolée, mais les filles ne voient pas ça d'un bon œil.

Il comprenait. C'était normal de devoir faire ses preuves,

gagner leur confiance en apportant en quelque sorte sa pierre à l'édifice. Il réfléchit de son côté à la manière dont il pourrait obtenir son admission au groupe.

Le cours touchait à sa fin. Anna rangea ses affaires et fila rapidement, sans un regard pour lui. Il ne put la rattraper car il devait signer sa feuille de présence. Il croisa le regard suspect de Dorothée, qui interpella le professeur :
– Monsieur Tardieu, je peux vous voir une minute ?
Celui-ci leva la tête mollement.
– Je vous écoute Mademoiselle.
Les élèves se dispersaient. Dorothée et son professeur marchaient lentement en direction de la sortie. La grande brune demanda avec assurance :
– Voilà, je me demandais si vous saviez à qui l'École a pensé pour remplacer Monsieur Fauret.
Sébastien parut très ennuyé de cette question.
– Je ne suis au courant de rien, et comprenez que je ne veuille pas être à l'origine de rumeurs.
– Je sais bien, mais vous pouvez me comprendre, j'étais là au moment du vol et plein de questions se bousculent dans ma tête…
– On en est tous là, dit Sébastien avec découragement. Je n'en sais pas plus que cette foule d'individus qui lisent la presse et regardent les informations.
Elle savait qu'il mentait :
– Mais, vous faites partie du personnel de l'École, et Madame Tardieu est de votre famille, je me trompe ? C'est votre mère ?
Il écarquilla les yeux derrière ses lunettes et son silence confirmait les doutes de Dorothée.
– Alors vous devriez être au plus près de cette histoire, insista Dorothée.
Il semblait s'impatienter.
– Je peux vous poser une autre question ?
Sébastien se dirigeait vers la sortie d'un pas désormais rapide, traversant la salle des petites terres cuites grecques. Dorothée doubla un touriste et slaloma entre deux Japonais pour le rattraper, comme une journaliste qui courrait derrière une star :

– Pourquoi enseignez-vous l'art égyptien, si votre spécialité est la Renaissance ?
– Il n'y avait pas de poste, dit Sébastien sans se retourner.
– Mais comment se fait-il que vous, je veux dire le fils du bras droit du directeur, n'ayez pas bénéficié d'un traitement de faveur ?
– Ça suffit, postillonna Sébastien.
Cette fois, il avait pilé net, et était devenu rouge de colère. Elle bégaya quelque chose mais il s'enfuit en la laissant se faire happer par la foule de curieux.

Mathieu sortait du Louvre et allait récupérer son vélo. Tranquille, comme à son habitude, il mit son casque de musique sur les oreilles et son sac en bandoulière. Il pédala avec nonchalance sur les bords de la Seine, perdant de vue petit à petit l'aile du Louvre, le gothique rayonnant de Saint Germain l'Auxerrois, puis la façade de verre et de pierre de la Samaritaine. Qu'il aimait sa ville ! Oui, Paris était "sa" ville. Il l'adorait sans conditions, même sous la pluie, même dans son petit studio à Bastille, où il s'était familiarisé avec les commerçants de son quartier, où il habitait pourtant depuis peu. Traverser Paris à vélo était son plaisir quotidien, et ce vélo, son fidèle destrier et le support de sa liberté.

Il quittait tranquillement les abords de la Place du Châtelet quant à un feu rouge, alors qu'il réglait le volume de ses écouteurs, il reconnut le conducteur de la voiture devant lui. Instinctivement, il le suivit. Il gardait une distance raisonnable pour ne pas être vu. Avec le trafic dense, la voiture n'avançait pas vite et il pouvait la garder dans le collimateur.
La voiture grise longea les quais de Seine puis tourna vers le septième arrondissement avant de s'enfoncer dans une impasse. Mathieu ralentit. Il regarda Oscar sortir du véhicule et entrer dans un immeuble. Il abandonna son vélo contre le mur et alla retenir la porte avant qu'elle ne se referme. Prudent, il écouta : Oscar s'arrêtait au premier étage. Il attendit de l'entendre fermer la porte et monta à son tour. Concentré, il maîtrisait les battements de son cœur, tout entier fixé sur ce qu'il essayait de

percevoir. Il n'eut pas besoin de s'approcher davantage pour entendre la scène qui se déroulait à l'intérieur de l'appartement. C'était visiblement chez lui, puisqu'il l'entendit tourner la clé dans la serrure. À sa grande surprise, une voix féminine s'en échappa.
– Mais enfin, qu'est-ce qui t'a pris ? Tu as pris trop de risque. Cette fille se doute de quelque chose.
– Ne t'inquiète pas, j'ai fait ça pour brouiller les pistes. Fais-moi confiance, mon amour.
Oscar ferma la porte derrière lui, mais Mathieu put entendre, en sourdine :
– Et si elle se doutait pour la Confrérie ?
– Chut, allez calme-toi.
Il l'entendit la réconforter et la bercer d'une voix basse, sans en distinguer les mots exacts. Mathieu consulta sa montre : dans une heure environ, Oscar reprendrait probablement son poste à la bibliothèque. Avec un sang-froid étonnant, il s'éloigna sur la pointe des pieds, enfourcha son vélo et repartit en direction du Louvre. Oubliant de déjeuner, il alla se poster à un bureau de la bibliothèque pour observer le comportement d'Oscar.
Il n'avait pas oublié qu'Anna le trouvait suspect. C'était probablement lui qui avait glissé le papier avec le numéro de la page relative à l'Ouroboros. Mathieu avait Peut-être trouvé un élément intéressant pour l'enquête, et se félicita intérieurement de son initiative. Les filles lui accorderaient Peut-être leur confiance en apprenant sa découverte.

De retour à la bibliothèque, Mathieu serrait les dents. Oscar allait et venait dans la pièce, rangeant les livres, les déplaçant, de son air détaché et désinvolte, comme à son habitude. Mathieu ne parvenait pas à se concentrer. Il se répétait intérieurement le dialogue qu'il avait entendu, afin de bien le restituer aux filles.
Justement, Marie entra dans la pièce, en panique. Du haut de son mètre cinquante-sept, son joli minois cherchait ses amies du regard. Elle aperçut Mathieu et hésita. Si elle l'abordait, elle acceptait tacitement de l'inclure dans l'affaire. Elle s'approcha

avec méfiance et demanda :
– Tu n'as pas vu les filles ?
– Non. C'est urgent ?
Marie bégaya et une larme coula sur sa joue. Elle était terrifiée et ne pouvait prononcer un mot. Elle aurait voulu tourner les talons, ne rien confier à cet inconnu, mais elle n'avait que lui présentement. Comme elle partait en direction de la sortie, il se leva instinctivement et la suivit. Quand ils affrontèrent la grisaille du porche de la bibliothèque, la petite Marie-Charlotte craqua. Elle se mit à pleurer et pour toute explication, tendit un papier au jeune homme abasourdi.
« Je sais ce que tu fais. Arrête ça tout de suite où je te dénonce. Rejoins-moi au parc du Trocadéro cette nuit à deux heures du matin. Seule. »
Mathieu leva lentement la tête du papier. Il ne savait pas quoi dire pour calmer la jeune fille et n'osa pas poser une main sur son épaule. Gêné, il prit le portable de Marie, qu'elle tenait dans sa main, et appela Anna. La jeune fille répondit avec énergie :
– Oui ma puce ?
– Non, c'est Mathieu.
Anna lut l'écran de son téléphone pour vérifier, mais l'appel était bien passé depuis le numéro de son amie.
– Écoute, dit-il délicatement. Je suis à la bibliothèque avec Marie, elle ne se sent pas très bien. Tu peux venir ? Et prévenir tes copines aussi. Il y a un léger problème.

Les quatre filles et Mathieu étaient à l'intérieur de leur Café d'élection, place du Palais Royal. Marie reniflait et se mouchait sans cesse, sous le choc. Les filles étaient silencieuses. Dorothée brisa le silence :
– Mais enfin Marie, qu'est-ce que tu as fait ? Qui a bien pu te voir faire quelque chose de compromettant ?
– Ne crie pas, on va nous repérer, chuchota Virginie.
Anna s'empara de la lettre anonyme et la relut nerveusement, pour la quinzième fois. Elle était tapée à l'ordinateur, impossible d'y reconnaître une quelconque écriture.

– C'est Luc, du bureau des étudiants, qui l'a trouvée sous sa porte. Il y avait marqué « à remettre à Marie-Charlotte Delavillette ». Mais pourquoi moi ? C'est Anna qui s'introduit chez les gens, vole des dessins, et c'est moi qu'on menace !
Anna n'était pas enchantée que l'on crie ses exploits publiquement et surtout devant Mathieu. Elle suggéra :
– Satyre ?
– C'est qui Satyre ? S'étonna Mathieu, qui essayait de suivre.
– Thomas, renseigna Dorothée d'un ton blasé.
Il rit silencieusement en saisissant l'allusion au petit démon poilu avide de femmes.
– Marie, ne t'inquiète pas, on te couvrira, dit Anna.
Son amie explosa :
– Mais tu es folle, il est hors de question que j'y aille ! Il faut tout avouer à la police. On s'était promis d'enquêter dans la mesure où ça ne compromettait pas notre sécurité. On a dépassé les bornes.
– Impossible, on est coincé avec le dessin, rappela Dorothée. On doit gérer cette affaire en sous-marin.
– Mais tu as vu un flingue chez Fauret, cria Marie à l'attention d'Anna. Je suis trop jeune pour mourir.
– Qui dit que c'est Fauret ? Réfléchit calmement Virginie.
Elle pensa qu'un homme serait plus à même de gérer la situation si elle tournait à l'affrontement physique :
– Mathieu, tu te sentirais d'y aller à la place de Marie ?
– Non ! cria Anna.
Les têtes se tournèrent vers elle. Elle comprit qu'elle venait de se vendre, clamant ouvertement la peur qu'il lui arrive quoi que ce soit. Elle bégaya à l'improviste :
– Oh non, j'ai fait tomber mon… pendentif dans mon café.
Mathieu la dévisagea, hébété. Dorothée enchaîna :
– C'est plus prudent qu'un homme y aille.
– Peut-être que Marie devrait servir d'appât, suggéra Virginie.
La concernée s'offusqua :
– Je ne suis pas une sardine ! Arrêtez de vous servir de moi !
– Juste le temps qu'on voie qui arrive. Mathieu peut se cacher derrière un buisson et surgir en cas de problème.

Marie avait les lèvres qui tremblaient, au bord des larmes. Elle regarda Mathieu avec tout son espoir :
– Tu ne me laisseras pas tomber ?
Mathieu respira profondément. Il n'aimait pas trop le rôle de héros qu'on attribuait d'office aux hommes, parce qu'ils étaient censés être maîtres de la situation. Mais il pensa que c'était le moment ou jamais de gagner la confiance de la petite Marie-Charlotte.
– Je mets une cape et des collants ? Plaisanta-t-il.
– Excellente idée, dit Anna.
Les filles éclatèrent de rire. Mathieu changea de sujet :
– Au fait, je dois vous dire. J'ai suivi Oscar chez lui.
– Tu as été discret ? Tu avais un casque ? Coupa Marie, paranoïaque.
– Je ne pense pas qu'il m'ait vu. Je l'ai entendu se disputer avec une fille.
– Chouette, on peut appeler SOS Cœur en détresse, suggéra Dorothée.
– Je dis ça parce que ça a Peut-être un lien avec l'enquête, la fille lui reprochait de les mettre en danger et a évoqué une confrérie.
Anna tapa du poing sans sa main, euphorique. Mathieu donnait raison à son premier sentiment :
– Je ne l'ai jamais senti ce type !
Mathieu demanda, incertain :
– Alors c'est d'accord, je peux intégrer l'équipe d'enquête ?
Dorothée et Marie restaient silencieuses, mais Virginie répondit posément :
– Tu nous as assez bien prouvé ta motivation et ta sincérité. Aujourd'hui, tu as pris le risque de suivre Oscar pour nous ramener une information importante. De plus, je serai plutôt d'avis que tu assures la sécurité de l'opération de ce soir. Pour moi c'est bon, tu fais partie de l'équipe.
Ils se mirent d'accord pour que Marie se rende au mystérieux rendez-vous anonyme, accompagnée de loin par Mathieu, qui resterait à l'écart comme un garde du corps. Celui-ci se leva et s'excusa :

– Je dois y aller. Marie, à ce soir.
– Attends, intervint Anna. Donne-nous ton numéro de téléphone, en cas de pépin.
Marie repartit dans ses gémissements, tandis que les autres s'échangeaient leurs coordonnées. On mit en place un groupe de conversation téléphonique pour être sûr que l'information circulerait bien. Mathieu salua les filles et sortit du Café. La conversation se calma un peu.
– Bien joué le coup du numéro de téléphone, remarqua Dorothée avec malice.
– De quoi tu parles ? Dit Anna en buvant une gorgée de café.
– Fais gaffe, n'avale pas ton pendentif, plaisanta Virginie.
Elles éclatèrent de rire.

    Il semblait à Marie-Charlotte qu'elle marchait vers la potence, comme si elle allait assister à sa propre exécution. La mort dans l'âme, elle s'enfonçait dans la nuit qui l'enveloppait de son mystère. Elle frissonna, toute menue dans son grand manteau. Ses petites chaussures s'enfoncèrent dans la boue du parc du Trocadéro. Elle avait eu mille fois le temps de penser à faire demi-tour, mais la menace d'être dénoncée engageait trop de risques. Elle jeta un œil sur sa montre. Elle était un peu en avance. Elle répéta intérieurement ce qu'elle devait objecter pour sa défense, mais l'anonymat de son maître chanteur bloquait toute organisation de plaidoyer. Elle avançait, chétive et vulnérable, vers son mystérieux agresseur. Le parc, en pleine nuit, était totalement désert. Ce quartier si touristique en journée était purement résidentiel en ces heures tardives. Pas un bar ni un restaurant d'où aurait pu sortir une aide quelconque ou un témoin visuel en cas de problème. Seul le sommet de la Tour Eiffel envoyait son faisceau lumineux par intermittence, comme un phare au milieu de l'océan.
Une branche craqua, Marie sursauta. Mathieu passa son doigt sur sa bouche en signe de silence. Il était caché derrière une haie et attendait. Le cœur de Marie battait à se rompre. Elle repassa toute sa jeune vie en détail.
« Pourvu que ce soit Thomas, avec un peu de charme je pourrai

le convaincre qu'il fait erreur. »

Une feuille morte se brisa sous un pas. Marie exécuta un demi-tour sur elle-même. Elle poussa un petit cri de stupéfaction en découvrant son interlocuteur.

– Anne-Cécile !

Marie souffla de soulagement devant ce visage connu. Mais la demoiselle la fixait avec fureur. Sans prononcer une parole, elle sortit quelque chose de son long manteau qui brilla dans l'obscurité. C'était un revolver. Marie se glaça. Mathieu se trouvait derrière Anne-Cécile et n'avait pas aperçu l'arme.

– Qu'est-ce que tu faisais chez moi l'autre nuit ? Dit méchamment Anne-Cécile.

Ses yeux bleus d'une froideur glaçante luisaient comme ceux d'un chat. Marie avait perdu l'usage de la parole et ne savait pas si elle devait nier ou tout avouer.

– Baisse ton arme, dit doucement Marie. Tu ne peux pas commettre l'irréparable, tu as une carrière brillante qui t'attend… Tu marcheras dans les pas de ton père…

Elle tentait d'amadouer l'hystérique.

– Je ne veux pas finir comme lui, aboya Anne-Cécile. De quoi tu te mêles ? Je t'ai vue courir devant chez moi le soir du cambriolage. Tu n'étais pas seule, l'autre portait une cagoule. Qui c'était ?

– Je ne sais pas, mentit Marie. Je me promenais dans le quartier et quelqu'un qui portait une cagoule m'a agressée.

– Arrête de mentir ou je vais perdre patience, maugréa-t-elle entre ses dents en enlevant la sécurité du revolver.

Marie pria pour que Mathieu intervienne, mais rien ne se passa. Il devait se dire que la jeune femme était inoffensive, car depuis sa cachette, il n'entendait pas la conversation et n'apercevait pas l'arme. Il pensa que Marie pouvait encore négocier et calmer son adversaire. Marie fondit en larmes et maudit ses amies intérieurement :

– Pardonne-nous, ce n'est pas de la curiosité malsaine, mais mes copines et moi, on a voulu découvrir qui avait enlevé ton père ! On ne vous veut pas de mal, c'est pour lui qu'on fait ça.

Anne-Cécile resta bouche bée, elle hésita à baisser son arme.

Marie mentait-elle, pleurait-elle sous le coup de la terreur, prête à tout inventer pour sauver sa peau ?
– Ça ne vous regarde pas ! Cria Anne-Cécile.
– Mais c'est pour t'aider ! On peut être amies si tu le veux bien !
– Silence ! S'énerva la rousse. Tu ne sais rien, reste en dehors de ça.
– Il suffirait que tu nous expliques ce que tu sais, supplia Marie, et on démantèlera ensemble cette affaire.
Anne-Cécile baissa lentement son arme, méfiante. Elle la rangea finalement dans la poche intérieure de son long manteau. Elle s'avança vers Marie, tétanisée, et posa sa main glacée sur le bras de Celle-ci :
– Tu dois tout me dire, qui sont tes complices ?
Marie se paralysa. Que faire ? La mettre au courant, au risque qu'elle les trahisse tous ? Pourquoi cette décision reposait-elle sur ses frêles épaules ?
Anne-Cécile pressa son bras avec force et Marie-Charlotte passa aux aveux, terrifiée. Elle livra les noms de ses amies.
– Vous avez pris quelque chose chez mon père ? Interrogea Anne-Cécile.
Anne-Cécile connaissait-elle l'existence de la sanguine ? Avait-elle remarqué qu'elle n'était plus dans sa cachette, cette même cachette où elle avait dû trouver l'arme à feu de son père ?
Marie hocha la tête négativement avec énergie. Elle se dégagea de son étreinte et frotta son bras endolori. Reprenant ses esprits, elle respira à pleins poumons la fraîcheur de la nuit pour réaliser qu'elle n'était pas blessée. Elle reprenait sa respiration, sans quitter du coin de l'œil la rousse qui rangeait le revolver dans la poche intérieure de son manteau, d'un calme déroutant, plus fatale que jamais.

7

Sur les traces de Raphaël

C'est le cœur battant qu'Anna sonna à la porte de l'appartement, vérifiant ses notes pour être sûre qu'elle était à la bonne adresse. Mathieu lui ouvrit et lui adressa un grand sourire.
– Entre ! Ne fais pas attention au désordre.
Anna avait proposé à Mathieu de se retrouver pour faire quelques recherches concernant l'enquête, et il l'avait invitée à passer chez lui.
Anna eut enfin le privilège de découvrir son petit monde. L'appartement était petit mais confortable. Les murs étaient nus, mais les meubles étaient chargés de livres d'art. Quelques vêtements n'avaient pas été rangés et traînaient sur le lit.
Mathieu baissa le volume de la musique et s'assit devant son bureau. Anna s'assit sur le lit, un peu gênée.
– On commence par quoi ? Demanda-t-elle.
– Par un café, sourit-il.
Il lui servit une tasse fumante, et ils purent commencer à aborder l'enquête. Anna avait trouvé quelques livres qui évoquaient le problème du vol d'œuvres d'art.
– Qu'est-ce que ça dit ?
Elle l'ouvrit au sommaire et se redirigea au bon chapitre.
– Des chiffres alarmants, dit-elle, en France, trois mille objets sont volés dans les musées chaque année. Mais aucun de manière aussi spectaculaire, soupira-t-elle. Le Raphaël a marqué l'histoire. Il doit bien exister des cellules de recherche spécialisées dans la disparition des biens culturels ?
Mathieu s'installa à son bureau et fit une recherche rapide sur internet.
– Interpol est sollicité, ainsi que certains organismes comme Arts Loss Register, Le New York State Banking Department… L'UNESCO a également une liste rouge d'œuvres recherchées. En France, il existe l'O.C.B.C : l'office central de lutte contre

le trafic des biens culturels. Ils ont une base de données mais l'accès est privé.

Ils échangèrent un regard. La même question les traversa : comment réussir à consulter cette base ? Peut-être pourraient-ils apprendre où en était la police sur le cas de *La Belle Jardinière*.

– Philippe, dit Anna. Il est flic, Peut-être qu'il y a accès.

– Qui est Philippe ? Demanda Mathieu.

– Un jeune policier qui nous a parlé le soir du vol. On a gardé sa carte. Il faudrait que Dorothée le recontacte.

Ils restèrent pensifs. Anna feuilleta son livre et s'exclama :

– Moins de 15 % des objets volés en France sont un jour retrouvés.

– Les œuvres sont probablement envoyées dans des circuits complexes, afin qu'on perde leur trace. Comme ça elles sont blanchies, puis réapparaissent des années après sur le marché, sur e-bay, sur internet, dans les foires…

– Oui, convint Anna. Regarde, voici la typologie des voleurs : amateurs d'art, collectionneurs compulsifs, des trafiquants d'occasion, des voleurs professionnels, des bandes organisées, des voleurs sur commande…

Mathieu resta silencieux, les sourcils froncés.

– Vu la belle prestation de ceux qui ont traversé la verrière du Louvre, j'opterais pour un banditisme très organisé.

– Si c'est le cas, ce sera d'autant plus dur de mettre la main sur eux et espérer les démanteler, se découragea Anna. En lisant ces lignes, ça me donne envie de tout abandonner.

– Mais non, dit Mathieu. Il faut continuer à chercher. Regarde, il y a quelques cas célèbres de vols qui se sont bien terminés. En 1985, le tableau "Impression, Soleil Levant" de Monet a disparu et est réapparu dix ans plus tard.

Il sortit de sa lecture passionnante pour resservir une tasse de café à son amie et vint la rejoindre sur le lit pour se pencher au-dessus du livre. Anna fut déstabilisée par ce rapprochement soudain, et se raidit un peu.

– Il arrive souvent que le voleur panique et détruise l'œuvre, s'étonna Mathieu. J'espère que le Raphaël n'a pas été détruit…

Le cœur d'Anna battait à se rompre, si bien qu'elle craignait que Mathieu ne l'entende. Ils restèrent là, lui penché au-dessus du livre, elle retenant sa respiration. Puis il se leva et regagna sa place sur sa chaise de bureau. Il mit un stylo derrière son oreille, et pianota de nouveau sur son ordinateur. Anna put relâcher son apnée et reprendre une respiration normale.
– Je pense qu'il est temps que l'on se focalise sur Raphaël, et plus précisément *La Belle Jardinière*, cette œuvre qui a été volée, affirma Mathieu. Pourquoi ce tableau en particulier ? Pourquoi ce peintre ?
Anna fit une moue dubitative.
– Ça a Peut-être un rapport avec la rétrospective prévue en janvier.
Mathieu agita son stylo en signe d'approbation et pianota sur son clavier, naviguant sur le site de l'École du Louvre.
– Bingo, il y a une conférence organisée sur Raphaël dans l'amphi Rohan demain soir, on s'inscrit ?
Le cœur battant, elle acquiesça, et en deux clics, ils furent sur la liste du public du séminaire sur le peintre italien.

Marie-Charlotte déjeunait à la cafétéria, dégustant son plat végétarien. Elle lisait distraitement le magazine d'art auquel elle était abonnée. Quand Thomas le Satyre entra dans la pièce, Marie leva brusquement sa revue devant son visage et se cacha derrière. Elle osa passer un œil par-dessus. Thomas se servait un café au distributeur. Marie chercha un plan pour lui échapper mais elle n'en eut pas le temps. Thomas baissa d'un doigt le magazine de la demoiselle, qui s'exclama :
– Oh bonjour Thomas !
Celui-ci ne rendit pas son beau sourire à la jeune fille. Bien que très jolie, Marie-Charlotte avait abusé de sa patience. Le jeune homme n'avait pas reçu la moindre nouvelle d'elle depuis leur rendez-vous qui avait viré à la fugue.
– Salut, dit-il froidement.
Sa petite barbe mal rasée laissait apercevoir ses grains de beauté. Ses sourcils épais se relevèrent au-dessus de ses lunettes. Il était visiblement déçu.

– Marie-Charlotte, tu n'as vraiment pas été correcte l'autre soir, lors de notre rendez-vous galant.
Marie s'étrangla.
– Pardonne ma conduite, j'ai exagéré. Tu n'aurais pas dû être mêlé aux problèmes d'Anna et sa mère.
– Elle n'aurait surtout pas dû gâcher notre soirée, dit Thomas en s'asseyant à côté d'elle.
Marie sursauta et glissa légèrement au bord du banc pour échapper à son emprise.
– Écoute Thomas, j'ai bien réfléchi, et c'était une erreur. Toi et moi c'est impossible, parce que…
Elle resta la bouche entrouverte, cherchant l'excuse fatale.
– Je fréquente déjà quelqu'un.
Thomas se leva d'un bond :
– Tu t'es bien moquée de moi !
Il renoua son nœud de cravate, jeta un coup d'œil alentour. Il prit son attaché-case et fit demi-tour, hautain et vexé. Marie resta sonnée. Elle s'était en effet servie de lui, plus précisément de sa voiture, et ce n'était pas honnête. Elle avait joué avec ses sentiments. Mais à présent, les filles trouveraient un autre plan pour les moyens de transport, car elle avait mis un terme à cette mascarade.

     Anne-Cécile entra à son tour dans la cafétéria. Marie déglutit à nouveau. À ce rythme-là, il deviendrait bientôt impossible de se faire un ami dans l'école. Mais, à sa grande surprise, la belle rousse la rejoignit. Elle paraissait sereine. Elle avait perdu ses airs de vipère hautaine qui la caractérisaient les premiers jours.
– Je peux m'asseoir ?
– Je t'en prie, répondit Marie en poussant une chaise vers elle.
Anne-Cécile sortit une salade de son sac et commença son repas. Le silence était plutôt pesant. Deux jours auparavant, la fille du directeur avait braqué sa camarade de classe. Soudain, Anne-Cécile brisa le silence sur un ton anodin :
– Vous menez toujours l'enquête ?
Marie paniqua. Cachait-elle un revolver sous la table ?
– Non.

– Eh bien reprenez-la. Je veux vous aider.
Marie ouvrit de grands yeux noisette et ne trouva que dire. Anne-Cécile se pencha vers elle et expliqua :
– J'ai une position assez aisée vis-à-vis de l'enquête, étant la fille de celui qui a disparu… Je peux fouiller ses affaires sans forcer les serrures de notre maison… Si tu vois à quoi je fais allusion… Je connais également Geneviève Tardieu, elle dînait souvent chez nous.
Marie restait silencieuse, méfiante et craintive. Mais sans attendre son aval, Anne-Cécile sortit un petit carnet de son sac et le posa sur la table.
– Qu'est-ce que c'est ? S'inquiéta Marie.
– Le carnet d'adresses de Geneviève Tardieu, dit fièrement Anne-Cécile.
Marie sonda le regard de la rousse pour tenter de déceler sa véritable intention. La testait-elle ? Voulait-elle la pousser au délit ?
– Vous y trouverez les adresses des candidats au poste de mon père.
– Pour quoi faire ? Bégaya naïvement Marie.
– S'introduire chez eux bien sûr, dit Anne-Cécile.
Les longs cils de Marie-Charlotte papillonnèrent d'étonnement.
– Non, on ne fait plus ce genre de chose.
– Oh que si, affirma la rouquine.
Marie tressaillit. Elle comprit que ce n'était pas une suggestion, mais un ordre. Peut-être même une menace. Dans le regard bleu glacial de son interlocutrice, elle décelait une lueur de folie et de vengeance.

La lumière s'éteignit dans l'amphithéâtre, baigné seulement par l'écran sur lequel les diapositives se projetaient. Anna retint son souffle, s'efforçant de ne pas admirer le profil de Mathieu assis à sa droite, son nez fin et droit, son piercing caché dans son sourcil clair. Le front soucieux, il était concentré sur l'écran, attendant le début de l'exposé. "Ce n'est pas un rencard Anna, on n'est pas au cinéma." Pensa-t-elle. Malgré cela, elle avait pris soin de s'attacher les cheveux et de mettre du gloss sur ses lèvres.

Anna et Mathieu se tournèrent soudainement l'un vers l'autre, étonnés de voir que le conférencier qui s'avançait n'était autre que Sébastien Tardieu. L'assemblée applaudit brièvement son arrivée en guise de salutations et d'encouragement.

Le jeune professeur, timide et courbé, prit place derrière l'estrade et ajusta le micro à sa hauteur. Il éclaircit sa voix puis entama son discours :

– Bonsoir à tous. Merci d'assister à cette conférence nocturne consacrée au plus grand peintre de la Renaissance, mort à trente-six ans à Rome en pleine gloire. Bien sûr, le contexte est particulier.

Il inspira, retenant son souffle. Anna et Mathieu en firent de même, le cœur battant.

– Au vu des récents événements, et à l'approche de la grande rétrospective qui aura lieu au mois de janvier, on peut se questionner sur la valeur réelle de ce peintre. Non pas la valeur financière, puisque ses œuvres sont presque inestimables, mais la valeur historique et artistique.

Le public cessa ses premiers chuchotements provoqués par l'attrait du scandale, et se laissa embarquer sur l'onde que dégageait le professeur. Car soudainement transfiguré, ce dernier fut comme animé d'une éloquence que ses élèves n'auraient jamais soupçonnée. Pris dans la passion de son discours, il captiva la foule dès ses premiers mots, et dès les premières projections.

– Remettons l'homme dans son époque : la première Renaissance a commencé, chassant les restes de l'obscurantisme médiéval. La philosophie humaniste rayonne. Les princes, les rois et les papes successifs sont des mécènes, protecteurs des arts, amoureux des antiques, initiateurs des premières fouilles archéologiques. L'antiquité irradie sur les arts, enseigne aux artistes l'équilibre classique à son point de perfection, et met l'homme au centre de tous les intérêts. Ainsi, au cœur de cette philosophie éclairée, Érasme fait figure de pionnier, il puise ses sources dans la littérature antique et dans la Bible. Le poète et philosophe Marsile Ficin, qui est un ami proche de Raphaël, traduit Platon et forme une Académie à Florence, sous la protection de Laurent de Médicis. C'est dans ce contexte que Raphaël, formé d'abord à Florence, rencontre Léonard de Vinci et Michel-Ange. Fortement influencé par ces maîtres, c'est à ce moment qu'il peint *La Belle Jardinière*, fleuron du Louvre qui, comme vous le savez, manque aux murs du musée depuis le mois dernier. C'est François Ier qui au cours de ses conquêtes en Italie, acquiert *La Belle Jardinière*. Il ramène l'œuvre en France. Il ne s'en séparera jamais. L'histoire dit même qu'il trouvait la figure de la Vierge si pure, si parfaite, qu'il en était tombé amoureux.

Le tableau tristement célèbre apparut sur l'écran géant, et le public s'agita. Anna et Mathieu échangèrent le même regard inquiet, puis se replongèrent dans le récit passionnant du professeur révélé.

– En 1508, sur les conseils de l'architecte Bramante, le pape Jules II appelle Raphaël à Rome. C'est l'apogée de sa carrière. Le peintre se révèle dans tout son talent. Le pape lui confie la décoration des stanze, les chambres du Vatican. Tout un atelier d'élèves le soutient. Raphaël est à l'origine de la notion d'atelier, absolument gigantesque, qu'il monte pour pouvoir subvenir aux commandes qui pleuvent. Il est également conservateur des antiques du Vatican, source inépuisable pour son art. Épuisé, acharné au travail, Raphaël a une autre passion : les femmes, et ce malgré l'amour fou qu'il voue à celle que l'on surnommait La Fornarina, car elle était fille de boulanger. Il réalisa plusieurs portraits intimes d'elle, qui contrastent avec ses commandes officielles.

La beauté fulgurante de cette femme à la peau si douce, son regard aimant embrassèrent la pièce.

– Rendez-vous compte du succès, on peut le dire, mondial, que Raphaël a de son vivant. C'est sans précédent. Les cours princières d'Europe s'arrachent ses services. Mais Raphaël, épuisé et probablement malade des femmes qu'il a fréquentées, meurt en pleine gloire et dans la fleur de l'âge. L'histoire nous a prouvé à répétition que la jeunesse fauchée contribue à entrer dans la légende. Raphaël reçoit des funérailles fastueuses.

Considéré comme quasi divin, il est inhumé au Panthéon, selon son souhait. Giorgio Vasari a écrit Les Vies en 1550, dans lesquelles il compile les biographies des artistes les plus célèbres de son époque. Et déjà, il parle de Raphaël comme du plus grand artiste de tous les temps. Vasari écrit qu'après Raphaël, l'art ne pourra plus que décliner. Le mouvement maniériste qui a suivi l'a conforté dans cette idée de déviance inévitable après l'apothéose de Raphaël.
Sébastien changea de diapositive.
– Le rayonnement de Raphaël dans l'histoire de l'art a traversé les siècles. D'un Nicolas Poussin à un Jacques-Louis David au dix-neuvième siècle, nombreux sont les artistes qui se sont inspirés de son équilibre classique. Ingres lui vouait un culte, et ses toiles regorgent de références au peintre italien.
Les images défilèrent et le public était maintenant totalement absorbé par le discours que Sébastien menait comme un maître. Anna buvait ses paroles, le cœur affolé, les sens émus par l'art de ce peintre dont elle saisissait aujourd'hui l'importance. Mathieu, lui, observait avec analyse le conférencier. Le jeune professeur, renfermé et maussade, s'était transformé, animé par la passion de son exposé, une lueur de folie brillant derrière les verres de ses lunettes.

    Il avait été convenu que Mathieu et Virginie pénétreraient chez Monsieur Véronet, l'un des deux candidats pressentis au poste de conservateur du Louvre. Marie avait fait part de ses doutes quant aux intentions de la rousse qui leur avait fourni les adresses. Anne-Cécile était en effet une énigme. Les filles pensaient que la jeune femme essayait de gagner leur confiance en participant à l'enquête. Mais il avait été admis, du moins par Anna, que l'intrusion chez les candidats suspects était la prochaine étape logique et nécessaire.
    On avait accordé sa chance à Mathieu, qui avait fait preuve de bonne volonté dans son souhait d'intégrer l'équipe. Sportif et déterminé, il semblait tout désigné pour une intrusion qui pourrait s'avérer musclée.
Il avait commandé des cagoules sur internet et pris les rênes de

l'opération, recommandant à Virginie de s'habiller tout en noir, avec des baskets noires également, des gants pour ne laisser aucune empreinte, et de suivre ses instructions à la lettre.

La nuit venue, Mathieu et Virginie étaient cachés dans l'angle du bâtiment de l'avenue Foch où était domicilié le professeur.

Mathieu donna un petit talkie-walkie à sa partenaire.

– Quinze euros chez ToysRus ! Dit-il fièrement.

Virginie tapota sur la machine qui grésilla. Elle observa le jeune homme, qui semblait aborder la situation avec jeu. Était-il inconscient du danger, ou prenait-il un réel plaisir à commettre des infractions ?

Elle pensa qu'elle devait à son tour s'impliquer en prenant de réels risques, tout comme Marie-Charlotte et Anna l'avaient fait précédemment. Elle était un peu le cerveau de la bande, étudiant longuement leur carnet de notes, élaborant les hypothèses. C'était elle qui conservait, chez elle, le petit coffret contenant tous leurs indices. Dans ce coffret, on trouvait aussi bien la sanguine dérobée au directeur, que la petite clé du coffre qui la renfermait, le mot qu'Oscar avait glissé dans le livre, et le carnet de l'enquête. Mais Virginie avait à cœur d'agir concrètement et c'est pour cette raison qu'elle s'était portée volontaire pour cette escapade nocturne. Bien avisé celui qui aurait pu deviner que derrière ce visage angélique se cachait une jeune cambrioleuse.

Devant la porte d'entrée, Virginie se retrouva face à une évidence :

– On n'a pas la clé !

Mais à sa grande surprise, Mathieu dégaina un petit trousseau de la poche de sa veste. Il en sortit un tournevis et commença à crocheter la serrure. Virginie resta ahurie. Le temps pressait, elle regardait autour d'eux, affolée.

– Où as-tu appris à faire ça ?

Mais il lui fit signe de se taire, d'un doigt sur sa bouche. La porte céda et s'ouvrit en grinçant légèrement. Ils se trouvèrent dans un hall immense. Les escaliers étaient couverts d'un tapis rouge et les murs de grands miroirs sur toute leur hauteur.

Virginie sursauta en découvrant leur reflet.

« Regarde-toi, pensa-t-elle. Avec ta panoplie de voleuse ! »

Mathieu fit un geste pour indiquer à son amie de le suivre. Virginie se cacha derrière lui, pétrifiée. Mathieu fit deux pas à l'intérieur du sombre corridor, quand leur cœur faillit céder. L'alarme se mit à hurler !

Tétanisés, ils restèrent sans réaction une seconde, avant de faire demi-tour. Ils se ruèrent dans les escaliers. Ils n'étaient pas au bout de leur peine, car un chien plus gros qu'un meuble se lança à leur poursuite, aboyant férocement. Les jambes de Virginie se dérobèrent sous la peur. Mathieu était à la porte, mais fit demi-tour pour la relever à temps. Il n'eut pas le temps de fermer la porte derrière eux, que le molosse se jeta à leur trousse, en pleine rue. Ils couraient de toutes leurs forces, Mathieu tirant son amie par la manche pour qu'elle garde le rythme. Ils se demandaient comment rentrer, puisqu'ils avaient prévu à l'origine de prendre un taxi. Mais, poursuivis par l'animal furieux, ils couraient toujours sans issue favorable en tête.

À cet instant, une Audi noire vrombissante s'engagea à toute allure dans l'allée, manquant de les renverser. Les pneus crissèrent. Ils stoppèrent net, le chien aussi, aveuglé par les phares. La voiture s'arrêta, et ils n'eurent que le temps d'ouvrir la portière pour se jeter à l'intérieur. La voiture repartit sur les chapeaux de roues, laissant le chien de garde s'égosiller dans la nuit.

– Anna ! Cria Virginie.

Celle-ci regardait la route, concentrée.

– D'où sors-tu cette voiture ? Demanda Mathieu en enlevant sa cagoule, haletant.

Les deux jeunes hors-la-loi reprenaient leurs esprits, terrorisés, se laissant porter au gré de la conduite de leur sauveuse. Celle-ci expliqua :

– Je dormais chez Marie ce soir. Mais je ne pouvais pas vous laisser partir comme ça. J'ai emprunté la voiture de sa mère. J'étais garée à l'angle de la rue et j'ai entendu l'alarme hurler.

– Marie va te tuer, gémit Virginie.

– Pas quand elle saura que je vous ai sauvé la vie.

Anna continua de rouler. Virginie, épuisée par ses émotions, s'endormit sur l'épaule de Mathieu. Il regardait par la fenêtre, trop nerveux pour céder à la fatigue. Ses yeux croisèrent ceux d'Anna dans le rétroviseur. Les yeux de la conductrice trahirent la peur qu'elle avait eue de le perdre. Elle n'avait pas pu le laisser prendre un tel risque. Elle regarda son amie, vulnérable, reposer en toute confiance sur l'épaule du jeune homme, et envia sa place.

8

Chantage

La population du quartier était hétéroclite, la clientèle des bars brassée. Bar rock, bar punk, bar hippie, étrangers, étudiants et baroudeurs se pressaient dans les ruelles du quartier Oberkampf. Virginie admira la vie et l'ambiance qui animaient ce coin de Paris qu'elle découvrait pour la première fois. Le rythme de la nuit sonnait dans leurs poitrines comme des tambours, plein de promesses de déboires et de jeux. Ce jeudi soir, le Bureau des Étudiants avait organisé une soirée dans une institution du quartier. L'insouciance, les cris, les verres s'entrechoquaient dans un joyeux pêle-mêle.
La petite troupe avait admis à l'unisson qu'il leur ferait le plus grand bien de s'aérer un peu et s'amuser de futilités de leur âge. Les filles s'étaient attelées à relooker Anna pour l'occasion. Jupe moulante qui mettait en valeur sa cambrure de reins, talons avec lesquels elle avançait tant bien que mal, mettaient en valeur son pouvoir de séduction dont elle n'avait pas conscience au quotidien. Virginie lui avait fait un brushing et Marie avait géré avec maîtrise le maquillage de soirée.
Elles s'engouffrèrent dans le bar bondé de monde, prirent un verre et trouvèrent une table en fond de salle.
– Anna tu es divine, ton postérieur va faire des ravages ce soir ! Prophétisa Dorothée.
– Il n'y a qu'une seule paire de mains que mon postérieur vise ce soir, et l'alcool compte bien m'y aider !
Sur cette bonne parole, Anna but son verre cul sec. Quand elle le reposa, sa moue de dégoût tomba sur celle de Mathieu, ahuri :
– Eh, mollo avec le rhum ! Ça va tout le monde ? Je vous présente Rémi, il est aussi à l'École du Louvre.
Les filles le saluèrent et Dorothée lui fit une petite place sur la banquette moelleuse. Elle jaugea de haut en bas le Rémi, qui avait un léger embonpoint, de grands yeux globuleux et un air

un peu éberlué. Mathieu avait l'air heureux de pouvoir entretenir des conversations masculines ; ils commentaient en effet allègrement le dernier match de football du Paris Saint-Germain. Anna pensa qu'à cause de cet imbécile et ses statistiques sur tous les prochains matchs de la saison, elle ne pourrait approcher Mathieu avant d'être complètement saoule.
– Anna, tu es avec nous ou tu es déjà ivre après un mojito ?
C'était Virginie, qui la sortait de ses calculs stratégiques.
– Nous disions, reprit la petite blonde, que nous devons en apprendre davantage sur la sanguine que tu as trouvée chez Fauret. A-t-elle vraiment un lien avec le Raphaël volé au Louvre ? Est-elle de sa main ?
– J'ai une idée, dit Dorothée. On pourrait la montrer à un expert en dessins anciens, il y en a de très fameux dans le quartier Drouot.
C'était le quartier des ventes aux enchères, en plein cœur du neuvième arrondissement. Un expert éclairé saurait sûrement les renseigner.

Anna approuva d'un signe de tête, détachée de la conversation, et se leva pour aller chercher un autre verre. Titubant légèrement, en difficulté sur ses talons, elle arriva au bar où elle prit appui. Le jeune homme qui était à côté se tourna vers elle.
– Anna, je ne t'avais pas reconnue déguisée en femme !
C'était Oscar. En pleine forme, plus taquin, dragueur et désagréable que jamais, il ne retenait pas ses regards séducteurs. Il était d'ailleurs charmant, sa chevelure en bataille très étudiée et sa chemise décontractée. Il lui paya un verre contre son gré et trinqua avec sa bière.
– Qu'est-ce que tu fais ici ? Soupçonna Anna.
– Comme tous les jeunes, je consomme de l'alcool et je cherche à m'acoquiner avec de jolies filles. Il se trouve justement que je trouve ton côté calamité ambulante très sexy.
Elle ouvrit les yeux, surprise de ses avances ouvertes. Mathieu ne l'avait-il pas entendu à son domicile avec une femme qu'il appelait la sienne ? À quoi jouait-il ? Elle lui lança un regard noir et partit retrouver ses amies.

Mathieu n'avait rien perdu de la manœuvre du bibliothécaire et quand Anna rejoignit leur table, il lui confisqua son verre. Celle-ci protesta mais n'eut pas la force de se défendre.
– C'est bon, tu es complètement soûle, dit Mathieu. Qu'est ce qui te prend de te laisser draguer par ce type ? Tu sais très bien qu'il est malhonnête.
– Je ne me laisse pas draguer, se défendit-elle.
– Tu as accepté son verre, dans le langage masculin c'est une réponse très claire.
Elle haussa les épaules, désinvolte :
– Lui au moins, il me trouve sexy !
Le dialogue fut rompu et ils se tournèrent le dos pour le reste de la soirée. Une heure plus tard, Mathieu salua le groupe et quitta la soirée avec Rémi. Anna se morfondit auprès de ses copines.
– Mais qu'est-ce qui ne tourne pas rond chez lui ?
Dorothée, rationnelle, proposa calmement :
– Peut-être que Mathieu est gay. D'après vous, c'était qui ce Rémi avec qui il est reparti ?
Ses amies rirent, sauf Anna, catastrophée.
– Mais bien sûr c'est évident, il est gay !
Elle laissa sa tête tomber sur la table.
– Calculons mathématiquement tes chances, dit Dorothée avec pragmatisme.
Elle sortit son téléphone et ouvrit l'application de la calculatrice.
– Disons qu'il y a un pourcentage de dix garçons à l'École du Louvre pour cent filles. Ça fait seulement dix pour cent de population masculine dans cette école. Sur dix garçons, admettons que la moitié environ est gay. Il ne nous reste que cinq garçons. Supposons que la moitié seulement soit célibataire. Ce qui fait que Mathieu a le choix entre environ quatre-vingts filles potentiellement intéressées par lui. Donc, statistiquement, le nombre de chance pour que tu lui plaises est inférieur à deux pour cent.
Anna fut achevée, Marie et Virginie pliées de rire.
– C'est trop pour moi, décréta Anna. Je rentre.

Mais elle dut sortir soutenue par ses amies, chancelante d'alcool et d'ampoules aux pieds.

Dorothée et Marie sortirent de la bouche du métro « Richelieu-Drouot », bravant la bourrasque de vent qui les retenait prisonnières du souterrain parisien. Une fois à l'air libre, elles n'eurent aucun mal à repérer la rue Drouot. Le quartier était le cœur du marché de l'art français. Les experts en timbres, les cabinets d'expertise et les études de commissaires-priseurs pullulaient autour de l'Hôtel Drouot, véritable îlot sur trois étages où les ventes aux enchères rythmaient les heures et les semaines des collectionneurs.
Dorothée vérifia le numéro de la rue et elles sonnèrent avec un peu d'appréhension chez Monsieur Dolis. Quel accueil allaient-elles trouver ? Étaient-elles crédibles, du haut de leurs vingt printemps, avec leur sanguine sous le bras ?
L'expert en dessins anciens ouvrit sa porte vitrée et le carillon de la boutique tinta. Rond, la face un peu rougie et habillée d'une courte barbe blanche, l'expert dont la renommée le précédait, invita les jeunes filles à se présenter. Peut-être cherchaient-elles leur chemin.
– Bonjour, commença Dorothée avec le maximum d'assurance. Marie, elle, se cachait à moitié derrière son amie, car elle ne savait pas mentir et rougissait facilement.
– Nous voudrions votre avis sur un dessin, si vous aviez quelques minutes à nous accorder.
Le vieux sembla sceptique, mais pas rebuté par les deux jolis minois. Il les hâta de le leur montrer, pressé de regagner son bureau jonché de livres d'art.
Marie sortit, tremblante, le dessin qu'Anna avait trouvé chez Michel Fauret, de la pochette cartonnée qui le protégeait.
Dorothée fixait l'expression de Monsieur Dolis pour capter sa première réaction. Celui-ci ne dit rien, mais s'empara du dessin et alla s'installer à son bureau éclairé par une lampe bouillotte. Il prit une loupe et un silence de plusieurs minutes plongea les filles dans l'expectative.
Marie étudia le cabinet. Une immense bibliothèque constituait

une source inépuisable de savoir, des livres épais comme des pavés traînaient absolument partout et formaient des piles, obstacles à contourner. Des dessins de toutes sortes, encadrés, ornaient les murs et les étagères. Les filles se tenaient serrées, n'osant bouger de peur de déranger le savant bazar.

L'expert finit par prononcer enfin une parole, sans pour autant lever le nez du dessin :

– Où avez-vous trouvé ça ?

Elles se glacèrent. Mon Dieu ! L'œuvre lui avait-elle été signalée comme volée ? Comment avaient-elles pu négliger une telle possibilité ? Marie paniqua, mais Dorothée ne se démonta pas.

– Ma grand-mère vient de décéder, nous débarrassons son appartement. J'ai toujours vu ce dessin au mur dans sa chambre, je me demande bien quelle valeur il peut avoir.

Le vieux leva la tête et l'inspecta de haut en bas.

– Et bien, c'est une esquisse exécutée à la sanguine. C'est une technique de dessin très pratiquée à la Renaissance et ensuite au cours des siècles suivants. C'est l'oxyde de fer contenu dans la pierre qui donne cette couleur rouge caractéristique. Le tracé est légèrement pulvérulent, le velouté se prête bien aux carnations, au rendu de la chair. Votre petit angelot est très gracieux. Pour moi, on pourrait l'attribuer à un élève ou à l'entourage de Raphaël.

Marie crut défaillir. Dorothée, elle, avait du mal à contenir son sourire de satisfaction. Cette expertise confirmait ses doutes !

– Vous pensez que Raphaël lui-même aurait pu réaliser ce dessin ? Bégaya Marie, alarmée à l'idée de receler une œuvre du maître.

– Difficile à dire. Je pencherais plutôt pour un élève. En tout cas, c'est une école romaine, et pour sûr, du seizième siècle.

– Monsieur, intervint timidement Marie, il y a un dessin étrange au dos, l'avez-vous déjà vu quelque part ?

L'expert retourna le papier ancien et posa sa lampe au-dessus de l'Ouroboros pour en déterminer la nature.

– Ce n'est pas un dessin. Ça m'a tout l'air d'un cachet de collectionneur. C'est apposé avec un tampon. Ce serpent qui se mord la queue est probablement le signe identitaire du propriétaire, qui devait l'apposer sur toutes les pièces de sa collection. Mais c'est la première fois que je le vois, oui. Il faudrait que j'aie le temps de faire des recherches. Vous pourriez Peut-être me laisser la sanguine en dépôt quelque temps ?

Dorothée secoua la tête, catégorique. Pas question de prendre le risque qu'il découvre qu'elles l'avaient volée.

– Vous n'avez pas l'intention de la vendre ? Insista l'expert.

– J'hésite encore, improvisa Dorothée. Elle a une valeur sentimentale.

– Je peux vous la racheter tout de suite. Je vous en propose deux mille euros.

« Pour la revendre dix fois plus aux enchères ? » Devina la brune, méfiante mais amusée. Marie vit plutôt l'occasion rêvée de se débarrasser de ce fardeau, et fit du coude à son amie, qui l'ignora.

– J'ai besoin de réfléchir, dit la brune en s'approchant pour faire mine de récupérer son bien.

Il tenta de la retenir.

– S'il vous plaît, réfléchissez-y, et prenez ma carte.

L'expert désabusé et impatient était devenu un chevalier servant et les pressait d'attentions courtoises.

Il leur ouvrit la porte et les pria encore une fois de revenir dès que possible lui confier l'esquisse à la vente.

Marie était assise sur les marches de l'entrée de l'École du Louvre. Emmitouflée, le nez rougi par le froid de ce mois de novembre naissant, elle regardait le jardin des Tuileries, pensive. Elle serra les mains autour de son gobelet de café pour se réchauffer. En regardant l'arc du Carrousel, la pyramide et les touristes qui faisaient la queue devant le musée, elle pensa que ce cadre d'études idyllique valait bien de souffrir les températures proches du négatif. Les statues alignées sur la façade classique la dominaient, protectrices et solennelles, rappelant au passant le poids du passé. Ce cortège de fantômes animait régulièrement la façade, pensée dans le pur style classique. Chaque règne avait laissé son empreinte au château du Louvre, apportant sa pierre à l'édifice, ajoutant une aile, supprimant un étage. Elle rêvassa devant le jardin des Tuileries, essayant d'imaginer l'élégant palais que la grande Catherine de Médicis avait fait élever. Elle se figura la grotte caverneuse entièrement décorée par Bernard Palissy de ces céramiques moulées d'après nature sur des animaux. Marie rit en pensant au dégoût qu'Anna avait de ces plats plus vrais que nature qui exposaient serpents et poissons morts. Le Louvre avait bien changé. Le Palais de Catherine de Médicis avait brûlé et Dominique Vivant-Denon en avait fait le tout premier musée de France à la Révolution.

Elle posa son café à côté d'elle et sortit de son sac un petit carnet. Elle avait demandé à consulter le carnet de l'enquête, désireuse de se pencher sur ces réflexions. Anne-Cécile ne se doutait pas de l'existence de ce carnet et les filles s'étaient mises d'accord pour ne pas la lui dévoiler. Anne-Cécile ignorait en fait la plupart des éléments de l'enquête. Les filles lui laissaient penser qu'elle faisait partie du groupe, qu'elles coopéraient ensemble, mais elles se servaient d'elle pour accéder à certaines informations que sa position lui permettait d'avoir. Elles n'avaient aucune confiance en elle.

Marie tourna les pages, passant en revue les réflexions de ses amies. Elle avait dessiné schématiquement l'Ouroboros dans le carnet et le contemplait, pensive. Que pouvait bien receler ce symbole ? Combien de secrets inavouables, de crimes commis en son nom ? Trouverait-elle jamais sa signification ? Voilà presque deux mois que la rentrée des classes avait eu lieu, que Marie-Charlotte avait rencontré ses amies, et que l'enquête avait débuté, tournant violemment le gouvernail de sa vie, prenant un cap inconnu. En se lançant dans cette affaire, elle n'avait pas évalué l'ampleur des risques et la direction opposée que prendrait sa vie.

Un pied maladroit qui sortait de l'École renversa son café, et Marie se leva, surprise. Elle le fut encore davantage en découvrant que ce n'était autre que Thomas. Elle attendit qu'il s'excuse et se jette sur elle pour l'épousseter, mais il se contenta

de secouer sa jambe pour faire sécher son pantalon de velours trop court. Marie maugréa, boudeuse :
– Tu pourrais t'excuser.
– Marie-Charlotte, écoute-moi bien.
Il s'approcha d'elle, elle put sentir son haleine et détailler les grains de beauté de sa tête toute ronde qui lui évoquait un crapaud à lunettes. Elle grimaça. Il la prit par le bras et la fit descendre les marches, ce qui la cloua de surprise. Elle secoua son bras et se dégagea. Satyre prit une grimace inquiétante et murmura en souriant :
– Je sais ce que tu manigances.
Elle se glaça d'effroi. Impossible ! Mais qu'avaient-ils tous à la démasquer ? Était-elle la moins discrète du groupe ? Quand avait-elle pu se compromettre ?
– J'ai beaucoup repensé à la soirée où ta copine a débarqué en trombe dans la voiture. J'ai tout compris, alors maintenant tu vas être très gentille avec moi où j'irai tout dire à la police.
Marie n'était plus en position de riposter et resta là, peureuse, attendant qu'il lui dévoile ce qu'il attendait d'elle :
– Je veux que tu me retrouves mardi soir à cette adresse.
Il glissa un papier dans sa main. Elle l'ouvrit et découvrit l'adresse d'un hôtel luxueux près de Passy ! Elle cria d'effroi, et s'apprêta à le jeter quand il lui bloqua le bras :
– Si j'étais toi je réfléchirais à deux fois avant de refuser.
Marie sentit sa gorge s'emplir de sanglots et partit en courant. Elle téléphona immédiatement à Virginie et quand elle décrocha, Marie fondit en larmes :
– Satyre me fait du chantage sexuel !
– Quoi ? Dit Virginie. Parle plus fort, je suis dans le métro.
Marie était également dans le métro et se mit à crier :
– Il veut que je couche avec lui sinon il nous vend !
Elle regarda autour d'elle, gênée, et reconnut une fille de sa classe qui la fixait, choquée. Marie lui fit un petit signe de main et renifla de plus belle :
– Tu veux bien y aller à ma place ? S'il te plaît.
– Non merci ! Bon, ne t'inquiète pas, on va trouver une solution.

Elle rassura encore son amie et elles raccrochèrent. Comment allait-elle échapper à ce piège pervers ? Virginie gardait son sang-froid, comme à son habitude, mais l'ennui lui paraissait sérieux. Beaucoup trop de monde se doutait de leur affaire.

Il avait été conclu d'un commun accord que chaque problème devait être réglé en son temps. Marie n'avait rendez-vous à l'hôtel avec son maître chanteur que dans quelques jours. Leur priorité était de s'introduire chez Monsieur Beaumarais, second candidat au poste de conservateur. Bien que le dernier cambriolage ne se soit pas bien passé, ce mode d'investigation était pour le moment leur stratégie principale.

Cette fois, c'est Dorothée et Mathieu qui s'étaient portés volontaires pour cette mission spéciale. Anna avait négocié, à vrai dire par la force, d'emprunter une seconde fois la voiture de Madame Delavillette. Malgré l'inquiétude de Marie-Charlotte, tous étaient d'accord pour dire que ce véhicule était indispensable. D'autant que Monsieur Beaumarais habitait une petite maison à Neuilly-sur-Seine, et qu'ils n'auraient pas trouvé facilement de transport pour rentrer sur Paris au beau milieu de la nuit.

Installée dans l'Audi noire, qu'elle se plaisait de plus en plus à conduire, Anna se cachait derrière un journal. C'est elle qui avait amené Mathieu et Dorothée à destination. Elle alluma la radio et patienta. Elle avait, sur le siège voisin, le talkie-walkie que Mathieu lui avait confié.

Mathieu força sans mal la serrure de la maison de Monsieur Beaumarais. Il poussa la porte lentement, au cas où surgirait un chien. Dorothée serra sa bombe lacrymogène dans sa main, prête à charger. Mais rien ne sortit, et aucune alarme ne hurla. Mathieu entra sur la pointe des pieds, ils ne fermèrent pas la porte de peur qu'elle ne grince et afin de faciliter une fuite potentielle. Tendant l'oreille, ils ne perçurent aucun bruit en provenance de la maison. Ses habitants étaient soit absents, soit endormis profondément.

Chacun partit dans une pièce. Dorothée se plaisait dans sa combinaison noire moulante. Agile et longue, elle ressemblait à

Catwoman.

Elle passa dans la salle de bains et croisa son regard masqué dans le miroir qu'éclairait la lune à travers une lucarne. Elle trouva qu'elle avait un beau regard sous cette cagoule. Mathieu, quant à lui, entrouvrit une porte, et découvrit un couple endormi. L'homme ronflait paisiblement. Il n'y avait pas de bureau dans lequel il aurait pu cacher un indice, alors il referma la porte avec précaution. Il sursauta, sentant quelque chose frôler sa jambe. Un gros chat gris se frottait à lui. Mathieu secoua sa jambe pour s'en dégager. Il était allergique aux chats ! Il se boucha le nez pour se retenir d'éternuer. Il se retira dans une autre pièce, mais l'animal, lascif et câlin, le suivait toujours.

Dans la pièce voisine, Dorothée avait trouvé le bureau de Monsieur Beaumarais et fouillait ses tiroirs. Son regard s'arrêta sur un courrier qui reposait en évidence sur le bureau. Elle le parcourut rapidement. C'était un avis de démission ! Beaumarais rendait les armes. Il expliquait dans sa lettre qu'il avait de graves problèmes de santé et qu'il prenait sa retraite anticipée. Une piste semblait s'effondrer. Dorothée eut l'idée de retourner dans la salle de bains. Elle ouvrit le placard suspendu au-dessus du lavabo et ce qu'elle vit confirma ses craintes. Le placard ne contenait pas de dentifrice ou de mousse à raser, mais était rempli de médicaments qui lui rappelèrent des souvenirs familiers.

Elle referma le placard et se dirigea vers la sortie. Dans le couloir, elle fit de petits signes agités à l'intention de Mathieu pour lui indiquer la sortie. Mathieu se débattait avec le chat, se bouchant toujours le nez. Dorothée l'observait, amusée. Le chat ronronna et miaula amoureusement. Ils sortirent et fermèrent la porte. Mathieu ne put se retenir davantage et éternua violemment. Il s'excusa, ses yeux pleuraient sous sa cagoule. Ils sortirent dans le jardin et gagnèrent la voiture. Anna tourna la clé dans le contact en les apercevant dans le rétroviseur. Mathieu monta devant, Dorothée derrière, ils attachèrent leur ceinture et Dorothée entama :

– Beaumarais n'a plus le temps d'avoir de grands projets tels

que kidnapper le conservateur pour lui prendre sa place.
Devant le regard interrogateur de ses amis, elle déclara :
– Il a le cancer. Il démissionne et part au soleil respirer autre chose que des pots d'échappement.
– On est sûr que ce n'est pas une couverture pour disparaître de la circulation et se faire oublier ? Demanda Anna.
– Dans ce cas, qu'aurait-il à gagner, si ce n'est pas le poste de Fauret ? Je crois qu'il faut écarter cette piste.
– Mais, comment sais-tu qu'il a un cancer ? S'étonna Mathieu.
Dorothée hésita, un voile passa sur son regard habituellement si assuré.
– Ma mère prenait le même traitement, avant qu'elle ne disparaisse.
Un malaise s'installa. C'était comme trouver une fissure à une porte blindée. Anna se dit que c'était sûrement parce que la vie n'avait pas été tendre avec elle, que son amie était si forte et si indépendante.
Ils roulaient en silence vers la sortie de la ville. Les trois complices étaient pensifs. À un feu rouge, ils remarquèrent qu'une voiture les suivait de près. Anna voulut regarder dans le rétroviseur mais la voiture derrière roulait pleins phares allumés. Elle n'arrivait ni à distinguer le modèle du véhicule ni l'identité du chauffeur. Mais elle avait un mauvais pressentiment. Mathieu avait remarqué la nervosité de la conductrice et regarda derrière eux. Il dit simplement :
– Accélère.
Le feu passa au vert et Anna appuya sur l'accélérateur. Le véhicule était toujours derrière et les serrait de près. La panique se propagea rapidement parmi les trois jeunes gens. Anna accélérait toujours et il ne faisait plus de doute que la balade tournait à la course-poursuite. Mathieu, en bon copilote, indiquait à son amie où tourner et quand accélérer afin de semer celui qui les avait pris en filature.
Au sortir d'une voie, il semblait qu'ils étaient parvenus à perdre leur assaillant en chemin. Mais celui-ci avait pris une autre route et au prochain carrefour, il réapparut lancé à toute vitesse. Ils poussèrent un cri, mais Anna n'eut pas le temps

d'éviter l'impact. La voiture les percuta sur le côté, ils furent poussés violemment sur l'autre côté de la voie. Tout s'était passé en une seconde. Dorothée s'était protégée avant l'impact, les mains derrière la nuque. Lorsqu'elle ouvrit les yeux, ses amis à l'avant étaient heureusement sains et saufs. Mathieu reprit ses esprits prestement et détacha sa ceinture, ainsi que celle d'Anna. Il sortit de la voiture et fit le tour pour aller ouvrir la portière de la conductrice.
– Sors ! Cria-t-il à Dorothée.
Le véhicule en faute avait disparu dans la nuit sur les chapeaux de roues. L'Audi encombrait la voie heureusement déserte. Mathieu aida Anna à sortir. Elle se plaignait de maux de tête et ne tenait pas sur ses jambes. Mathieu l'allongea sur le trottoir, sous la lumière d'un lampadaire.
– Appelle les pompiers !
Dorothée tapota sur son portable, terrifiée, incapable d'organiser ses pensées. Elle donna l'adresse où ils se trouvaient, frottant sa nuque d'une main pour faire passer la douleur du choc.
Mathieu avait enlevé son pull et l'avait glissé sous la nuque d'Anna. Il regarda ses poches et décida de jeter sa cagoule dans la benne la plus proche, et cacha les talkies-walkies dans son sac à dos. Il fit le tour de la voiture pour évaluer les dégâts. Le devant droit était enfoncé et le moteur fumait de manière inquiétante. Il demanda à Dorothée de l'aider à la pousser sur le côté pour dégager la voie.
Les pompiers arrivèrent rapidement et embarquèrent Anna sur une civière. Mathieu et Dorothée montèrent pour l'accompagner à l'hôpital. Dorothée décrivait l'accident à un pompier. Elle ne remarqua pas que Mathieu ne lâcha pas un seul instant la main de son amie.

9

Questions d'argent

Les filles entrèrent ensemble dans la chambre d'hôpital, cachées derrière un énorme bouquet de fleurs. Anna vit ce feu d'artifice coloré pénétrer dans la chambre et salua ses amies avec chaleur. Elles se jetèrent à son chevet.
– Ma chérie ! Cria Virginie en l'enlaçant.
Marie et Dorothée lui prirent la main et lui adressèrent un sourire encourageant.
– Qu'ont dit les médecins ? S'enquit Marie-Charlotte.
– Je vais bien, ne vous inquiétez pas. On a juste fait des radios pour s'assurer que tout était normal.
Elle contempla les magnifiques fleurs que Dorothée posait dans un vase.
– Vous êtes adorables, mais je vais sortir très bientôt.
– Je t'ai apporté le cours d'archéologie orientale que tu as manqué, dit Virginie en le sortant de son sac.
Anna sourit devant le sérieux de son amie, en toutes circonstances. Puis son air s'assombrit.
– Marie… Pardonne-moi pour la voiture.
Un silence très gêné se fit. Marie avoua, attristée :
– Je suis punie de sortie jusqu'à la fin de l'année. Vous ferez sans moi pour l'enquête.
Son annonce fut suivie de protestations, mais la sanction leur paraissait encore douce au vu de la gravité de leurs actes.
– Et la cerise sur le gâteau, continua la jeune fille, c'est que ma mère tient à ce que l'on rembourse la franchise de l'assurance. Deux mille euros.
Les filles ne purent retenir des cris de stupeur et d'inquiétude.
– Elle estime que ça nous donnera une leçon et que l'on prendra nos responsabilités, transmit Marie-Charlotte.
Les filles baissèrent la tête, s'avouant vaincues. Il leur fallait trouver un moyen d'obtenir de l'argent rapidement.
– On va faire des petits boulots, capitula Virginie.

– Bonne idée, entre deux cambriolages, on trouvera Peut-être le temps de mettre encore nos études de côté ! Ragea Dorothée. On ne validera jamais notre année.
– On n'est qu'en novembre, raisonna Virginie. On trouvera le temps de travailler.
Quelqu'un toqua à la porte qui était restée ouverte. Les filles se jetèrent au cou de Mathieu.
– Dieu merci, tu n'as rien non plus ! S'exclama Virginie.
Mathieu rit et se dégagea de leur étreinte pour s'approcher du lit de la convalescente. Il sortit un bouquet de roses de derrière son dos et les lui offrit. Les filles se dévisagèrent, ravies, tandis qu'Anna les prenait, aux anges.
« Merci mon Dieu pour cet accident de voiture ! Mathieu m'offre des fleurs ! »
– Bon, les amoureux, dit Dorothée pour semer le malaise. Mathieu, nous disions qu'il va falloir travailler pour rembourser la voiture.
– Pas de problème, dit-il. Je travaille déjà en fait.
Les filles le regardèrent, étonnées. Marie pensa qu'en effet, ce jeune homme était très mystérieux. Elle l'inspecta d'un air chafouin. Il restait bien des zones d'ombre au personnage. Extrêmement discret sur son passé et peu bavard sur les raisons qui le motivaient à mettre sa scolarité et sa vie en danger. Que savait-on exactement de lui ? Il était aussi contradictoire que surprenant. Il n'entrait dans aucune case prédéfinie et Marie-Charlotte restait foncièrement suspicieuse à son égard.
– Je fais des extras comme serveur dans un Café à Châtelet.
– Super, dit Dorothée. Pour ma part, je pense que je retournerai m'inscrire dans l'agence d'hôtesses où j'ai déjà travaillé.
Anna redevint sombre :
– Les filles… Qui c'était, dans cette voiture ?
– Satyre ! Cria Marie. C'est lui j'en suis certaine ! Il sait conduire, il a une voiture, et il m'a fait du chantage. Il dit qu'il est au courant !
– Mais Thomas veut sortir avec toi, pas nous faire mourir dans un accident de voiture, objecta Virginie. Ce n'était Peut-être qu'un chauffard saoul, qui a préféré prendre la fuite.

– Non, la coïncidence est trop grosse, murmura Dorothée, le front soucieux.

Marie commença à perdre patience et fit les cent pas dans la chambre. Les nerfs lâchaient :

– Trop de monde a des doutes ! On va finir en prison. Et moi, je vous rappelle que j'ai rendez-vous demain soir à l'hôtel avec cet horrible nain poilu !

– Exact, on doit mettre au point un plan d'attaque pour neutraliser le parasite, dit Mathieu. J'ai déjà ma petite idée.

Alors que Marie l'observait, pleine d'espoir mêlé de méfiance, les visiteurs furent priés de laisser Anna se reposer. Elle serait sur pied le lendemain pour assister de nouveau aux cours.

Les filles étaient assises devant la momie du musée du Louvre, carnets et stylos dégainés. Elles attendaient Sébastien Tardieu pour leurs travaux dirigés. Mathieu arriva en retard, essoufflé. Ses horaires de serveur le contraignaient beaucoup, il travaillait parfois même pendant la pause déjeuner.

« S'il valide son année, je lui tire mon chapeau, pensa Marie en le regardant du coin de l'œil. »

– Mathieu, tu mets des nœuds papillon maintenant ? Plaisanta Dorothée en tirant dessus.

Mathieu le dénoua rapidement et le fourra dans son sac, gêné.

Chacun regardait sa montre, guettant l'arrivée imminente de leur jeune professeur à travers la foule de touristes et d'enfants attirés par la momie.

– J'ai posé une annonce sur un site de baby-sitting, leur apprit Anna. J'ai déjà une touche, je commence demain soir.

– Eh bien moi, j'ai décroché une mission comme hôtesse au Salon de l'Automobile, sur les Champs-Élysées, annonça Dorothée.

Son annonce fut accueillie de commentaires envieux et de félicitations. Anna remarqua que Mathieu n'écoutait pas la conversation. Il paraissait soucieux. Elle sentit son inquiétude l'envahir également. Et s'il était arrivé quelque chose à Sébastien ? Et s'il avait été enlevé également ? Mathieu repensa à l'exposé du jeune professeur, le soir de la conférence sur

Raphaël. La passion avec laquelle il avait parlé du peintre… Était-il lui aussi lié à toute cette affaire ? Avait-il disparu à son tour ?

Le groupe d'étudiants se leva à l'arrivée d'une jeune femme à lunettes. Elle s'excusa de son retard et demanda où le cours s'était arrêté la semaine dernière. Chacun s'interrogea du regard. Anna n'hésita pas à l'interrompre :

– Excusez-moi, où est Monsieur Tardieu ?

– Oh, dit-elle, il a changé de poste. Il s'occupe des étudiants de deuxième année. Travaux dirigés en peinture italienne de la Renaissance.

Les filles ne cachèrent pas leur surprise. Dorothée repensa à ce que lui avait expliqué Sébastien. La Renaissance était très prisée et il n'y avait plus de poste. Elle s'était étonné que sa mère, Mamie Nova, ne l'ait pas pistonné étant donné sa place dans la pyramide administrative. Anna repensa avec quel ennui Sébastien leur avait enseigné l'archéologie égyptienne. Puis, la révélation, le soir de la conférence, alors qu'il racontait, en transe, les raisons pour lesquelles Raphaël était un mythe et ce déjà de son vivant. Oui, clairement, Sébastien devait espérer ce poste de professeur de peinture de la Renaissance plus que tout, et c'était chose faite.

Marie essayait de ne pas regarder Thomas, juste à côté, qui prenait ses notes penché au-dessus de son épaule.

– À l'époque ptolémaïque, l'Égypte est soumise à Alexandre Le Grand…

Marie prenait note, quand elle sentit une main frôler ses fesses. Elle ouvrit de grands yeux. Lorsque le cours toucha à sa fin, Thomas repassa devant Marie et lui glissa :

– À ce soir, ou tu le regretteras.

Il fila à toute vitesse sur ses petites jambes poilues. Déconfite, elle rejoignit ses amies tandis que Mathieu signait sa feuille de présence.

– Qu'est-ce que vous pensez de ce changement de prof ? Demanda Virginie qui complétait ses notes en copiant les cartels des œuvres.

– C'est louche, dit Dorothée en photographiant une cuillère en

bois vieille de deux mille ans.
– Tout est toujours louche, se lamenta Marie.
– Bon, pour ce soir, dit Virginie, je propose qu'on se pointe tous à l'hôtel avec Marie, et qu'on violente un peu Satyre.
– On pourra le torturer ? Demanda Anna avec excitation.
– Non, répondirent les autres en chœur.
– J'ai une meilleure idée, intervint Mathieu. Je vais accompagner Marie-Charlotte, je m'occupe du cas de Thomas.
Les filles se concertèrent et acceptèrent de lui confier cette mission. Au corps à corps, si cela devait tourner ainsi, Satyre n'avait pas sa chance.
– Bon, vous m'excusez, dit Mathieu en sortant son nœud papillon de son sac. Le devoir m'appelle.
Sans plus attendre, il s'enfuit par la sortie la plus proche pour filer sur son vélo en direction de Châtelet.

Le soir venu, Marie-Charlotte se dit qu'elle en avait vraiment assez de servir d'appât. De plus, elle avait fait le mur pour échapper à la punition maternelle qui la privait de sortie. Elle était arrivée en avance selon le plan établi par Mathieu. Elle pénétra dans l'hôtel luxueux et se dirigea vers l'accueil. La pièce était immense, éclairée d'un lustre imposant. Mathieu l'attendait près du comptoir d'accueil. Il se présenta à l'hôtesse sous le nom de Thomas.
– Chambre 210, lui dit l'hôtesse en le gratifiant d'un sourire charmeur.
Marie et Mathieu montèrent ensemble. Un silence pesant régnait dans l'ascenseur. Une goutte de sueur perlait sur le front du beau Mathieu. Marie regardait à l'opposé. Mathieu la trouvait distante et froide depuis quelque temps. Il pensait qu'elle était plutôt ingrate étant donné qu'encore une fois, il la sortait du pétrin dans lequel elle se mettait un peu trop souvent.
L'ascenseur s'immobilisa et ils sortirent. Mathieu fit glisser la carte dans la chambre qui avait été réservée. Ils découvrirent la suite de luxe que Thomas avait commandée. Ils restèrent époustouflés. Une verrière donnait sur le Trocadéro d'où brillaient mille feux. La salle de bains spacieuse était équipée

d'un jacuzzi. Mathieu arracha sa veste et se jeta sur le lit :
– Et bin, il s'est pas moqué de toi le Satyre ! Je vais Peut-être vous laisser savourer votre petite soirée dans le jacuzzi en amoureux.
– Arrête tout de suite, le gronda Marie. On l'attend et on lui fait la peau !

Justement, on frappa à la porte. Mathieu alla l'ouvrir violemment. Thomas devint rouge de surprise. Poltron, il voulut partir en courant, mais Mathieu le souleva par son col de chemise et le jeta sur le lit. Marie alla fermer la porte et se jeta sur le lit également, pour aider Mathieu à maintenir le forcené. Malgré sa petite taille, Thomas se débattait, fulminant de colère. Marie lui colla un énorme bout de scotch sur la bouche pour l'empêcher de crier. Mathieu arracha sa cravate et lui ligota les mains derrière le dos. Marie le regarda faire, éberluée. Mathieu maîtrisait son adversaire autant que ce qu'il maîtrisait l'art et la manière de faire un nœud indétachable.
– Arrête, tu lui fais mal, paniqua Marie.
Elle ne savait si elle avait peur de Thomas ou de son coéquipier. Elle prit la parole :
– Écoute-moi bien Thomas. Je ne suis pas un objet sexuel. Tu n'as pas le droit de me faire du chantage. Alors calme-toi, et je t'enlève ton scotch.
Il s'immobilisa et la fusilla du regard derrière ses lunettes. Marie lui arracha d'un coup sec son morceau de scotch. Il poussa un cri de rage.
– Qu'est-ce que tu sais exactement ? Demanda Mathieu avec froideur.
– Vous êtes cinglés, je vais appeler la police ! Pleurnicha Thomas, courroucé et terrorisé à la fois.
Il sautait sur place, assis sur le lit, et tapait des pieds par terre. On aurait dit une saucisse d'apéritif se débattant au fond d'un bol.
Mathieu le gifla. Marie resta muette de peur.
– Je te conseille de parler, Demi-portion, menaça Mathieu.
Le gnome renifla quelques larmes et avoua :
– Je sais que…

– Pourquoi moi ? Cria Marie. Je ne suis pas la seule à faire partie de…
Mathieu plaqua sa main sur la bouche de sa complice. Un doute venait de le traverser.
– On t'écoute, répéta Mathieu.
– Je sais que… Marie vole de l'argent à sa mère.
Celle-ci tourna la tête vers Mathieu, incertaine.
– J'ai compris que le soir où on est allés au cinéma et que ta copine Anna a surgi, c'est parce que vous aviez volé de l'argent à votre mère. C'est pour ça que vous vous êtes enfuies.
Marie se laissa tomber sur le lit, soulagée. Elle fut prise d'une quinte de rire nerveux. Thomas n'avait rien compris ! Il n'avait absolument pas fait le lien avec le cambriolage chez Fauret. Elle soupira, rassurée :
– Touchée. Tu ferais un bon espion, 007 !
Mathieu réprimanda d'un regard cet humour déplacé.
– C'est vrai, je vole de l'argent à ma mère, mentit Marie. Mais tu ne peux plus me faire chanter. Parce que ma mère sait tout. L'autre soir je lui ai volé son Audi, et elle l'a découvert, car j'ai eu un accident. Tu peux vérifier si tu veux. Je suis désolée Thomas, mais tu es fichu.
– Maintenant, reprit Mathieu en se levant, tu vas ficher la paix à Marie-Charlotte, sinon c'est nous qui te dénonçons pour harcèlement sexuel !
Il s'avança vers Thomas avec un canif dans la main. Il l'avait sorti de la poche de son jean. Marie frémit et voulut l'arrêter. Mathieu avait un air déterminé. Marie poussa un cri de peur et ferma les yeux. Quand elle les rouvrit, Mathieu avait coupé les liens qui retenaient Thomas. Celui-ci se leva d'un bond et partit en courant, frottant ses poignets endoloris. Mathieu et Marie se laissèrent tomber sur le lit, épuisés et soulagés. Marie se mit à rire de bonheur. Puis elle se releva :
– Ce serait dommage de ne pas profiter de cette chambre, puisque Thomas l'a payée.
Mathieu se redressa, gêné :
– Ne te vexe pas, tu es mignonne, mais tu n'es pas mon genre.
Marie se raidit, vexée :

– Imbécile ! Je rentre chez moi, je voulais te proposer de rester dormir ici. C'est quand même mieux que ton petit studio, dit-elle avec une pointe de dédain.
Il accepta et projeta de se détendre dans le jacuzzi dès que sa camarade aurait quitté la chambre. Celle-ci hésita, et lâcha finalement un remerciement du bout des lèvres. Mais en fait, un doute s'était immiscé en elle, et elle ne savait pas comment elle le présenterait à ses amies.

  Pas loin d'ici, Philippe Garnier passait sa main dans le dos d'une jolie brune. Dorothée frémit. Ils étaient sur le Pont des Arts. La Conciergerie se reflétait dans l'eau de la Seine. La magie de Paris opérait toujours, ici, sur le fameux pont cadenassé par les amoureux du monde entier. Au bout, l'Institut de France tendait ses bras arrondis vers le Louvre, qui lui répondait de l'autre côté du pont. Dorothée admira l'édifice : l'Institut de France avait été nommé ainsi par Napoléon, mais c'est Mazarin qui avait ordonné la construction de ce qui s'était appelé longtemps le Collège des Quatre Nations. Aujourd'hui, outre que les Académiciens s'y réunissaient, l'Institut de France abritait le tombeau de Mazarin.
  Dorothée frémit, touchée par la beauté du lieu. Philippe s'en émouvait moins, habitué à cette promenade, banal parcours dans ses étapes de séduction.
À trente ans, Philippe était l'archétype de la réussite et de la beauté insolente. Ses petites victoires auprès de la gent féminine n'avaient d'égal que ses récompenses dans son travail. Il avait l'habitude du succès. Ce qu'il ne savait pas encore, c'est que Dorothée était une louve solitaire, indépendante et forte. Elle aussi savait jouer de ses charmes. On ne la saisissait pas si facilement. Elle avait accepté de revoir le jeune homme parce qu'il avait insisté de maints messages sur son répondeur.
Certes, il lui plaisait physiquement. Bien sûr, qui aurait résisté ? Mais elle n'avait besoin de personne, et on ne lui passait pas si aisément la corde au cou.
Il passa avec assurance une main dans ses cheveux et l'embrassa. Il lui glissa à l'oreille d'une voix qui la fit

frissonner :
– Viens chez moi…

    Anna commençait son nouveau travail en tant que baby-sitter. Lili, neuf ans, et Augustin, douze ans, lui paraissaient être des enfants modèles. La mère, la quarantaine, divorcée, était une femme moderne et courageuse qui élevait seule ses enfants dans une ville au rythme effréné. L'appartement était en plein cœur de Châtelet. De petites statuettes de Bouddha trônaient sur les meubles. Du gazon poussait sur les balcons.
Anna aida Lili à faire ses devoirs. Puis elle la laissa terminer le dessin de sa poésie pour aller préparer le dîner. Jusqu'ici, elle s'en sortait comme un chef. Mais, elle découvrit rapidement les limites de ses performances. Il y avait un mot affiché au tableau :
« Merci d'ajouter noix-beurre. Mettre plat dans le four. »
Anna regarda le fameux plat. Une sorte de gratin aux ingrédients mystérieux. Augustin entra dans la cuisine, amusé de voir sa jeune baby-sitter penchée au-dessus d'un gratin en se pinçant le nez.
– C'est ma mère qui l'a fait, elle y a passé des heures. Il n'y a que des produits bio dedans !
Elle réfléchit. Noix-beurre ? Qu'est-ce que cela pouvait bien vouloir dire ? Elle coupa quelques morceaux de beurre et les ajouta au plat. Hésitante, elle prit quelques noix et les cassa pour les verser également à la mixture. « La cuisine écolo, ça doit être inventif, supposA-t-elle. » Elle contempla son chef-d'œuvre, ravie. Parfait ! Elle prit le plat avec précaution et l'enfourna. Elle tourna les boutons un peu au hasard. Peu importait la chaleur, tant que ça cuisait. Elle voulut ouvrir le four pour vérifier, mais la porte ne s'ouvrit pas.
– Bizarre, ça doit être une sécurité, pensa-t-elle.
Elle ne remarqua pas qu'Augustin pouffait en silence derrière son dos. Elle dévisagea ce petit insolent à lunettes, avec ses cheveux bouclés qui lui envahissaient le front. Quand l'un sortait, l'autre entrait. Lili, frimousse malicieuse, blonde aux yeux bleus, s'installa à son tour à la table et se mit à jouer avec

une balle rebondissante. Elle défiait sa nouvelle baby-sitter, amusée de sa maladresse. Anna avait conscience qu'elle devait faire ses preuves et sourit mielleusement. Pourtant, la gamine lança :
– T'as un amoureux ?
Anna la regarda, et frotta de plus belle la vaisselle qu'elle faisait.
– Non, dit-elle.
– Pourquoi ?
Anna posa l'éponge sur le lavabo et regarda la petite. Perdue dans ses pensées à la recherche d'une réponse, elle s'aperçut qu'une odeur de brûlé envahissait peu à peu la cuisine. Elle ouvrit la fenêtre, ainsi que la porte d'entrée. Une fumée noire s'échappa du four et l'odeur s'incrusta dans chaque parcelle de l'appartement. Paniquée, Anna voulut ouvrir le four, mais il résista.
À cet instant, le téléphone sonna. Augustin voulut s'en emparer, mais Anna fut plus rapide.
– Bonsoir, tout se passe bien ?
Mince, c'était la mère ! Anna prit sa voix la plus sucrée :
– Ouiiii, comment allez-vous ? Ah, une petite question, vous vouliez bien que je rajoute des noix et du beurre dans le plat, n'est-ce pas ?
Elle rit :
– Mais non voyons ! Une noix de beurre, vous savez, un peu de beurre ! C'est une expression.
Anna paniqua. Elle fixa Augustin, les yeux écarquillés. Celui-là éclata de rire, ravi de sa petite blague.
– J'arrive dans cinq minutes !
Et la mère raccrocha. Anna se jeta dans le four, armée de gants et d'un torchon. Elle dut l'arrêter pour parvenir à ouvrir la porte. Une fumée noire l'asphyxia quelques secondes et elle toussota. Le plat était carbonisé ! Elle s'arma d'une fourchette et, à quatre pattes devant le four, elle essaya d'extirper les noix du gratin, maugréant et jurant à voix haute. Elle sortit le plat, résignée, et le posa sur la table. Elle en servit une part dans chaque assiette. Ils regardèrent avec dégoût l'affreuse mixture. Anna se tordit

les mains, tétanisée de stress. Bon sang, la mère allait débarquer !
– Allez allez, on mange !
Elle força Lili à enfourner une cuillerée, que cette dernière avala avec difficulté. À cet instant, la porte d'entrée s'ouvrit et laissa passer un cri d'effroi :
– Qu'est-ce que c'est que cette fumée ?
Madame Brivaux entra dans la cuisine, alarmée. Elle se jeta sur son gratin :
– Mon gratin ! Il est fichu !
Anna se mordit la lèvre. Augustin aussi, mais pour contenir son fou rire.
– Je suis désolée… Je l'ai mis au four, mais il ne marchait pas… La porte ne voulait pas s'ouvrir.
Madame Brivaux parut horrifiée de cette annonce :
– Vous l'avez mis en mode pyrolyse… Celui qui nettoie le four et détruit toutes les bactéries !
Un silence funèbre se fit. Madame Brivaux arracha la cuillère de la bouche de sa fille :
– Vous allez l'intoxiquer ! On va tout jeter.
Anna eut les larmes aux yeux tant elle était désolée. Elle se sentit incompétente et inutile. Pire, elle était dangereuse ! Madame Brivaux la remercia sèchement et la renvoya chez elle. Anna sortit de l'appartement, accompagnée par les rires sadiques du petit Augustin. Apparemment, elle était plus douée pour cambrioler que pour cuisiner. Elle comprit, alors qu'elle passait devant les boutiques de la rue Rivoli le nez baissé, en direction de chez elle, qu'elle n'avait pas grand-chose en commun avec les jeunes filles de son âge.

Ce samedi après-midi, Dorothée n'avait eu que vingt minutes pour quitter ses talons aiguilles et dévorer un sandwich au blanc de dinde. Que c'était fatigant de rester sotte et droite pendant des heures, à présenter une voiture dont on ne savait rien ! Elle regagna sa place sur le podium de sa Citroën.
Saucissonnée dans sa robe bleue à paillettes, elle s'efforça de sourire, bien que prise d'une crampe à la joue. Un jeune

arrogant en costume vint la questionner :
– C'est quelle année cette bagnole ?
Dorothée s'ordonna de rester aimable :
– Attendez, je vérifie sur mon papier.
L'homme râla. Elle fouilla dans ses notes et l'informa sur l'année du modèle. Il lui posa encore quelques questions, tourna autour de la voiture avec dédain, et s'éloigna. Dorothée s'impatientait. Elle regarda sa montre pour la énième fois. Heureusement, avec ce travail, elle gagnait le double de ce qu'Anna gagnait en baby-sitting.
Ce qui la faisait tenir, c'était de penser à Philippe. Elle restait certes debout à sourire, mais c'était de béatitude, engourdie par le souvenir de sa nuit de douceur. Rester là, à rêvasser, et être payée, finalement, ce n'était pas si difficile. C'était quand on la dérangeait dans les dédales de ses pensées que cela devenait pénible.
Qu'il était beau ! Oui, Philippe était un dieu. Elle en frémissait de bonheur. Mais elle avait décidé de garder ce secret pour elle. Les filles ne devaient pas savoir. Elles étaient amies, certes, mais Dorothée craignait d'être jugée. Elle redoutait qu'on lui fasse remarquer qu'il n'était pas très malin de sortir avec un flic, quand on avait des choses à se reprocher. Mais sa relation avec Philippe était toute jeune, et Dorothée ne culpabilisait pas à l'idée de faire des cachotteries à son amant comme à ses amies.

      Perdue dans ses pensées, elle sursauta en voyant entrer deux silhouettes connues dans le Salon de l'Automobile. Parmi la foule, elle crut les reconnaître. Depuis quand ces deux-là se fréquentaient-ils ? Oscar parlait à Sébastien Tardieu avec animation. Il lui montrait de superbes voitures en les commentant avec passion. Sébastien l'écoutait, un doigt sur la bouche. Oscar semblait le conseiller sur un prochain achat.
Dorothée paniqua. Elle voulut se cacher, mais ne pouvait abandonner son poste. Elle souhaitait qu'ils ne la repèrent pas. Elle voulait pouvoir les observer en cachette et essayer de capter leur discussion. Mais elle les perdit rapidement dans la foule. Elle se redressa et reprit sa pose de star, les mains sur les

hanches. Quelques minutes plus tard, les deux acolytes passèrent devant sa Citroën. Le regard de Sébastien croisa celui de la jolie brune, et il se mit à rougir. Un éclair de culpabilité se lisait dans son regard, comme un gamin qu'on surprend la main dans un sac de bonbons. Oscar s'aperçut du malaise et salua la jeune fille :
– Sympa comme boulot d'étudiant !
– Ah oui ? Je vous défie de rester huit heures sur des talons aiguilles à vous faire mettre la main aux fesses, plaisantA-t-elle.
Oscar soupçonnait Anna d'être un peu trop curieuse, mais il ignorait que Dorothée était dans le coup. Sébastien, en revanche, avait en tête l'acharnement avec lequel l'étudiante l'avait interrogée sur sa mère et sur la succession au poste de conservateur. Oscar et Sébastien étaient-ils assez complices pour s'être confiés leur découverte respective ? Avaient-ils mis en commun leurs doutes concernant Anna et Dorothée ?
Oscar sourit et reprit son chemin, entraînant son ami par la manche. Dorothée trouva cette amitié très improbable. L'un était insolent, fier et provocateur. L'autre était timide, courbé et discipliné. On aurait dit qu'Oscar était sorti parader accompagné de son vassal.

La capitale avait fait don à ses habitants d'un soleil radieux inespéré. Les étudiants s'étaient jetés au dehors pour prendre leur déjeuner à l'air frais. Les filles s'achetèrent de quoi partager un pique-nique et s'installèrent sur la pelouse du jardin des Tuileries, en face de l'école.
Mathieu jouait au ballon avec son ami Rémi. Les deux s'échangeaient des balles, et jonglaient comme des enfants.
– Les hommes, il en faut peu pour les satisfaire, remarqua Virginie avec amusement.
– Mathieu doit être en pleine forme après sa soirée jacuzzi, dit Marie.
Anna fut prise d'un doute :
– Rassure-moi, il était seul dans ce jacuzzi ?
Marie éclata d'un rire forcé :

– Je te le laisse avec plaisir Anna. Puisqu'on en parle, ce garçon ne m'inspire rien de bon.
– Je te trouve un peu dure envers lui, dit Dorothée. Tu lui dois beaucoup.
Marie se tut, vexée. Dorothée distribua de la salade aux assiettes qui se tendaient. Virginie coupa le pain en tranches et en offrit à ses amies. Anna dévorait, comme si le spectacle de Mathieu roulant des biceps l'affamait davantage.
– Les filles, je ne vous ai pas raconté ce que j'ai vu au Salon de l'Automobile ! S'exclama Dorothée.
– Tu as vu une star ? Demanda Marie.
– Non, encore plus incroyable : j'ai vu Oscar et Sébastien Tardieu ensemble !
– Tu veux dire qu'ils sortent ensemble ? Reprit Marie, époustouflée d'un tel scoop.
– Mais non. Ils se fréquentent, alors qu'ils ne se parlent pas quand ils se croisent dans les couloirs.
– Je ne suis pas convaincue que ce soit un scoop, douta Virginie. Peut-être qu'ils se sont croisés devant le Salon et qu'ils ont eu l'idée de le visiter ensemble. Quoi qu'il en soit, le corps enseignant de l'école ne doit pas être très étendu, il se peut qu'ils aient des affinités, sans que cela n'engage forcément de suspicions.
– Non, dit Marie. N'oubliez pas que tout est louche. C'est ce que vous dites toujours aux réunions. « C'est louche ».
– Et si on recontactait Philippe pour savoir où en est la police ? Demanda Anna. Après tout, on mène une enquête en parallèle, mais si ça se trouve, la police avance beaucoup plus vite.
Dorothée prit ses amies de vitesse :
– Je m'en charge, je verrai ce qu'on peut en tirer.
Les filles entamèrent le dessert, Virginie coupa le gâteau qu'elle avait préparé avec soin, en bonne petite cuisinière. À quelques mètres, Mathieu jonglait et Rémi s'impatientait, réclamant le ballon. Il soufflait, rougi par l'effort que lui imposait sa petite bedaine.
– Satyre n'est pas venu en cours aujourd'hui, remarqua Marie. Peut-être qu'il va arrêter le Louvre à cause de nous. Ce serait

bien.
– Les filles, j'ai réfléchi, dit Anna. Le changement de poste de Sébastien est vraiment étrange. Je pense que sa mère, Mamie Nova, pourrait être la clé de cette affaire. Quels sont leurs liens, quels étaient ses liens avec Fauret…
– Qu'est-ce que tu proposes ? Demanda Virginie.
– Si Mathieu est d'accord pour m'accompagner, je pensais aller fouiller le domicile de Mamie Nova.
Les filles réfléchissaient à la question, quand Anna reçut le ballon en pleine tête et bascula en arrière dans le buisson. Dorothée et Marie explosèrent de rire, tandis que Virginie l'aidait à se redresser. Anna était rouge de honte et avait des feuilles dans les cheveux.
– Désolé ! Cria Rémi.
« Abruti ! » pensa Anna de toutes ses forces, mais elle lui sourit en lui envoyant un petit geste de la main.
– Ça va ? Dit Mathieu qui s'était approché.
– Mais oui c'est bon, maugréa Anna, agacée.
– Vous faites une partie ? Proposa Mathieu.
– Non merci, coupa sèchement Marie.
– Désolée, dit Virginie pour calmer le jeu. J'ai une meilleure activité pour les filles et moi.
Mathieu haussa les épaules et s'éloigna avec le ballon. Virginie rangea un peu le bazar qu'elles avaient étalé, et sortit une revue de son sac de cours. C'était un magazine féminin aux questionnaires multiples aussi superflus qu'excitants.
– On fait ce test ? « Quelle bête de sexe êtes-vous ? » proposa Virginie.
– Tu peux m'expliquer pourquoi on ferait un test sur une sexualité que nous n'avons qu'en rêve ? S'énerva Anna qui frottait sa bosse.
Virginie rit avec légèreté et débouchonna un stylo, se rendant à la page concernée. Elle prit une voix supérieure et lut la première question :
– « L'homme de vos rêves sonne chez vous : 1/ jamais le premier soir, vous l'invitez à prendre un café. 2/ au diable les bienséances, vous le déshabillez sauvagement. 3/ Vous êtes

déjà au lit avec son meilleur ami. »

Les filles réfléchirent, perplexes de la stupidité de ces questions. Elles optèrent toutes pour la première réponse, sauf Anna qui prit la seconde. Si Mathieu devenait assez fou pour sonner chez elle, elle n'en ferait qu'une bouchée.

À la fin du test, Dorothée tapa sur son sac pour simuler un roulement de tambour.

– Très bien, annonça Virginie. Marie, tu es une gazelle ! Tu fuis ceux qui te courtisent ! Tu as la classe. Dorothée, tu es une louve, mystérieuse, tu te caches dans la nuit et tu as de nombreux secrets…

Dorothée sourit, visiblement satisfaite de la bête de sexe qu'elle était. Anna attendait son verdict comme une gamine à qui on a promis une robe de princesse.

– Quant à moi, continua Virginie, je suis une tigresse !

– Bon, et moi ? Et moi ? Supplia Anna.

Virginie hésita :

– Anna, tu es… un héron.

Marie et Dorothée explosèrent de rire à s'en tenir les côtes. Anna se sentit rougir, à la fois de honte et de colère.

– Donne-moi ce stupide magazine ! Dit-elle en l'arrachant à sa propriétaire.

Elle parcourut les lignes rapidement en lisant à voix haute :

– « Vous êtes véritablement en crise, mais ne désespérez pas ! » Elle leva les yeux du paragraphe assassin. Jetant le magazine elle se leva, sous les larmes de rire de ses amies. Elle s'éloigna vers l'école, rageuse. Virginie lui cria :

– Anna, reviens ! Ce n'est qu'un test stupide !

Mais Anna se sauva, traversant le terrain de jeu. Mathieu l'interpella :

– Qu'est-ce qui se passe ?

– Je suis un héron et c'est ta faute !

10

Baiser volé et autres complications

Anna et Mathieu rangèrent leur vélo le long du trottoir. Ils accrochèrent l'antivol et enfilèrent leur cagoule. Mathieu fit signe à Anna de le suivre. Ils étaient tapis dans l'obscurité de cette nuit d'automne. Il donna un talkie-walkie à sa complice. Ils se postèrent devant la porte de derrière, celle qui donnait sur le jardin. Les feuilles jonchaient la pelouse, la terrasse n'était pas entretenue. Plongé dans l'obscurité, l'endroit était inquiétant. Les arbres nus tendaient leurs bras tordus comme pour les surprendre en plein délit.

Mathieu trafiqua la serrure avec ses petits outils habituels, mais elle ne céda pas. Il y avait un verrou manuel qui bloquait de l'intérieur. Il hésita à casser un carreau. Et si le bruit réveillait l'occupante de la maison ?

Il leva les yeux, observant la façade. Il montra du doigt une lucarne au second étage, qui était ouverte. Anna recula pour juger de la hauteur et secoua la tête négativement.

– Je ne peux pas escalader ça.
– Ok, reste ici.

Mathieu regarda autour de lui. Chaque objet pouvait devenir son allié. Il lui sembla qu'un cagibi au fond du jardin était entrouvert. Il y entra, et Anna le vit ressortir, vainqueur, avec une échelle. Dans sa tenue noire qui le camouflait comme un caméléon, Mathieu monta en haut de l'échelle, mais elle n'était pas assez haute et s'arrêtait au niveau du premier étage. Il se plaça sur l'encadrement de la fenêtre. Derrière les rideaux, il apercevait la chambre, plongée dans la pénombre. Il vit la masse du corps de Geneviève Tardieu, assoupi dans le lit. Il frémit à l'idée qu'elle n'aperçoive sa silhouette. De là, il s'accrocha à la gouttière. Ses mains glissaient mais il ne lâcha pas prise. Anna pria pour qu'il ne tombe pas. Il réussit à atteindre le second étage. La lucarne donnait sur la salle de bains. Il se glissa à l'intérieur, tombant en avant sur le sol. Il descendit les étages à pas de velours, dans les escaliers, et alla ouvrir la petite porte qui donnait sur le jardin. Anna leva un pouce en signe de victoire.

Ils se trouvaient dans la cuisine. Ils prirent soin de mettre leurs gants pour ne pas laisser de trace. Anna trouvait que Mathieu et elle faisaient un duo de choc et de charme. Bonnie and Clyde, Chapeau melon et Bottes de cuir. Leur tandem en panoplie de voleurs était particulièrement harmonieux.

Elle se dirigea vers le frigo.

– Tu espères trouver quoi là-dedans ? Chuchota Mathieu.

– Je me renseigne sur son alimentation.

Elle ouvrit un placard et expliqua :

– La psychologie du personnage est cruciale. Beaucoup de sucreries, j'en déduis qu'elle est stressée et en manque affectif.

– Tu parles par expérience j'imagine, railla Mathieu en la braquant avec sa lampe de poche.

Anna se vexa :

– Qu'est-ce que tu veux dire ?

– Je sais pas, c'est pas toi le héron en crise ?

Mortifiée, Anna maudit intérieurement ses amies. Heureusement que la cagoule la protégeait du regard de Mathieu, car elle était passée du rose au cramoisi.

Elle passa devant lui et quitta la pièce, à la recherche d'indices plus significatifs. Elle visita le salon, mais il semblait peu probable que Mamie Nova Cache des choses compromettantes dans la pièce où elle recevait ses invités. La décoration reflétait la tristesse de son occupante. Un vieux papier peint des années soixante-dix répondait à un canapé confortable mais démodé. Le temps semblait s'être arrêté ici depuis au moins trois décennies. Même l'odeur était maussade et renfermée.

Anna s'étonna tout de même des peintures qui ornaient les murs. Des peintures italiennes dissonaient avec le mobilier meublant de la pièce. Une Madone vénitienne joignait les mains en prière, tandis qu'une Sainte Famille ornait le dessus de la cheminée.

Mathieu entra à son tour et se posta derrière sa partenaire.

– Rien de surprenant pour une historienne de l'art, chuchota

Mathieu à l'oreille d'Anna.

– Si justement, c'est louche ! Dit cette dernière en se dégageant de son contact. Cette femme est obsédée par les peintures italiennes ! Pourquoi pas des Impressionnistes Français ?

– Chut, souffla Mathieu.

Anna était énervée, à fleur de peau. Elle en avait marre d'être Miss Catastrophe ! Pour une fois, c'était l'occasion d'épater Mathieu en trouvant un indice décisif. Elle voulait prouver son rôle au sein de cette enquête, dont elle avait d'ailleurs été l'instigatrice.

Ils montèrent en silence au second étage et se séparèrent. Anna entra dans le bureau. Elle fouilla les papiers qui le jonchaient. Elle ne trouva rien de compromettant. Pas de lettre de menace, pas de déclaration d'amour de la part de Fauret ou du concierge de l'École, pas de sanguine volée… elle soupira. Soudain, elle sursauta. Mathieu se tenait dans l'encadrement. Il s'approcha d'elle.

– On avait dit qu'on se séparait pour chercher ! Dit Anna.

– Je sais, dit-il, mais ce n'est pas dans les toilettes que je vais trouver quelque chose. Pourquoi tu veux t'approprier les découvertes ?

– Laisse-moi diriger cette expédition !

Il plaqua sa main sur la bouche de la jeune fille. Leurs yeux, sous la cagoule, se fixèrent quelques secondes. Anna ne put plus ôter son regard du sien. Il la lâcha doucement, amusé de l'efficacité de la méthode.

Ils reprirent leurs recherches, ouvrirent tous les tiroirs, se découragèrent. Soudain, Mathieu s'immobilisa. Il fixait le tableau qui ornait la cheminée. Anna suivit son regard et tressaillit. C'était une copie de *La Belle Jardinière* de Raphaël, le tableau volé au Louvre deux mois plus tôt.

Il s'avança vers la reproduction et la décrocha du mur. Avec stupéfaction, ils découvrirent un petit coffre creusé dans le mur. Il n'était pas fermé à clé. Mathieu allait l'ouvrir, quand Anna l'en empêcha, posant une main sur son bras levé.

– Si ça déclenchait une alarme ?

– Qui ne tente rien…

Elle déglutit. Une lueur de folie traversa le regard de Mathieu. Comment se faisait-il qu'il ne reculait devant rien, qu'il ne redoutait aucune épreuve ? Qu'il savait escalader les façades et forcer les serrures ?

Elle le laissa donc ouvrir. Dans un premier temps, ils ne virent rien et furent déçus. Mais Mathieu passa sa main dans le coffre et en ressortit un petit objet rond.

– Une pièce ! S'émerveilla-t-il.

Anna se souvint que Mathieu suivait les cours de numismatique. Il s'approcha de la fenêtre et étudia la pièce à la lueur de la lune. Il fit un signe agité à son amie, qui le rejoignit. Ils ôtèrent leur cagoule pour mieux contempler la trouvaille.

– Incroyable…

La pièce en or, resplendissante, représentait l'Ouroboros. Si elle datait de l'époque de Raphaël, ça en faisait une pièce de collection. Mamie Nova l'avait-elle achetée, où cette pièce était-elle portée disparue, au même titre que le chef-d'œuvre du Louvre ?

Mamie Nova était soit dans le coup et en voulait après Fauret. Soit, elle était sa complice au sein de la Confrérie, et se trouvait également en danger. Dans tous les cas, elle était impliquée, et Anna ne manqua pas de s'attribuer ce scoop :

– Je le savais ! Je vous l'avais dit depuis le début.

– C'est bon, n'exagère pas, c'est moi qui ai trouvé la pièce.

Elle lui arracha la pièce des mains, mais elle tomba et roula sous le bureau. Ils se jetèrent à quatre pattes, mais leurs têtes se cognèrent. Agenouillés, ils frottèrent leur bosse. Soudain, une lumière s'alluma au premier étage. Ils se regardèrent, tétanisés, comme dévoilés par le rayon qui perçait sous la porte.

– Range la pièce, chuchota Anna. On ne doit pas être coupable d'un nouveau vol.

Mathieu hésita. L'attrait de cette pièce d'exception lui faisait perdre la raison. Il pensa à la belle collection qu'il avait chez lui, et imagina un instant aménager une vitrine spéciale pour ce petit chef-d'œuvre. Anna le secoua :

– Dépêche-toi !

Il se leva vers le coffre et le referma, replaçant *La Belle*

Jardinière par-dessus. Il se cacha avec son amie sous le grand bureau. Ils attendirent, haletants. Leur poitrine se soulevait à un rythme saccadé. Par terre, la main de Mathieu s'approcha de celle d'Anna. Leurs doigts se frôlèrent. Anna se raidit tellement que ses muscles lui faisaient mal. Elle n'osa pas tourner la tête vers lui. Ils entendirent des pas au premier étage. Anna crut que son cœur allait exploser. Elle regarda Mathieu. Avec son piercing à l'arcade, ses joues creusées, ses sourcils froncés, il était plus attirant que jamais. Sous la porte, la lumière du couloir transparaissait et les bruits de pas de Mamie Nova se faisaient entendre d'une pièce à l'autre. Mathieu regarda sa complice et l'embrassa soudainement.

Il se retira aussi violemment que ce qu'il l'avait embrassé, comme si ce baiser l'avait ramené à la réalité. La lumière s'était éteinte, ils restèrent là à écouter leur respiration haletante. Ils attendirent encore plusieurs minutes afin d'être certains que Mamie Nova s'était recouchée. Puis Mathieu fit un geste de la tête à sa coéquipière et se releva d'un bond. En trois pas, il fut à la porte. Anna, encore sonnée, resta consternée d'être ainsi abandonnée. Elle se redressa maladroitement, remettant sa cagoule. Elle tenait à peine sur ses deux pieds. Mathieu était descendu, elle ne le voyait plus. Elle tendit l'oreille, aux aguets. Elle n'entendait que son cœur, prêt à se rompre. Elle tenta de calmer son émotion, et s'engagea dans l'escalier, quand son talkie-walkie se mit à clignoter. Elle ne pouvait décrocher, de peur de faire du bruit. Elle continua à descendre et sortit par la porte de la cuisine. Elle se retrouva dans le jardin, ses jambes tremblantes de peur, dans l'obscurité. Les arbres frémissaient sous le vent. Elle se sentit seule et épiée. Elle appela au talkie-walkie :

– Mais où t'es passé ?

– Je suis devant les vélos, répondit Mathieu dans un grésillement. Dépêche-toi !

Il coupa le contact. Anna sauta la haie et enfourcha son vélo.

– Tu aurais pu m'attendre ! Protesta-t-elle, des feuilles plein les cheveux.

Mathieu ne fit aucun commentaire et ils rentrèrent à toutes

jambes, usant leurs dernières forces.

    Monsieur Molina donnait son premier cours d'art de l'Antiquité grecque au musée du Louvre. Les mines étaient fatiguées. Les filles étaient assises, studieuses, prenant des notes. Anna dormait à moitié, la tête reposant sur une main. Elle bâillait aux corneilles, incapable de suivre le discours du professeur. Mathieu était en retard, comme à son habitude depuis quelque temps. Anna, dans sa léthargie, sentait tout de même son estomac se nouer. Comment réagir face à ce qui s'était passé la veille ?
– Le vase de la Gorgone, présenta Monsieur Molina.
Il s'exprimait dans un accent colombien. Marie-Charlotte détailla avec curiosité cet énergumène. De dos, elle avait d'abord cru que c'était une femme, avec ses longs cheveux teints en rouge. Emmitouflé dans un long manteau noir, elle avait été surprise d'entendre une voix masculine s'en échapper.
– Qui connaît le mythe de Thésée ? Demanda-t-il en repoussant une mèche de cheveux du bout de son ongle peint.
Dorothée leva la main et se fit une joie de le conter à la petite assemblée. Virginie s'était assise à côté d'Anna et ne pouvait attendre la fin du cours, impatiente.
– Vous avez trouvé un truc intéressant ?
Anna sursauta :
– Mathieu m'a embrassée !
Virginie resta muette d'étonnement, ses yeux bleus ronds comme des soucoupes. À cet instant, Mathieu arriva justement, s'asseyant derrière les autres élèves pour ne pas déranger le cours. Anna sentit son rythme cardiaque redoubler de vitesse. Elle dut s'éventer avec sa feuille de cours.
– Tu es sûre qu'il n'a pas dérapé en te faisant la bise ?
Anna ne fut pas en état de répondre. Elle n'avait pas dormi du reste de la nuit. Entre la pièce de Mamie nova et l'épisode totalement inattendu du baiser, elle se torturait de questions. Était-ce un simple dérapage dont ils ne parleraient plus ? Une réaction dénuée de signification due à l'adrénaline ? Ou l'indice d'un attachement mutuel ? Elle se demanda comment elle allait

pouvoir oublier ses lèvres maintenant qu'elle avait goûté au fruit défendu. Quoi qu'il en fût, elle évitait soigneusement de croiser son regard, lui tournant le dos et baissant la tête.
– Si tu l'évites il va croire que tu regrettes, lui souffla Virginie.
– Regretter quoi ? Intervint Marie, détachant son attention du vase de la Gorgone.
– Mathieu a embrassé Anna, expliqua Virginie.
– C'est pas trop tôt, dit Dorothée sans cesser de prendre des notes.
– Les demoiselles au premier rang ! Voulez-vous bien vous taire s'il vous plaît ! On va passer à la Koré de Samos.
Il marcha jusqu'à la fameuse statue et se planta devant. Il repoussa une mèche rousse et serra ses notes sur son cœur.
– C'est ma préférée, avoua-t-il avec son accent.
Dorothée observa la statue sans tête ni bras, raide et droite comme un piquet. Elle se dit que bénéficiant de ses explications, elle arriverait Peut-être à apprécier l'œuvre à sa juste valeur, mais pour l'instant, elle restait sceptique. Avant que l'art grec classique atteigne la perfection qui influença tant les artistes de la Renaissance jusqu'au néoclassicisme, l'art grec archaïque avait produit des Kouros et des Koré, figures de jeunes hommes et jeunes femmes raidis pour l'éternité dans un sourire figé.
Monsieur Molina passa le reste du TD, c'est-à-dire une heure et demie, sur la Koré de Samos, et chacun des vingt élèves finirent par la détester. Il décréta enfin la fin du cours et on se dispersa.
Mathieu vint saluer les quatre filles.
– Anna, raconte-nous votre soirée. En n'omettant aucun détail… dit Dorothée avec malice.
Anna évitait toujours de croiser le regard du bel éphèbe, qui à ses yeux, était encore plus beau que les statues grecques qui parsemaient la pièce. Elle expliqua, confuse :
– Mamie Nova cache une pièce en or représentant l'Ouroboros. Elle a des copies de peintures italiennes plein sa maison.
– Vous n'avez pas emporté la pièce au moins ? S'enquit Virginie.

– Bien sûr que non, dit Anna.
Être receleuse de la sanguine lui pesait déjà bien assez.
– Et si elle-même avait volé cette pièce ? suggéra Mathieu.
Anna ignora sa remarque, mortifiée. Devant la gêne visible, Virginie reprit la parole :
– Il faut absolument qu'on réussisse à savoir si cette pièce a été volée par Mamie Nova.
– Et on fait comment ? S'inquiéta Marie-Charlotte.
– Il faudrait éplucher le catalogue du Cabinet des Médailles de la Bibliothèque Nationale de France, suggéra Virginie. C'est une bonne référence en matière de collection de médailles. On ne sait jamais, on pourrait dénicher quelque chose. Mathieu, je pense que ça ne t'ennuierait pas ?
Mathieu accepta la mission, ravi à l'idée de dévorer le pavé de cinq cents pages.
Ils échangèrent quelques hypothèses, mais se turent immédiatement quand Anne-Cécile vint à leur rencontre. Elle ne faisait pas partie de leur groupe de Travaux Dirigés, mais elle les avait rejoints pour leur proposer quelque chose. Elle marchait de son allure svelte, sa jupe à volants lui caressant les jambes. Elle serrait un livre contre son chemisier blanc.
– Bonjour tout le monde, dit-elle avec sophistication, comme à son habitude.
Ils la saluèrent en cœur, assez hypocritement. Personne ne savait quoi penser de la jeune fille. Ils étaient partagés entre la méfiance et la pitié envers cette adolescente privée de père.
– J'ai quelque chose à vous donner…
Elle sortit un billet de cinq cents euros et le leur tendit. Ils restèrent cois. Elle expliqua :
– C'est pour vous aider à rembourser les frais de la voiture.
– C'est très gentil, dit Virginie, mais tu n'as rien à voir avec cette histoire, tu n'as pas à te sentir obligée.
Anne-Cécile insista et les filles finirent par prendre le billet. Marie ne disait rien. Elle voyait d'un très mauvais œil la manière dont Anne-Cécile achetait son adhésion à l'équipe.
Virginie s'assombrit :
– Je n'ai toujours pas trouvé de travail, je ne sais pas comment

je vais vous aider…
– J'ai une proposition à te faire, dit Anne-Cécile. Je connais assez bien le gardien de l'École, si ça t'intéresse, je peux lui demander de t'employer le soir, après les cours, pour ranger les amphithéâtres, fermer les portes, faire un peu de ménage…
Virginie trouva l'idée fantastique :
– Ce serait génial ! Je pourrais espérer fouiller un peu dans les bureaux…
– C'est exactement ce à quoi je pensais, avoua Anne-Cécile avec un clin d'œil.
Enfin, la question que Marie-Charlotte attendait arriva :
– D'ailleurs vous en êtes où dans l'enquête ?
Personne n'osa répondre, gêné. Que fallait-il lui confier, que fallait-il garder ? Dorothée révéla leur intrusion chez madame Tardieu mais omit la découverte de la pièce suspecte. Anne-Cécile s'exclama :
– Vous auriez dû attendre ce week-end, elle part en Normandie se reposer. La maison sera libre. Je l'ai entendue le raconter à des collègues de travail.
Dorothée ne mentionna pas cette histoire de Confrérie. Elle ne voulait pas qu'Anne-Cécile prenne son père pour un voleur appartenant à une secte, tant que rien ne serait prouvé.

Marie restait très méfiante et n'avait pas adressé un seul mot à sa camarade de classe. Elle n'avait pas du tout aimé la manière dont Anne-Cécile s'était présentée en sauveuse, aussi bien pour l'argent que pour trouver un travail à Virginie. Elle essayait d'acheter leur sympathie, Peut-être afin de s'immiscer dans l'enquête et la parasiter. Elle seule semblait se souvenir que la rousse l'avait braquée avec un revolver un mois plus tôt.

Ce soir-là après les cours, Anna espérait que les enfants joueraient dans leur chambre respective et qu'elle pourrait rester assise devant la fenêtre à déprimer tranquillement. Hélas, quand elle ramena Lili chez elle à la sortie de l'école, elle eut la désagréable surprise de découvrir une mission épinglée sur le tableau de la cuisine :
« Merci d'emmener Perle chez le vétérinaire ». Une adresse et

un chèque étaient aimantés à côté. Anna soupira, fatiguée. Elle rêvait de s'affaler et rattraper sa courte nuit. Hélas, il paraissait clair que Madame Brivaux la testait, et Anna n'avait pas intérêt à échouer dans ce nouveau challenge.
– Qui est Perle ? Demanda Anna en décrochant le chèque.
– Mon cochon d'Inde, dit Lili en prenant une brioche pour son goûter. Elle est dépressive, depuis que son bébé est mort-né. Maman dit que tu dois surveiller la fréquence de ses couinements. Dépêche-toi, on a rendez-vous à dix-sept heures !
Anna regarda l'horloge : elle avait vingt minutes pour trouver une adresse inconnue dans une capitale qu'elle ne découvrait que depuis deux mois. Comme si elle avait besoin de ce stress supplémentaire.
– Bon, eh bien allez ! Dépêche-toi ! La pressA-t-elle. Trouve sa cage et mets-le dedans !
– C'est une femelle, corrigea Lili.
– C'est pareil ! Maugréa la baby-sitter.
Avec tout le soin du monde, la petite plaça son animal dans la cage et la bourra de foin et de salade, comme si le trajet allait l'affamer. Anna soupira, regardant sa montre avec nervosité. Lili lui reprocha de trop secouer la cage pendant qu'elles marchaient. La fillette marchait courbée à ses côtés, parlant à la boule de poils pour la rassurer. Celle-ci couinait tant et plus, Anna avait envie de l'achever. Elle chercha l'adresse sur un plan de rue, interrogea quelques passants désagréables. Elles pressèrent le pas. Anna pensa à demander une augmentation. Sept euros l'heure pour s'occuper de deux gosses, et maintenant d'un stupide animal en cage, ça ne faisait pas cher payé.
Elles arrivèrent enfin devant le Cabinet du vétérinaire avec un quart d'heure de retard. Perle fut sortie de sa cage et examinée sur la table d'opération. Lili l'assistait, anxieuse, tandis qu'Anna lisait un magazine.
– De quoi se plaint-elle au juste ? Demanda le docteur.
– Demandez-lui directement, plaisanta Anna.
Lili lui jeta un regard vindicatif et dit :
– Elle est un peu déprimée parce que son bébé cochon d'Inde vient de mourir.

Anna roula des yeux au ciel. C'était ça qui était déprimant ! Marcher si longtemps pour faire une séance de psy à une boule de poils.
Le docteur tripota l'animal dans tous les sens, la bête râla, couina et gémit. Le docteur appuya un moment sur son ventre, et un flot d'urine jaillit de l'animal. Anna recula, horrifiée.
– Et voilà ! Déclara le vétérinaire. Pauvre Perle, elle était juste constipée ! Ça va beaucoup mieux maintenant.
Anna resta bouche bée. Tout ce chemin pour faire uriner le cochon d'Inde. Lili se jeta sur Perle et l'embrassa tant et plus.
Anna remplit le chèque, remercia le docteur, et elles se mirent sur le chemin du retour. Perle s'était un peu calmée, s'habituant au voyage qui la molestait, la vessie plus légère. Elles marchaient d'un bon pas, en silence.
Arrivée en bas de l'immeuble, Anna aperçut un visage connu sur le trottoir en face. Elle ralentit, fronça les sourcils. Assis sur le banc, Philippe attendait visiblement le bus. Elle cligna des yeux, incertaine de reconnaître le beau policier qui les avait interrogées le soir du cambriolage du Louvre. N'avait-il pas un véhicule de fonction ? Oh, il était visiblement vêtu en civil. Elle hésita à lui faire signe puis se ravisa et regagna l'appartement.

Virginie commença presque tout de suite son travail après les cours. Le gardien, un bonhomme trapu et petit, de type Indien, lui donna quelques recommandations. Elle se contenta d'acquiescer, munie de sa serpillière et d'un seau, et commença à nettoyer l'amphithéâtre Cézanne. Perdue dans ses pensées, elle frottait distraitement, jolie dans son tablier comme une Cendrillon. Elle sortit pour changer l'eau de son seau. Les toilettes se trouvaient juste à côté du bureau des étudiants. Elle passa devant en pressant le pas, redoutant de croiser Luc. Malheureusement, Celui-ci sortit justement de son bureau, en panique, les cheveux en pétard.
– Qu'est-ce que tu fais là ? S'étonna-t-il.
Virginie se sentit honteuse d'être découverte dans cette tenue.
– Je nettoie.

– Ah. D'accord. Je suis ennuyé, dit-il. Je me suis endormi sur le canapé dans le bureau, et maintenant l'école est fermée. Tu n'aurais pas les clés pour me faire sortir ?
Virginie éclata de rire. Il était visiblement encore plus mal à l'aise qu'elle. Elle ne détenait pas les clés, mais demanda au gardien de lui ouvrir. Pirate se fit largement réprimander par ce dernier. Il sourit à Virginie et la salua d'un petit signe. Virginie fut rappelée à l'ordre par son supérieur et retourna astiquer l'amphithéâtre.

Il était vingt heures passé, l'école était silencieuse. Elle décida d'entrer dans le bureau de Monsieur Fauret. Le gardien l'avait ouvert et ne l'avait pas encore refermé. Elle se hâta de fouiller, mais tout avait été rangé après la disparition du directeur. Les piles de dossiers étaient triées, sur leur étagère. Virginie se dit que si un document suspect s'était trouvé ici, la police l'aurait trouvé. Et si c'était sa vieille complice, Geneviève Tardieu, qui avait fait le ménage, elle avait dû cacher ce qui aurait pu les compromettre. Elle eut donc l'idée de fouiller plutôt le bureau de Mamie Nova.

Elle pénétra dans ce bureau et referma silencieusement derrière elle. Elle se hâta de fouiller le secrétaire. Elle trouva une boîte qui attira son attention, mais elle était fermée d'une petite serrure. Elle se munit d'un coupe-papier aiguisé et agaça la serrure, suivant les conseils que Mathieu lui avait donnés. Elle dut s'acharner quelques minutes avant que le verrou ne cède. La boîte contenait plusieurs papiers divers. C'était les derniers courriers qu'avait reçus Monsieur Fauret avant sa disparition. Madame Tardieu, préposée au courrier, n'avait pas signalé à la police ces dernières correspondances et les avait conservées cachées. Elle tria rapidement, et une enveloppe sans timbre ni expéditeur retint son attention. La lettre avait été décachetée et déjà lue. Elle était tapée à l'ordinateur, en caractères gras. Virginie se glaça d'effroi en découvrant son message :
« Toute erreur se paie. Même les plus anciennes. »
Elle jeta la lettre dans la boîte d'une main tremblante. En panique, elle ne parvint pas à refermer le verrou. Mamie Nova

comprendrait qu'un œil curieux avait violé son secret. Elle sortit en douce du bureau et alla rendre son tablier.

Les filles passaient la soirée chez Dorothée. Elle vivait en colocation avec sa sœur aînée, mais celle-ci sortait et proposait de laisser sa chambre.
Elles parlaient à vive voix, tout en grignotant des sucreries, assises sur le lit et sur le tapis à côté.
– Les filles, j'ai découvert quelque chose en fouillant le bureau de Mamie Nova, commença Virginie.
– Attendez, coupa Dorothée en tendant l'oreille. Ma sœur n'est pas encore partie, parlons d'autre chose en attendant.
– Oui, dit Marie, ça ne nous fera pas de mal.
Elles changèrent de conversation sans difficulté et Virginie demanda gentiment :
– Bon, Anna, tu en es où avec Mathieu ? Vous avez parlé de ce qu'il s'était passé ?
– Absolument pas, soupira Anna. Silence radio. C'était sûrement une pulsion sur le moment.
– Ce garçon ne m'inspire pas confiance, osa Marie. Puisqu'on en parle, je peux enfin vous dire ce que je pense.
Les filles la regardèrent, assez perplexes. Marie se leva pour se donner plus d'aplomb, du haut de son mètre cinquante-sept. Elle commença son argumentation à l'encontre de son partenaire désavoué :
– Premièrement, il a vraiment molesté Thomas à l'hôtel.
– Il ne l'avait pas volé le nabot, admit Dorothée.
– Mais il y est allé vraiment fort ! Il sait ligoter les gens, forcer les serrures, il a toujours un canif sur lui… Où a-t-il appris à faire tout ça ?
Anna s'écria :
– Tu n'as pas honte d'attaquer Mathieu dans son dos ? Il t'a sauvé la vie, il t'a libérée de Satyre, il t'a accompagnée quand Anne-Cécile te faisait chanter !
– Il m'a sauvée quand le chien m'a attaquée, renchérit Virginie.
– Non, je crois qu'on ne doit pas lui faire confiance, insista Marie. Je crois même qu'il faut qu'il quitte l'enquête !

Marie réprouvait jusqu'à la participation de Mathieu à leur investigation. Elle assumait parfaitement ses suspicions envers leur complice.
Anna haussa encore le ton :
– C'est la meilleure ! Il est certainement plus utile à l'enquête que toi.
Marie resta bouche bée. Virginie intervint :
– Non mais ça va pas ? Bon, écoutez, afin de contenter la curiosité de Marie et lui prouver qu'elle a tort, on va se renseigner sur Mathieu.
– Je trouve ça moche de l'incriminer de la sorte, avec tout ce qu'il fait pour nous, dit Anna en croisant les bras.
– Je sais, je suis de ton avis. Mais ça calmera les ardeurs de Marie une bonne fois pour toutes. Bon, peut-on commencer à évoquer l'enquête ?
Chacune regagna sa place, évitant soigneusement de se regarder. Virginie sortit le coffret qu'elle avait apporté, qui contenait tous les éléments de leur enquête. Elle commença :
– On est vraiment dans le flou. Voilà ce qu'on a : un Raphaël est volé au Louvre. Quelque temps après, le conservateur, Monsieur Fauret, disparaît. En fouillant chez lui, on trouve – et on vole ! – une sanguine portant le cachet de l'Ouroboros, apparemment lié à une confrérie médiévale italienne. On en déduit que Fauret appartient à cette confrérie et qu'il est un fanatique de Raphaël. De plus, élément nouveau de l'enquête : j'ai trouvé un courrier anonyme dans le bureau de Geneviève Tardieu. Je n'ai pas de certitude quant à son destinataire : était-il adressé à Mamie Nova ou à Fauret ?
– Ça disait quoi ? Demanda Dorothée.
– « Toute erreur se paie, même les plus anciennes », ou quelque chose comme ça. Plusieurs possibilités : c'est Geneviève elle-même qui l'a écrite à Fauret. Dans ce cas, Fauret est coupable de beaucoup de choses, dont le vol du Raphaël. Il s'est fait disparaître lui-même et coule sa retraite quelque part au soleil.
– Peu probable, vu l'émoi de Mamie Nova face à la disparition de Fauret. Apparemment ils étaient très liés, objecta Dorothée. C'est ce que Pirate t'avait rapporté de la réunion

administrative. Mamie Nova était effondrée.

– Alors, deuxième hypothèse : quelqu'un veut du mal à Fauret, continua Virginie.

– Mais pourquoi Mamie Nova garde la lettre au lieu de la montrer à la police ?

– Parce qu'elle a quelque chose à se reprocher, raisonna Virginie. Elle veut qu'on retrouve Fauret, mais elle-même n'est pas très nette, alors elle reste prudente. Peut-être qu'elle appartient aussi à la confrérie, et qu'elle a peur de disparaître à son tour.

– Pourquoi Geneviève garde une pièce aussi compromettante ? Se questionna Dorothée. Si la police la trouvait, elle serait mise en accusation.

– Peut-être qu'elle la garde pour confondre le coupable quand on le coincera, proposa Virginie.

Elle fit une pause et observa les deux boudeuses qui n'avaient plus ouvert la bouche.

– Eh, vous êtes avec nous les filles ?

– Non, je suis inutile, rappela Marie.

– Très bien, dit Virginie. Où j'en étais ?

Anna se réveilla soudain :

– Il faut qu'on détermine qui appartient à la confrérie. Quel est le rôle d'Oscar dans cette histoire ? Et Sébastien Tardieu, que sait-il de tout ça ? De quel côté sont-ils ?

– Madame Pervenche, dans le petit salon, avec le chandelier, plaisanta Dorothée.

Virginie resta très concentrée.

– Leur position face à tout ça n'est pas claire. Que sait-on sur Oscar ?

Anna réfléchit et énonça, en comptant sur ses doigts :

– Il est bibliothécaire à l'École du Louvre. Il semble être au courant pour la Confrérie. Il y a de grandes chances que ce soit lui qui nous ait mis sur la poste de l'Ouroboros en glissant le papier dans le livre que j'avais emprunté. On apprend ensuite qu'il a une petite amie elle aussi au courant, et qu'ils se sentent en danger. Puis on découvre qu'il fréquente Sébastien Tardieu, sans savoir exactement quels sont leurs rapports.

– Et Sébastien justement ? Demanda Dorothée.
– Sébastien est le fils de Mamie Nova. Ils ont l'air d'avoir des rapports tendus. A priori, Mamie Nova aurait refusé de le pistonner pour qu'il exerce l'art de la renaissance italienne. Finalement, Sébastien parvient à changer de poste et exerce cette matière-là.
– On peut en déduire qu'il a fait chanter sa propre mère ? Suggéra Virginie. Dans quel but ?
– S'il a fait chanter sa mère, dit Dorothée, ça signifie deux choses : que Mamie Nova a quelque chose à se reprocher, et que son fils est au courant.
– Sébastien fait partie de la confrérie, conclut Anna. Il est un adorateur de Raphaël !
Elle marqua une pause. Elles observaient le silence, perdues.
– Que penser également d'Anne-Cécile ? Demanda Virginie qui se grattait la tête en signe de réflexion.
– Alors elle, je ne la sens pas, intervint enfin Marie. Vous me reprochiez d'être trop naïve, et bien maintenant, j'ai décidé d'être paranoïaque.
– Récapitulons son cas, décida Virginie. Elle est la fille du conservateur qui a disparu. Elle nous a reproché de mener l'enquête, puis s'est rétractée et veut même nous aider.
– Et vous trouvez ça normal ? Coupa Marie. Quelqu'un l'envoie pour nous infiltrer ! Quelqu'un sait qu'on mène l'enquête, et envoie Anne-Cécile, avec ses petits gilets en laine et son sourire mielleux, pour mieux nous tordre le cou dans notre sommeil !
– Pour comprendre la position d'Anne-Cécile, calma Virginie, il faudrait savoir quel lien elle entretenait avec son père. Est-elle au courant pour la Confrérie ? Approuve-t-elle ou renie-t-elle ce que fait son père ?
– Je l'ignore, dit Anna, mais on ne peut pas prendre le risque de lui demander. Si ça se trouve, elle n'est pas au courant et on aura fait une bêtise. Autre cas de figure : elle est au courant, elle-même fait partie de la confrérie, et voudra nous nuire si elle découvre qu'on sait tout.
– Il faut dire à Anne-Cécile qu'on a arrêté l'enquête, décida

Marie fermement. Qu'elle nous fiche la paix ! Elle nous a fourni le carnet d'adresses de Mamie Nova, on n'a plus besoin d'elle.

Chacune réfléchit à ces dernières paroles. Anne-Cécile était Peut-être un espion infiltré dans le groupe. Au service de qui ? À qui racontait-elle tout ce qu'elle apprenait de ses camarades ? Un silence funèbre s'était installé. Dorothée sortit pour aller chercher une bouteille de vin dans la cuisine, et remplit quatre verres.

– Allez, détendons-nous un peu, dit-elle en distribuant les verres.

– Si Anne-Cécile est une taupe, elle veut des informations pour les donner à quelqu'un, continua Virginie. Quelqu'un qui est au courant que l'on mène l'enquête.

– Il n'y a pas trente-six solutions, coupa Anna avec assurance. Elle travaille soit pour Oscar, soit pour Sébastien.

– Au fait, dit soudain Virginie, tu as téléphoné au flic ?

Dorothée se mit à rougir violemment, prise au dépourvu, et renversa du vin sur la moquette de la chambre. Marie ne put rater une réaction aussi visible, et ce fut comme une évidence :

– Tu sors avec Philippe ?

La phrase avait sonné comme le tir d'un revolver. Chacune restait muette, en attente d'une réponse. Devant la gêne latente, Dorothée fut obligée d'avouer :

– Oui, on est ensemble…

Virginie brisa le silence, positivant :

– Félicitations !

– Tu es devenue folle ou quoi ? Cria Marie en se levant du lit.

Dorothée la domina de toute sa hauteur et croisa les bras sur sa poitrine :

– Ça te pose un problème ?

– Mais Philippe est un flic ! Tu nous mets en danger.

– Tu ne comprends pas, dit Dorothée avec calme. Je me fiche totalement de ce que Philippe représente vis-à-vis de l'enquête. Je n'ai même pas essayé de lui en parler. Je ne sors pas avec lui pour faire avancer nos recherches. Au début, oui, c'est vrai, j'y ai songé. Mais c'est vraiment un type bien, et il me plaît.

Marie resta bouche bée et reprit sa place sur le lit, vexée. Virginie osa timidement :
– Bon, c'est très bien si vous sortez ensemble sans que ça n'influe sur l'enquête.
– Oui, dit Dorothée. Il est hors de question que je gâche tout en lui parlant de cette affaire.
– Tu pourrais juste fouiller dans son bureau pendant qu'il se rhabille, suggéra Marie avec un brin de jalousie.
La grande brune ignora cette remarque. Elle ne se sentait pas du tout soulagée d'avoir révélé son secret. Au contraire, elle savait que cela allait compliquer ses rapports avec ses amies, et même sa relation avec Philippe.
Anna rompit le silence, joueuse :
– Bon, et c'est un bon coup sinon ?

Dorothée passait la nuit chez son petit ami officiel. Elle n'arrivait pas à dormir. Elle repensait aux reproches de Marie-Charlotte. Elle contempla son talentueux amant endormi à ses côtés, allongé sur le dos, torse nu. Elle enleva avec attendrissement un cil qui s'était posé sur sa joue. Elle s'allongea mais le marchand de sable avait dû se perdre en route. Elle pensa que le cours d'archéologie égyptienne en amphi le lendemain serait une torture.
Elle se leva et alla se rafraîchir dans la salle de bains. Elle entra dans le bureau afin de choisir un bon roman policier. Elle parcourait les étagères du regard, quand elle sentit son cœur s'accélérer à la vue du bureau. Philippe était un vrai gamin bordélique. Dorothée eut, un instant, le désir de jeter un œil dans ses papiers, mais se rétracta. Elle ne pouvait abuser de la confiance de son amant endormi ! C'était immoral. Cela ne l'avait pas dérangée la première fois. Mais depuis, ils s'étaient revus à plusieurs reprises, et un lien s'était noué entre eux.
« Bon, juste pour vérifier que Marie a tort, se dit-elle. »
Elle fouilla rapidement les tiroirs, trouva des mouchoirs, des enveloppes, une balle de tennis, des préservatifs et des stylos, mais pas de liasse de cinq cents euros volée, de sanguine, ni de lettre de menace. Elle se sentit ridicule, et même coupable.

Mais avant de regagner le lit, elle eut l'idée d'utiliser l'ordinateur de Philippe qui était resté en veille. Elle surfa sur internet et dirigea vite ses recherches sur la base Treima, cette base de données spécialisée dans le vol des objets d'art, dont l'accès était uniquement réservé à la police. Cette base recensait les œuvres d'art volées. Elle n'eut pas de mal à s'enregistrer sur le site sous les coordonnées professionnelles de Philippe qui étaient préenregistrées et put commencer sa recherche. Rapidement, elle parcourut avec nervosité les pages de ce triste inventaire. Des milliers d'œuvres portées disparues… il fallait qu'elle précise sa recherche. Son cœur fit un bond dans sa poitrine en reconnaissant *La Belle Jardinière*, grande vedette à l'affiche du site. À force de précision de mots-clés, elle se rapprocha de l'objectif qu'elle poursuivait. Bingo ! Elle retint un cri de stupéfaction.
– Incroyable, soufflA-t-elle.
La sanguine trouvée chez Fauret était répertoriée dans les œuvres volées à Rome, sur un chantier de fouilles, dans les années 80. Dorothée imprima rapidement la page et la glissa dans son sac. Elle éteignit l'ordinateur, tremblante de la peur d'être prise en flagrant délit de haute trahison envers son homme.
Il était maintenant certain que les filles étaient passibles de vol et recel d'une œuvre d'art. C'était comme entrer dans les statistiques qu'elles avaient étudiées sur le trafic des biens culturels, comme voir la situation de l'autre côté de la limite, la limite légale.

11

Mensonges

Anna était au chaud sous sa couette, et travaillait ses fiches sur l'histoire des collections à la lueur de sa lampe. Elle bailla, luttant contre le sommeil. Ses yeux mi-clos parcoururent ses notes, commençant par la création du Museum du Louvre par Dominique Vivant-Denon. Au lendemain de la Révolution, ce grand homme avait souhaité créer un lieu universel et historique, chapiteau de toutes les civilisations humaines, qui ouvrirait un jour au plus grand nombre. Dans le sillon de cet esprit démocratique, Napoléon Ier ramena de ses conquêtes, et de ses pillages, la fameuse collection d'archéologie égyptienne que les touristes se pressent aujourd'hui de découvrir. En 1815, la défaite napoléonienne conduisit la France à restituer nombre de chefs-d'œuvre que l'Empereur avait réunis. Anna s'étira, pensant que décidément, l'histoire des collections était agitée et ne s'était pas toujours faite dans la légalité. Combien d'œuvres étaient légitimement exposées aux yeux de tous ? Outre les cadeaux diplomatiques et les dons de collectionneurs, la plupart des chefs-d'œuvre avaient-ils été arrachés par la force à leur nation d'origine ?
Emmitouflée dans un épais pyjama, elle se leva pour aller se brosser les dents et se démaquiller. Elle tombait de fatigue. Mais elle était obligée de travailler tardivement, car entre les cours, les baby-sittings et l'enquête, cela laissait peu de temps à la réussite scolaire.
Elle bâilla à nouveau, abandonna ses cahiers et se coucha, ravie de se poser enfin à l'horizontale.
Elle entendit son téléphone vibrer. C'était un message de Dorothée : "J'ai vérifié, la sanguine a bien été volée ! Fauret est un escroc ! On le cherche toujours ou on l'abandonne à ses crapules de confrères ? On en parle demain, bonne nuit les filles."
Incroyable. Anna eut du mal à rassembler ses idées et tourna

longuement dans son lit. Elle avait volé un voleur. Elle était en situation de recel parfaitement illégal. Comment se débarrasser de cette sanguine ? Son estomac se noua en pensant à la pochette cartonnée cachée sous son lit.

Elle sursauta quand cette fois, l'interphone sonna. Elle regarda le réveil, en panique : il était minuit. Elle ne parvenait pas à calmer les battements de son cœur. Et si c'était la police ?

« Probablement un ivrogne qui se trompe d'adresse, pensa-t-elle en se recouchant. »

Mais elle sauta du lit quand on sonna à nouveau. En tremblant, elle s'approcha de l'interphone et décrocha :

– Qui est-ce ?

– C'est Mathieu.

Elle crut faire un arrêt cardiaque. C'était pire que tout ! Mathieu débarquait en pleine nuit, le studio était un terrain miné jonché de culottes et de livres. Elle était en pyjama, et pire : sans maquillage ! Elle bégaya :

– Qu'est-ce que tu fais là ?

– Je peux monter ? Je t'expliquerai.

Elle appuya sur le déverrouillage. Elle habitait au sixième étage. Elle avait donc environ une minute trente secondes pour accomplir un miracle. Elle se jeta au sol et poussa tout ce qui s'y trouvait sous le lit. Elle dut taper sur les tas de vêtements pour qu'ils passent intégralement sous le sommier. Elle rangea les papiers du bureau en deux piles distinctes. Elle pria pour que Mathieu ne découvre pas la pile de vaisselle dans l'évier. Elle allait ôter son pyjama quand la sonnerie de la porte retentit. Elle se braqua, comme prise au piège.

– Une seconde !

Elle prit le temps de troquer son haut de pyjama contre un tee-shirt choisi au hasard. Elle ouvrit la porte à moitié, sans oser l'inviter à entrer :

– Oui ? DemandA-t-elle comme si tout était normal.

Il jeta un œil vers l'intérieur, de son beau regard.

– Ça va ? Demanda-t-il.

– Oui, mais je t'avoue que je ne m'attendais pas à ta visite.

Ils restèrent là, gênés, quand il osa :

– Je viens de sortir du boulot, tu sais, je fais des heures dans un Café…
– Oui oui, dit-elle en ouvrant la porte pour qu'il entre.
– Mais j'avais pas réalisé qu'il était si tard, dit-il en regardant sa montre.

Anna dut se pincer pour être sûre qu'elle ne rêvait pas. Mathieu était là, son sac en bandoulière sur l'épaule, son piercing à l'arcade, sa veste en peau de mouton, là, dans son salon, salon qui servait également de chambre ! Par un calcul fort simple Mathieu était donc dans sa chambre ! Il posa son sac par terre et s'assit sur le lit. Elle avait rabattu la couverture à toute vitesse, le lit formait des bosses. Il la regarda des pieds à la tête, un sourire en coin :
– Sympa ton tee-shirt.

En baissant les yeux Anna réalisa qu'elle avait enfilé un vieux tee-shirt de Bob l'Éponge. Elle rougit jusqu'aux orteils :
– Ce n'est pas mon préféré, entendons-nous bien.

Il observa les murs de la chambre, couverts de photos prises au Louvre, soigneusement étiquetées avec les dates et les dimensions des objets.
– Tu ne t'arrêtes jamais de réviser ?
– Tu veux dire : tu révises enfin, quand tu rentres d'un cambriolage ou d'un baby-sitting ? Je colle les chronologies aux murs, parce que je n'ai pas le temps de les apprendre.

Mathieu paraissait assez nerveux. Anna trouva cette intrusion de plus en plus étrange. Elle lui servit un jus de fruit, et lui demanda :
– Alors, qu'est-ce qui t'amène ?
– Heu, j'ai fini le catalogue sur les médailles. Celle de Geneviève avec le serpent était bien conservée là-bas, jusqu'en 1985. Mais ça ne précise pas si la pièce a disparu ou si elle a été achetée. Je pense que j'irai demander directement au musée.

Anna hocha la tête. Elle avait à peine écouté ce qu'il avait dit. Elle réalisait tout juste que Mathieu était assis sur son lit, comme elle l'avait rêvé des dizaines de fois. Une pensée assombrit son esprit. Elle repensa à la méfiance de Marie-Charlotte et décida qu'il était temps d'en savoir davantage.

– Mathieu, tu as vingt-cinq ans, tu es plus âgé que nous… Tu faisais quoi avant l'École du Louvre ?
– Tu ne fais jamais de pause, Sherlock ?
Elle sourit, intimidée. Il répondit naturellement :
– J'ai été guide touristique, puis j'ai pris une année sabbatique. Je suis parti avec des potes, dont Rémi… On a visité l'Australie.
– Tu adores voyager donc, en déduisit Anna.
– Voilà, dit-il en buvant son soda.
Ses joues se creusèrent pendant qu'il buvait, et Anna se mordit les lèvres. Elle repensa à leur baiser fougueux et beaucoup trop bref. Depuis, ses lèvres la hantaient.
– Tu es un peu parti à l'aventure, c'est pour ça que tu sais faire des trucs bizarres, comme crocheter les serrures, escalader les murs…
Elle se força à rire pour que sa remarque passe inaperçue. Si bien que Mathieu rit aussi, et changea de sujet.
– Décidément, je kiffe ton pyjama.
– Oui, bon, ça va ! J'avais pas prévu d'avoir de la visite.
– Un vrai héron en crise.
Anna lui jeta à la figure un pull qui traînait sur son bureau.
– D'ailleurs, je remarque que ta chambre reflète ton statut sentimental : bordélique, dit-il en se penchant sous le lit.
Anna rougit de honte. Son cœur battait à cent à l'heure. Il se leva et marcha jusqu'à la cuisine.
– Je n'ose même pas découvrir comment tu te nourris. C'est sûrement pire que Mamie Nova…
Anna se jeta à ses trousses pour empêcher qu'il ne découvre sa réserve de chocolat antidépresseur. Elle le saisit par l'épaule pour le forcer à se retourner. Il se pencha vers elle et l'embrassa. Cette fois il ne se retira pas, posant ses mains sur ses hanches. Il l'enlaça avec fougue. Elle s'abandonnait totalement à la force et la douceur voluptueuse de ses bras. Leur étreinte se faisait plus pressante, leurs mains plus insistantes. D'un coup, il réalisa :
– Je dois partir.
– Oh non reste, murmura Anna, les yeux clos et les lèvres

suppliantes.
Mais il s'arracha à son emprise, remit son sac sur son épaule et ouvrit la porte. Anna resta au milieu de sa chambre, sonnée. Il lança :
– On se voit demain en cours !
Et il ferma la porte.

Le cours du lendemain matin était difficile à suivre : de nombreuses dates et précisions techniques sur l'architecture des pyramides égyptiennes. Seule Marie luttait contre sa fatigue pour noter l'analyse des temples de Louxor du Nouvel Empire.
– Combien vous payez pour que je vous prête mes notes ? Chuchota l'étudiante en pianotant sur son ordinateur.
Seuls des gémissements lui répondirent. Anna ne regardait que la nuque de Mathieu, au rang devant. Il était assis à côté de Rémi et lisait L'Équipe.
– Depuis qu'on n'a plus Sébastien Tardieu en travaux dirigés d'art égyptien, je suis perdue, avoua Dorothée.
– On le retrouvera l'an prochain en art de la Renaissance, dit Virginie. Sauf si d'ici là il finit en prison…
Le cours s'acheva et les amies se retrouvèrent à la sortie, à demi dépitées. Mathieu fila directement sans les saluer, appelé par son travail de serveur. Anna avoua aux filles :
– Mathieu était chez moi hier soir, il m'a embrassé et s'est enfui. Vous y comprenez quelque chose ?
– J'ai toujours dit depuis le début que ce garçon était une énigme, se félicita Marie. Avouons que son comportement est pour le moins étrange.
Dorothée haussa les épaules :
– Je ne vois rien de plus classique qu'un homme qui n'a pas envie de s'engager et qui se défile quand ça se complique.
Anna soupira, défaitiste :
– C'est à cause de Bob l'Éponge… Je dois absolument investir dans une nuisette sexy.
– J'ai une théorie qui tient la route, interrompit Virginie en prenant un air important. Je pense qu'en fait, Mathieu est Clark Kent. Il entend des voix appeler au secours au bout de la Terre,

et il doit filer mettre ses collants et sa cape.

Seule Dorothée se mit à rire, car Anna se consumait de questions, et Marie campait sur ses grands chevaux.

– Quoi qu'il en soit, reprit Marie avec sérieux, je ne trouve pas très respectueux qu'il se serve de toi quand il en a envie. C'est assez égoïste. Tu n'es pas un libre-service.

Anna était complètement déboussolée par toutes ces versions et ne savait quoi penser. Aussi, elle n'hésita pas une seconde à attraper Rémi par la manche, quand il sortit de l'amphithéâtre à son tour.

– Pas si vite, dit Anna avec fermeté.

– Bonjour, bredouilla-t-il comme si on le prenait en faute.

– Dis-moi, continua Anna, tu fais du foot avec Mathieu, c'est ça ?

– Oui…

– Et… tu l'as déjà vu sous la douche, dans les vestiaires, non ? Dit Anna.

Celui-ci crut qu'il avait mal compris la question et n'osa pas répondre. Anna avait les bras croisés, elle ressemblait à la Madone en colère de Max Ernst sur le point de fesser l'enfant Jésus. Anna posa la question qui la titillait tant :

– Et… Il n'a pas de problème particulier ?

– Je ne comprends pas…

Virginie éclata de rire et prit la parole :

– Anna, tu crois que Mathieu n'a pas couché avec toi parce qu'il a un problème physique ?

– Je ne vois pas d'autre explication, excepté un quelconque complexe, expliqua Anna. Dis-moi Rémi, est-ce que Mathieu est dans la moyenne, au niveau de la taille de son…

– Bon, on va y aller, coupa Dorothée en embarquant son amie par le bras.

Rémi était tout rouge et n'osait pas bouger. Il regarda les deux étudiantes embarquer l'hystérique, la tenant chacune par un bras.

Virginie pressa le pas, en retard. Elle rejoignait Mathieu devant le Cabinet des Médailles, rue Vivienne. Elle allait entrer

dans la cour, quand elle aperçut un homme avec des lunettes de soleil sur le trottoir d'en face. Cela attira son attention, parce que ce n'était pas la saison adéquate pour ce genre d'accessoire. Un cache-nez et des gants auraient été plus appropriés. Virginie le scruta, et sursauta de surprise.
– Philippe Garnier !
La petite blonde devint toute rouge quand elle reconnut le beau jeune homme. Et dire que Dorothée sortait avec ! Quelle chance elle avait. Il était renversant, avec sa mâchoire carrée et son regard ténébreux. Mais que faisait-il ici ? Il reprit sa marche, sans prêter attention à la jeune fille. Elle fut un peu déstabilisée, mais Peut-être que leur rencontre n'était qu'une coïncidence. Il travaillait au commissariat de cet arrondissement, et Paris n'était pas si étendue.

Elle retrouva Mathieu à l'intérieur. Studieux, il avait photocopié la page du catalogue qui concernait la pièce en or de Mamie Nova. Ils se présentèrent à l'accueil, un peu intimidés. Mathieu prit les devants :
– Bonjour Madame, j'ai téléphoné hier, j'ai rendez-vous avec la conservatrice du Cabinet des Médailles s'il vous plaît.
– Un instant, répondit la secrétaire en passant un coup de fil pour signaler leur présence.
Les deux la remercièrent et s'assirent dans le hall d'entrée. Ils restaient silencieux. Elle voulut tenter une approche au sujet de la situation avec Anna, mais n'osa pas faire l'indiscrète.
La conservatrice du musée entra dans le hall et les invita à la suivre. Le Cabinet des Médailles était situé dans un ancien hôtel particulier absolument somptueux. Les deux complices suivirent la dame dans son bureau et s'assirent.
Il sortit la photocopie et lui montra la pièce. La conservatrice n'eut pas de réaction particulière. Elle conservait des milliers de pièces, et ne pouvait pas connaître par cœur l'histoire de chacune d'elles.
– Cette pièce était conservée ici jusqu'en 1985, c'est ce qui figure sur votre catalogue, expliqua Mathieu.
La dame l'observa par-dessus ses lunettes, intriguée par le jeune homme. Elle le coupa :

– Vous êtes étudiant ?
– À l'École du Louvre, affirma-t-il.
Elle sourit de contentement et accepta de se prêter au jeu, charmée par le beau garçon. Elle sortit un énorme registre de son étagère, regarda la référence de la pièce et chercha dans l'index.
– 0899786574, lut-elle. Alors, cette référence renvoie à la page 230…
– Ce n'est pas confidentiel ? Demanda Virginie.
– Pas pour vous, sourit la conservatrice. Pour une fois que je rencontre des jeunes intéressés, je ne vais pas les renvoyer chez eux. Voyons voir…
Elle lut le paragraphe qu'elle avait noté, et le nom de l'acquéreur.
– Cette pièce n'était qu'un prêt temporaire, elle a été rendue à son propriétaire, en 1985… Un certain Roger Cassini. Voilà ! Dit-elle en fermant le registre. Je compte sur votre discrétion.
Mathieu et Virginie ne furent pas plus avancés et restèrent là, assis, à attendre.
– Heu, c'est tout ? Demanda Virginie. Elle a été trouvée où ? Qu'est-ce qu'elle représente ?
Elle sourit en les regardant par-dessus ses lunettes :
– Il est bienheureux qu'il y ait des jeunes comme vous, qui prennent la relève. C'est heureux, car l'art des médailles se perd un peu. Je crois qu'une notice avait été rédigée spécialement pour cette pièce au moment de son entrée.
Elle fouilla dans ses archives et, sous l'œil impatient et plein d'espoir des deux étudiants, elle regarda par-dessus ses lunettes.
– Bon, on ne sait pas grand-chose sur sa provenance initiale. Ni sur son iconographie à vrai dire. Mais le conservateur de l'époque avait remarqué que ce symbole rarement rencontré dans l'histoire de l'art, figure… et bien…
– Oui… ? L'incita Virginie, suspendue à ses lèvres.
– Étonnant, murmura la conservatrice. Sur le dallage de la chapelle du Collège des Quatre Nations.
Ils s'attendaient à tout sauf à ça. Ils exécutèrent un petit

mouvement de recul, décontenancés. À quoi cela pouvait-il bien les mener ? Était-ce une piste à exploiter ou un simple caprice d'artiste ?
– J'adore la numismatique. Je collectionne quelques pièces, avoua Mathieu avec modestie. Celle-ci semble en très bel état, c'est presque une fleur de coin. Enfin, bien sûr, je ne l'ai vue que sur photographie…
La conservatrice leur sourit tout en regardant sa montre, les invitant à conclure la séance. Ils la remercièrent chaleureusement et firent demi-tour. Virginie nota le nom sur le carnet de l'enquête. Mamie Nova était-elle une proche de ce Roger Cassini ? Où lui avait-elle volé son trésor, comme Fauret semblait avoir volé la sanguine ?

Il fallait retourner chez Mamie Nova, ils tenaient une piste déterminante. Cette femme leur paraissait la plaque tournante de toute cette affaire. La pièce ne devait pas être le seul secret de la sexagénaire. Il fallait chercher davantage, notamment dans ses papiers, afin d'éclaircir sa relation avec Monsieur Fauret, ainsi qu'avec ce Roger Cassini, le premier propriétaire de la pièce. De plus, selon la source d'Anne-Cécile, Mamie Nova était en Normandie. Sa maison était donc libre, c'était le moment d'agir.
Anna et Mathieu avaient été désignés pour cette nouvelle escapade nocturne, parce qu'ils connaissaient déjà la maison, ils étaient donc en terrain connu. De plus, Virginie espérait qu'ils profiteraient de ce tête-à-tête pour se confronter à une explication.
Les deux complices pédalèrent en silence et cachèrent leurs vélos derrière une haie. Ils prirent talkie-walkie, sac et cagoule en main et entreprirent d'escalader comme la fois précédente. À l'intérieur, ils montèrent directement à l'étage. Ils étaient à l'aise, car ils savaient que l'habitante de ces lieux n'était pas chez elle. Ils n'allumèrent cependant aucune lumière et gardèrent leur cagoule.
Anna prit la direction du bureau mais Mathieu la retint par le bras :

– Non, on a déjà cherché ici la dernière fois. On devrait d'abord regarder la chambre.
Mathieu paraissait gêné. Anna trouva étrange de vouloir fouiller une chambre, qu'espérait-il trouver à part des draps et du linge de maison ? Elle accepta néanmoins de le suivre.
Elle ne parvenait pas à se concentrer sur ses recherches. Le mutisme de Mathieu vis-à-vis de leur aventure l'exaspérait. Elle aurait tant voulu l'étreindre sans prévenir, là tout de suite, comme l'amante pressée et fiévreuse de l'Instant Désiré de Fragonard ! Il se laisserait bien sûr embarquer sur son onde et répondrait avec fureur à son invitation…
Elle ôta sa cagoule et s'assit sur le lit, les bras croisés. Il était en train d'inspecter le placard quand il s'aperçut que son binôme faisait la grève.
– Qu'est-ce qu'il y a ?
– Je ne continue pas, tant qu'on n'a pas parlé de ce qui s'est passé.
Il soupira, impatient :
– C'était juste une pulsion.
– Deux fois ? !
Elle l'accablait de reproches, quand Mathieu lui sauta dessus pour la faire taire, une main sur sa bouche. Il avait entendu une voiture se garer. Les phares éclairèrent un instant la chambre. Ils se figèrent, en attente. Quelques instants plus tard, une clé tourna dans la porte d'entrée.
Ils remirent immédiatement leur cagoule et Mathieu attrapa Anna par la main, l'attirant à lui pour se cacher dans le dressing. Ils étaient debout dans le placard, entre les robes et les tailleurs de Mamie Nova. Anna ferma les yeux, priant intérieurement. La personne qui venait d'entrer, étrangement, n'alluma aucune lumière. Elle monta les escaliers à pas de velours. Mathieu plaqua une main sur la bouche de son amie, pour l'empêcher de gémir de terreur. Il la tenait dans ses bras, à l'étroit dans le placard de la codirectrice de leur école. La personne passa devant la chambre et entra dans le bureau. À l'évidence, elle savait parfaitement où elle se rendait et connaissait déjà les lieux. Les deux complices purent

l'entendre fouiller, remuer des affaires, râler, pester. C'était visiblement un homme. Les cambrioleurs étaient cambriolés !
Anna se consumait d'angoisse. La cagoule lui tenait chaud, elle transpirait, avait du mal à respirer, étouffée dans les vêtements et troublée par ce corps-à-corps avec son complice. Elle sentait le corps de Mathieu contre le sien, tendu de stress, et en respirait le parfum, ivre d'angoisse et troublée d'émoi. Elle sentait sa poitrine se soulever pour respirer avec difficulté. Dans l'obscurité, leurs yeux s'évitaient, plus près que jamais. Embarrassé, il ne savait où poser ses mains et les logea finalement sur les hanches de sa partenaire. Dix minutes plus tard qui leur parurent une éternité, l'homme reprit le chemin inverse, ferma la porte d'entrée à clef, et on entendit la voiture démarrer.
Anna et Mathieu purent recommencer à respirer normalement. Ils sortirent du dressing, consumés de chaleur et d'adrénaline. Anna dut s'asseoir sur le lit pour calmer les battements de son cœur. Elle enleva sa cagoule, libérant en cascade ses boucles châtain sur ses minces épaules.
– Mais qui c'était ?
Mathieu, la mâchoire serrée, le sourcil froncé, sortit de la chambre et se dirigea vers le bureau. Rien n'avait été déplacé. Instinctivement, il souleva la copie de *La Belle Jardinière*, poussé par une sombre intuition. Il ouvrit le coffre-fort.
La pièce de la Confrérie avait disparu.

Virginie ne dormait pas. L'affaire la tracassait. Elle tournait et retournait dans son lit, si bien qu'elle finit par s'asseoir et allumer la lumière. La relation surprenante de Dorothée et Philippe la titillait. Elle était ravie du bonheur de son amie, mais un doute s'était immiscé dans son esprit. En plus d'être policier, alors qu'elles n'étaient pas blanches comme neige, elle avait été surprise de le croiser devant le Cabinet des Médailles. Était-ce vraiment un hasard ?
L'enquête l'angoissait, et tout se mêlait dans sa tête. Elle se méfiait de tout le monde. Que représentait cette confrérie au juste ? Adorer un peintre défunt, en soi, ça n'avait rien de

criminel. Jusqu'où allait cette adulation ? Que faisaient-ils lors des réunions, quelles étaient leurs intentions ? Certains protagonistes se révélaient dans toute leur complexité, leur opacité. Elle se sentait sur le point d'exhumer la vérité, mais certaines pièces au puzzle manquaient.

Elle alluma sa lampe de chevet et se redressa dans son lit. Elle ouvrit le coffret dans lequel elle gardait soigneusement le petit carnet de notes et d'autres papiers. Son doigt rencontra quelque chose de solide, caché dessous. Elle sortit, étonnée, un dictaphone. Elle se souvint alors que Dorothée l'avait utilisé lors de son rendez-vous avec Philippe. Virginie réalisa qu'elles avaient oublié d'écouter leur enregistrement. La petite blonde se cala confortablement dans son lit, sa curiosité attisée. Elle rembobina la cassette et la laissa défiler depuis le début.

Elle entendit les tourtereaux échanger des banalités, puis Dorothée arriva au vif du sujet qui l'avait amenée à provoquer ce rencard.

« C'est terrible cette histoire de disparition…
– Oui, répondit Philippe
– Je suis bouleversée. Est-ce qu'on a établi un lien certain avec le vol du tableau ?
– Détends-toi… »

« Quelle voix sexy, s'étonna Virginie. »

Virginie approcha le dictaphone de son oreille, ne comprenant pas pourquoi il y avait un silence soudain. Dorothée s'était probablement levée pour aller aux toilettes. Virginie voulut accélérer la cassette, quand elle fut surprise d'entendre la voix de Philippe :

« Allô ? Ouais. Tu avais raison. Je crois aussi. Je ne vais pas les lâcher. Compte sur moi. Je te laisse, elle revient.
– Tu as choisi le plat de résistance ? » Reprit Dorothée qui était revenue.

Virginie coupa l'enregistrement, choquée. Elle resta là, sans réaction, quelques secondes. Elle rembobina pour écouter encore trois fois le monologue de Philippe. Il était visiblement au téléphone avec un complice.

« Je ne vais pas les lâcher. »

Les filles étaient à la cafétéria de l'École. Elles révisaient studieusement leurs leçons, tout en mordant dans leur sandwich. Sauf Virginie, qui entourait le nom de Cassini sur le bord de sa feuille, encore et encore. Comme si en le cernant, il allait lui révéler son identité. Elle tapotait sur la table avec son stylo, nerveuse. Anna souffla :
– Tu me stresses.
– Pardon, dit Virginie sans pour autant s'interrompre.
– Je relis le cours de Molina sur l'art grec, dit Marie. À part la Koré de Samos, on n'a pas grand-chose.
– Ah, celle-là au moins, on la connaît, répondit Dorothée.
Marie et Virginie paraissaient assez nerveuses. Anna et Dorothée étaient distraites et un brin dans les nuages. Virginie éclata :
– Bon, ça suffit !
Les filles levèrent la tête vers elle. La petite blonde qu'on voyait rarement excédée, se mit à rougir.
– Dorothée, je dois t'avouer quelque chose.
Celle-ci gardait son calme habituel et attendit que son amie lâche ce qui la tracassait tant. Elle l'encouragea à parler :
– Eh bien vas-y, ça ne doit pas être si grave.
– Je ne sais pas si tu te souviens, quand tu as dîné avec Philippe il y a deux mois, on t'avait donné un dictaphone, commença Virginie.
Dorothée croisa les bras, agacée par avance.
– Je l'ai écouté… Je crois que Philippe nous surveille, il se doute qu'on enquête.
– Et alors ?
– Comment ça « et alors » ? reprit Virginie, surprise.
– Écoute. Je sors avec Philippe depuis deux semaines, et jamais il n'a évoqué cette enquête. Je suis simplement déçue que vous ne me fassiez pas confiance.
– Bien sûr que si, assura Virginie, on s'inquiète juste pour toi. L'autre jour, je l'ai croisé devant le Cabinet des Médailles, ça m'a vraiment surprise. Peut-être qu'il nous suit ?
– Effectivement, maintenant que tu le dis, j'ai vu Philippe

attendre le bus juste en face de l'immeuble où je fais mon baby-sitting, réalisa Anna.
– On n'a plus le droit de prendre le bus ? Se défendit Dorothée.
– Ça ne te pose aucun problème de conscience de fréquenter un flic alors qu'on est dans la mouise jusqu'au cou ? Craqua soudain Marie-Charlotte.
Sans dire un mot, excédée, Dorothée rangea ses affaires et quitta le groupe. Les filles se questionnèrent d'un même regard. Marie ne cacha pas son exaspération :
– Vous avez le don de sortir avec des garçons suspects.
Anna se sentit visée et lui demanda de développer.
– Tu t'es renseignée sur Mathieu ? Lui demanda Marie. Est-ce qu'on sait pourquoi il doit faire signer un papier après chaque cours ? Tu en sais un peu plus sur son passé ? Et son don particulier pour les cambriolages ?
– Si tu t'investissais autant pour l'enquête que pour confondre Mathieu, on aurait déjà retrouvé Fauret, lui reprocha Anna.
Marie s'inquiétait de l'effet que produisait Mathieu sur son amie. Elle semblait totalement éblouie par celui qui n'était Peut-être qu'un mirage. Anna était un cœur d'artichaut, si vite emballé, toujours exalté. La chute pourrait n'en être que plus douloureuse.
Anna rangea ses affaires, remuée par cette conversation. Un doute avait germé, terrible. Si elle était honnête envers elle-même, et qu'elle analysait le plus objectivement possible le cas Mathieu, ce personnage était plein de lacunes et de zones d'ombre sur de nombreux aspects.
Elle quitta la cafétéria. Au détour du couloir, elle tomba nez à nez avec Rémi. Il avait ses grands yeux éberlués habituels. Anna le salua en lui cachant tant bien que mal son émotion.
– Dis-moi, commença Anna, tu connais Mathieu depuis longtemps ?
– Oui. On fait du foot ensemble. Mais en ce moment il rate pas mal d'entraînements.
– Il paraît que vous avez visité l'Australie ensemble, l'an dernier… C'était bien ?
Il bégaya, mal à l'aise. Il avait l'air de ne rien comprendre. Il

répondit par la négative :
– Je suis jamais allé en Australie… Je ne vois pas de quoi tu parles.
Anna se sentit envahie de colère. Sans le saluer, elle partit de l'École. Il resta hébété devant cette étrange fille qui, chaque fois qu'elle le croisait, l'étonnait davantage.
Anna était blessée et rageuse à la fois. Mathieu se moquait d'elle. Elle ralentit quand elle fut devant la porte Jaujard, parce que justement, l'Apollon tombé de son piédestal arrivait sur son vélo. Elle l'attendit devant l'entrée, les bras croisés. Quand il fut à sa hauteur, sa bonne humeur s'évanouit :
– Qu'est-ce que j'ai fait encore ?
– Tu m'as menti ! Qui es-tu à la fin ? Arrête de profiter de l'effet que tu me fais pour me raconter n'importe quoi !
Il gardait le silence, pris au dépourvu. Elle le dépassa en le bousculant, et partit en direction du métro. Il n'essaya même pas de la retenir, vaincu.

Heureusement, il y en avait deux qui se concentraient encore sur leur objectif premier : l'enquête. Marie et Virginie achevaient leurs révisions. Il était dix-neuf heures, la bibliothèque fermait. Elles décidèrent de se cacher et d'attendre qu'Oscar finisse sa journée. Elles grelottaient de froid, cachées derrière la bâtisse, dans la nuit déjà tombée. Les femmes en bronze de Maillol, nues et grasses, formaient des ombres inquiétantes au milieu des topiaires de buis. Le Louvre tendait ses deux grands bras vers l'obélisque de la Concorde. La grande roue illuminait le panorama, répondant aux phares des voitures prises dans les embouteillages.
Les filles durent patienter encore une demi-heure, que le jeune homme finisse de ranger les derniers livres abandonnés sur les tables. Enfin, il sortit avec ses collègues de travail. Il fuma une cigarette avec eux, les salua et partit vers le parking souterrain qui se trouvait sous le jardin des Tuileries. Les filles le suivirent discrètement. Elles se courbèrent pour le prendre en filature. Elles restèrent accroupies derrière un pilier à distance suffisante. Marie pensa que c'était ici qu'avait été

retrouvée la voiture de Michel Fauret, vide de son occupant. C'était ici qu'il s'était comme volatilisé. Disparu dans la nature. Elle frissonna, chassant cette pensée de son esprit.

Depuis leur cachette, elles virent Oscar arriver au niveau de son véhicule, et restèrent sans voix.

– Tu es en retard !
– Pardon ma chérie.

Oscar embrassa Anne-Cécile. Il ouvrit sa voiture, tous deux montèrent et ils démarrèrent. Marie et Virginie avaient la bouche grande ouverte, les yeux écarquillés, pour être sûres de voir ce qu'elles voyaient. Elles se baissèrent quand la voiture passa à leur niveau, attendirent quelques minutes et ressortirent à l'air libre. Le vent les glaça de froid. Marie s'écria :

– Incroyable ! Quelle garce de nous avoir caché ça !

Virginie approuva :

– Cette fille ment depuis le début. Si ça se trouve, c'est elle qui a fait enlever son propre père.

– Mais bon sang, tout le monde ment, tout le monde nous trompe ! Réalisa Marie. On n'a aucun allié en réalité !

Elle regarda Virginie, s'arrêtant en plein chemin :

– Si ça se trouve, toi aussi tu fais partie de la confrérie !

– Voyons Marie, raisonne-toi.

Mais leur esprit était brouillé, elles se sentaient trahies de tous côtés. L'équipe semblait s'effriter, leurs alliés les lâcher l'un après l'autre. Pire, certains se révélaient dans l'autre camp.

– Anne-Cécile doit répéter tous nos plans à Oscar, comprit Virginie.

– Attends, réfléchissons. Oscar a indiqué la piste de la Confrérie à Anna. Il sait donc en effet qu'on enquête. Il a pu demander à sa copine de s'incruster. Mais, s'il nous donne des pistes, c'est qu'il est dans notre camp. Non ?

– Alors pourquoi Anne-Cécile nous ment-elle ? S'acharna Virginie. Pourquoi ne nous dit-elle pas « Nous aussi on enquête, on va tous s'entraider » ? Non, elle nous infiltre. Oscar a voulu acheter notre amitié en nous mettant sur une piste. Mais quand il a vu qu'on se méfiait toujours, il a envoyé Anne-Cécile faire la taupe.

Marie gémissait, dépitée et terrorisée par ce couple diabolique.
– On doit faire comme si on ne savait pas, dit Virginie. On sourit à Anne-Cécile tous les matins, jusqu'à ce qu'on découvre ce qu'elle trafique.
– Ça va être dur de lui cacher mon dégoût, maugréa Marie.
Elles s'engouffrèrent dans le métro et se quittèrent, déboussolées par leur découverte.

Paris, 1661

Sur son lit de mort, Jules Mazarin rédigeait son testament. Mais ce n'était pas un testament officiel.
Las, malade, il trempa sa plume dans l'encrier et continua sa rédaction ponctuée de taches brunes.
Il repensa à ses années à Rome, ses bons et loyaux services dans l'armée pontificale, son aisance dans la résolution des conflits diplomatiques. Il avait gagné l'estime papale en menant à bien la paix entre l'Espagne et la France. Il avait évité un conflit terrible entre les deux puissances Catholiques.
Il avait toujours été attiré par la France, son rayonnement, sa grandeur. Le Cardinal de Richelieu l'avait recommandé auprès de Louis XIII comme successeur après sa mort. Certes, le peuple Français avait accueilli avec haine ce nouveau premier ministre étranger qui s'installait aux plus hautes sphères de l'État. Il n'avait aucun regret, il partait serein.

Mais il avait à cœur de mettre en lieu sûr son trésor, celui qu'il avait ramené de Rome et qui lui avait causé tant d'ennuis.
En fait, il n'était pas venu conquérir la France, il avait fui l'Italie.
Il avait pris le parti de ramener avec lui ce trésor, dont certains de ses créateurs estimaient qu'il devait rester dans son berceau romain. La scission avait été proclamée, et il était parti sous une horde de menaces.
Quand il ne serait plus là, il fallait absolument qu'il soit mis en lieu sûr.

Dans son testament, Mazarin demandait à son successeur Colbert, d'exécuter sa dernière volonté. Il cacherait ce trésor dans l'écrin de pierre et de marbre que Mazarin lui ferait spécialement construire.
Un édifice dans lequel il souhaitait lui aussi reposer pour l'éternité.

Mazarin rendit son dernier souffle, et la première pierre du chantier fut posée.

12

L'union ne fait plus la force

Paris, 2010

Anna écoutait de la chanson française et essayait de relire ses cours, recroquevillée sur son lit. Elle fronça les sourcils, tombant sur un cours d'histoire des collections. François Ier et le collectionnisme. Mince, ça sentait bon le sujet d'examen. Peut-être devrait-elle jeter un œil à cette fiche.
François Ier avait tenté d'annexer certaines villes italiennes à la France lors de ses conquêtes militaires. Fasciné par cette culture, féru d'antiquités et empreint d'humanisme, il était amoureux de ce pays. Il avait ramené bon nombre de chefs-d'œuvre et en avait également reçu en cadeaux diplomatiques. Cette collection constituait le fonds premier du Louvre. Anna soupira devant la liste des œuvres acquises par ce monarque éclairé. *La Belle Jardinière*. Elle se souvint que dans sa conférence, Sébastien avait dit que selon la légende, François Ier était tombé amoureux de la douce Madone. Le cœur d'Anna se serra. La conférence… Ce soir-là, elle était avec Mathieu, dans l'amphithéâtre. Oh non, voilà qu'elle divaguait encore sur lui.
Plus que l'enquête, l'énigme Mathieu avait pris le pas sur le reste et la tourmentait à longueur de temps. Elle relisait pour la cinquième fois la même page de son cahier, ne parvenant pas à se concentrer, quand son téléphone vibra. C'était un texto de Marie :
« Oscar et Anne-Cé sont ensemble ! »
Anna n'en crut pas ses yeux et relut le message encore deux fois.
"Hallucinant ! Je leur souhaite beaucoup de bonheur. Tu avais raison pour Mathieu, c'est un menteur."
Elle se résolut à éteindre et se coucher, puisque ce soir, son

efficacité de concentration était égale à zéro. Elle s'allongea, cherchant le repos, quand l'interphone sonna avec insistance. Elle se leva, un peu en panique, et décrocha :
– Qui est-ce ?
– Mathieu.

Elle raccrocha, bien décidée à ne pas céder à ses beaux discours. Mais l'interphone sonna à nouveau de manière ininterrompue, si bien qu'excédée, elle finit par ouvrir. Une minute plus tard il frappait à sa porte.
– Laisse-moi entrer, il faut qu'on parle.
– Non, tu vas encore m'embrouiller. Si tu as quelque chose à dire, dis-le derrière la porte.

Elle attendait, tendue d'impatience, qu'il prononce un mot. Qu'allait-il inventer cette fois ? Mathieu resta silencieux, cherchant ses mots. Il s'appuya d'une main sur la porte :
– Anna… J'ai tellement de choses à te dire… mais j'ai peur que tu me fuies…
– Sois plus convainquant, dit-elle d'un ton détaché.

Ne pas le voir l'aidait beaucoup à jouer l'indifférence.
– Parle-moi de l'année dernière… tu as vu quoi en Australie… ? DemandA-t-elle avec provocation.

Il soupira, conscient d'être démasqué. Rémi lui avait raconté son entrevue avec la jeune fille.
– Je sais, j'ai menti… C'est très délicat à expliquer…
– Tu étais où ? Insista-t-elle d'un ton ferme.

Mathieu attendit plusieurs secondes avant de lâcher :
– En prison.

Elle ne répondit pas, choquée. Elle ne s'était vraiment pas attendue à une telle réponse. Il s'impatientait derrière la porte :
– Réponds quelque chose, s'il te plaît.
– D'abord, dis-moi pourquoi tu étais en prison. Je ne laisse pas entrer les condamnés en cavale.
– Écoute, j'ai fait des conneries… J'ai volé des trucs, des ordinateurs, des télévisions… je les revendais, parce que j'avais pas un rond pour payer mon loyer. Je t'épargne l'épisode de l'enfance privée de père, si tu le veux bien. Je voulais faire l'École du Louvre, mais je ne pouvais pas me payer des études.

Je ne suis pas venu te sortir les violons. Seulement, j'estimais qu'il était temps que tu saches la vérité, parce que...
Elle attendait, l'ouïe en alerte. Mais il ne finit pas sa phrase.
– C'est pour ça que tu signes toujours des papiers à la fin des cours ?
– Oui, je suis en réinsertion.
Il soupira, inquiet du silence de son amie derrière la porte. Alors les filles avaient raison, il avait une face sombre, un passé tourmenté. Elle était tellement déçue d'avoir idéalisé celui qui n'était finalement qu'un inconnu.
– C'est fini tout ça, dit-il. On a tous droit à une seconde chance ? J'ai changé. J'ai vraiment envie d'étudier, ça me passionne. Et l'enquête m'a donné une vraie raison de m'investir. C'est grâce à toi. Tu as donné du sens à tout ça. Cette enquête, c'est l'occasion de me racheter.
Il haussa d'un ton :
– Je pense que tu peux comprendre ! Finalement on n'est pas si différents.
– Comment ça ? S'offusqua la jeune fille.
– Tu t'introduis chez les gens, tu cambrioles, tu voles, tu prends les gens en filature... Et pourtant, rien ne te prédestinait à ces écarts de conduite ! Tu vois, tout n'est jamais tout noir ou tout blanc.
Il n'avait pas vraiment tort. Elle prit une profonde inspiration et ouvrit la porte, le regard plein de reproches et de méfiance. Elle lui bloquait toujours l'accès sur le pas de la porte, déterminée et ébouriffée dans son tee-shirt Bob l'Éponge.
– À quoi tu joues avec moi ? Tu fais un pas en avant, trois pas en arrière...
– C'est que j'ai peur que tout ça devienne très compliqué.
– Marie a raison, je ne suis pas à disposition, dit-elle en feignant l'indignation.
– Ah, parce qu'au lieu de te faire ton propre avis, tu consultes le Comité des Féministes Désespérées ?
– C'est pas bientôt fini ce vacarme ? Interrompit le voisin en tapant sur le mur.
– La ferme, cria Anna, mon mec a fait de la prison il va te

tordre en deux !

Mathieu plaqua sa main sur sa bouche et la fit entrer dans la chambre. Il ferma la porte derrière lui et éclata de rire. Il allait commenter le bazar innommable de l'appartement. Il regarda le tee-shirt de la jeune fille et sourit :

– En fait, mon pote Bob me manquait.

Il posa ses mains sur sa taille fine et l'embrassa avec tendresse, l'attirant contre lui. Ils s'embrassaient passionnément, comme si enfin le mur de mensonges qui les séparait était tombé. Leur étreinte se faisait plus pressante, leurs baisers enivrants. Anna s'abandonnait totalement à ce délice, la cambrure de ses reins docile, sur la pointe des pieds, son corps frissonnant et impatient. Il cessa ses baisers ardents :

– Il faut que je parte.

– Ah non… Tu restes, intima la jeune fille, fiévreuse.

Elle le lâcha et se dirigea vers la porte. Elle tourna la clé dans la serrure. Elle pensa à l'amant pressé du "Verrou", la célèbre toile de Fragonard. Elle se tourna vers lui. Tendus, ils échangèrent le même regard intense. Elle subit avec bonheur son assaut passionné.

Le lendemain matin, Anna sauta dans le métro pour aller en cours, comme à son habitude. Transportée d'allégresse, elle avait des ailes. Sans pouvoir contenir une seule minute son secret, elle se rua sur ses amies qui patientaient devant l'amphithéâtre.

– Les filles ! Dit-elle, surexcitée. Mathieu était chez moi cette nuit !

– Ah bon, il a dormi chez toi ? S'étonna Marie-Charlotte.

– Je n'ai pas dit qu'on avait dormi, dit Anna avec malice.

Des cris d'excitation et de bonheur fusèrent dans le petit groupe. La jubilation de leur amie était communicative.

– Champagne ! Cria Dorothée avec triomphe.

– Mais alors, dit Marie d'un air suspicieux, tu en sais un peu plus sur ce qu'il cachait ?

Anna hésita. Ses copines attendaient une réponse, leurs mines braquées sur elle dans l'expectative. Mais si elle leur disait où

Mathieu avait passé son année dernière, elles ne lui feraient jamais confiance.

Elle n'eut pas le temps d'improviser une réponse, que le concerné arriva, après avoir accroché son vélo. Il salua le groupe tandis qu'Anna leur donnait des coups de coude pour obtenir leur discrétion.

– Salut Mathieu, dit Dorothée en le gratifiant d'un grand sourire. Tu as une petite mine.

– J'ai pas beaucoup dormi, dit-il comme si de rien n'était.

Les filles ne purent retenir leurs gloussements. Anna rougit, mortifiée. Heureusement, l'amphithéâtre s'ouvrit et la foule d'étudiants se pressa à l'intérieur.

– Tu es arrivée une minute avant moi et tu as eu le temps de leur dire ? Glissa Mathieu.

Anna se ratatina et s'engouffra dans l'amphithéâtre.

Le cours d'archéologie grecque fut passionnant mais Anna ne put prendre la moindre note, trop occupée qu'elle était à rêvasser et se repasser en boucle sa nuit de délice. Exaucée, elle se délectait de ses souvenirs brûlants. Les pastorales rococo de François Boucher lui apparurent dans toute leur splendeur, l'étreinte joyeuse des amants au milieu des petits anges ailés aux fesses roses et toute la faune partageaient leur bonheur. Elle souriait de béatitude tout en contemplant Mathieu, le rang devant, qui luttait contre le sommeil. Il posa sa tête sur sa main, devant les yeux ahuris de Rémi.

– Tu l'as épuisé jusqu'à la moelle ou quoi ? Rit Dorothée. Le pauvre, il n'a pas dû comprendre dans quel piège il était tombé.

Les quatre pouffèrent allègrement tout le reste du cours, allant gaiement de taquineries en blagues coquines. Comme pour alimenter l'humeur grivoise du jour, le professeur présentait des clichés de vases grecs décorés de figures noires et de figures rouges. Les motifs de Bacchanales formaient des frises érotiques. Et lorsque le fameux vase du British Museum figurant un satyre tenant un calice sur le bout de son sexe s'afficha à l'écran, les quatre s'écroulèrent d'un même rire, accablées par la vision de Thomas en saltimbanque pornographique.

À la fin du cours, le groupe d'amies se dispersait, et Mathieu en profita pour s'entretenir en tête-à-tête avec Anna. Pudiques, n'osant pas se regarder dans les yeux, ils avaient le même sourire à la fois heureux et gêné. C'est lui qui parla le premier :
– Écoute, ne le prends pas mal, mais je ne suis pas du genre à m'afficher en public. En fait, j'aimerais que personne à l'École ne sache pour nous.
Elle fut un peu surprise, mais venant d'un garçon aussi discret, elle accepta en haussant les épaules. Il lui fit un sourire et partit en direction de son vélo. Malgré la condition qu'il avait posée, rien ne pouvait entamer la bonne humeur de la jeune fille.

Mathieu rentrait chez lui, épuisé. La journée et la soirée avaient été longues. Après les cours, il avait enchaîné son travail au Café. Il posa son sac par terre, se servit un coca dans le frigo et s'affala sur son lit. Il était partagé entre plusieurs sentiments. Certes, il était soulagé d'avoir joué franc-jeu avec sa coéquipière d'enquête. Il n'avait en fait pas vraiment eu le choix, car la curieuse étant maline, l'étau s'était resserré petit à petit sur ses incohérences et ses silences. Mais il avait une angoisse latente qu'il s'expliquait très bien. Tout cela était bien compliqué mais allait le devenir encore plus, certainement. Il fallait à tout prix qu'ils soient discrets.
Il soupira. Cette fille lui posait bien des problèmes. Il avait bien essayé de lutter contre sa fraîcheur, son naturel enchanteur, son côté Miss Catastrophe. Mais jamais il n'avait été repoussé par elle, au contraire toujours surpris, par son courage hors du commun, sa détermination (ou son inconscience ?). Était-elle immature ou courageuse ? Folle ou déterminée ? En tout cas, elle était entière. Le genre de personne que l'on peut combler ou détruire d'un seul malheureux mot ou geste. Elle pouvait passer en un instant du rire aux larmes, de la joie la plus fulgurante au désespoir le plus total. Toujours projetée dans des scénarios plus fous les uns que les autres, son sens des réalités était altéré par sa grande sensibilité. Elle allait souffrir, c'était inévitable.
Mais ce qui le touchait le plus, c'était qu'elle était

incroyablement femme sans même être consciente de ce qu'elle dégageait. Toujours à douter d'elle, sans cesse en train d'élaborer des théories et se morfondre à l'avance de ce qu'elle supposait être vrai. Elle dégageait quelque chose de solaire. Oui, il avait besoin d'elle dans son paysage. Mais il souffrait d'avance d'imaginer la désillusion qu'il lui infligerait. Il n'avait décidément rien d'un prince charmant.

Tourmenté, il s'abandonna aux bras de Morphée qui lui offrit la sérénité qu'il n'avait pas trouvée un seul instant au long de cette journée.

Virginie passait un coup de chiffon à l'accueil, soulevant les piles de prospectus destinées à la curiosité des visiteurs. La nuit était tombée, il était vingt heures, elle était seule dans l'École avec le gardien. Du moins c'était ce qu'elle croyait. Elle était plongée dans ses pensées que facilitaient des tâches ingrates et rébarbatives. Elle sursauta lorsqu'une voix chevrotante se fit entendre :
– Bon courage mademoiselle.
C'était Mamie Nova qui passait la tête depuis son bureau. Virginie serra son chiffon contre elle, tremblante. Elle ne parvenait pas à masquer son malaise.
– Merci Madame.
On voyait rarement Mamie Nova sourire ces temps-ci. Cela lui creusait d'autant plus de petites rides dans son visage sillonné. On aurait dit une de ces vieilles servantes inquiétantes d'un tableau du Caravage. Sortant de l'obscurité, fantomatique, elle s'approcha :
– Vos études vous plaisent toujours ?
– Plus que tout, acquiesça la petite blonde.
Dans le silence tendu, Virginie n'entendait que son sang battre à ses tempes. Virginie pensa à la sorcière tendant la pomme à Blanche-Neige.
Mamie Nova avait-elle remarqué que quelqu'un avait trouvé la lettre de menace cachée dans son bureau ?
Lentement, la vieille dame tourna les talons et se dirigea vers la sortie. Virginie put recommencer à respirer, blême. Si jamais il

lui avait pris la folle idée de s'introduire dans son bureau et qu'elle était tombée nez à nez avec elle… Alors, une idée la saisit. Elle hésita plusieurs minutes. Et si Geneviève faisait demi-tour et la découvrait en pleine effraction ? Le cœur haletant, avec mille précautions, Virginie se dirigea vers son bureau.

À sa grande surprise, la porte n'était pas fermée à clé. Son cerveau réfléchit à toute allure, évaluant le pourcentage de chances que ce soit un simple oubli de la part de la propriétaire. Et si Geneviève l'épiait, depuis sa cachette ? Si elle l'envoyait tout droit dans la gueule du loup ? Était-ce un piège ?
Elle se décida à entrer, ferma doucement derrière elle. Elle ouvrit les tiroirs, ne trouva rien. Elle eut l'idée de fouiller dans la poubelle à côté du bureau. Son cœur s'accéléra. Elle trouva un brouillon de lettre qui avait été chiffonné et jeté. C'était une déclaration de vol envoyée à son assurance. Mamie Nova disait avoir été cambriolée, à une date qu'elle ignorait, puisqu'une de ses pièces de collection avait disparu. Une petite médaille en or, datée du seizième siècle. Virginie pensa que si l'œuvre avait été déclarée à l'assurance, alors Mamie Nova l'avait acquise en toute bonne foi.
Virginie photocopia la lettre, fourra la copie dans son sac, et remit le brouillon dans la poubelle.
Elle se posait bien des questions. Mamie Nova avait-elle volontairement laissé sa porte ouverte ? De quel côté était-elle ? Et qui donc avait pu voler la pièce de la Confrérie ? Certainement un de ses membres.

Comme si elle était poursuivie, Virginie quitta en trombe l'école, saluant de loin le gardien et l'abandonnant à la fermeture de l'École. En pleine rue, elle ralentit enfin le pas et calma ses battements de cœur. Ses amis lui avaient raconté que le cambrioleur était entré par la porte d'entrée chez Mamie Nova, sans commettre aucune effraction. Un homme, qui devait savoir qu'elle serait absente ce week-end-là, et qui avait la clé de chez elle. L'identité du voleur de la pièce lui apparut alors comme une évidence.

Dorothée était installée au bureau de son petit ami et pianotait sur l'ordinateur. Philippe Garnier prenait sa douche. Dorothée but une gorgée de sa tisane et cliqua sur le navigateur internet.
Elle tapa le nom de Roger Cassini et parcourut les sites qui étaient associés. C'était le nom de l'acheteur de la pièce volée chez Mamie Nova. Elle entendit la porte de la salle de bains s'ouvrir et masqua sa page, ouvrant une partie de solitaire sur l'ordinateur.
Philippe l'embrassa sur le front, enveloppé dans une serviette qui lui servait de pagne.
– Tu t'amuses bien ? Demanda-t-il en rejoignant sa chambre.
– Je me détends, expliquA-t-elle avec un sourire.
En se penchant, elle le vit qui s'habillait, enfilait un jean et une ceinture. Elle se hâta d'agrandir la page de sa recherche.
« Cassini, Cassini… » Elle trouva un site écrit en italien, et cliqua pour que la page soit traduite en Français. Elle trouva l'identité supposée de l'acheteur de la pièce. Le site parlait de lui en termes de collectionneur privé, Français d'origine italienne. L'étendue de sa collection n'était pas connue en intégralité. Cet ancien archéologue se passionnait particulièrement pour la période de la Renaissance italienne.
« Bien évidemment, pensa Dorothée ». Elle imprima la photo d'identité qui accompagnait le petit paragraphe. Le tout était extrait d'un article de journal paru en 1995. En parcourant la suite de l'article, elle découvrit qu'il avait acquis cette année-là un dessin préparatoire d'un autoportrait de Raphaël pour une somme exorbitante.
« C'est notre homme » pensa Dorothée en copiant-collant l'article. Elle l'envoya par mail à ses amies.
Elle continua à chercher encore, mais ne trouva rien de plus.
Virginie répondit rapidement à son mail :
« Super ! Il faut savoir s'il est du côté de Mamie Nova et Fauret, ou s'ils sont ennemis. »
« Bonne question, reste à savoir de quel côté de la force il se trouve ! » Plaisanta Dorothée en envoyant le mail.
Virginie répondit à nouveau :

"Je pense avoir compris qui s'est introduit chez Mamie Nova sans effraction… Son fils bien sûr ! Sébastien Tardieu devait avoir la clé du domicile de sa mère. Il a sans doute volé la pièce pour la rendre à la Confrérie."

Mais oui, évidemment ! "Bien joué Vivi !" Pensa Dorothée avec fierté et excitation. Peu à peu, les pièces du puzzle se mettaient en place.

Une main sur son épaule la fit sursauter. Philippe était penché au-dessus d'elle. Dorothée ferma toutes les fenêtres de l'ordinateur, gênée. Elle reprit son solitaire, mais Philippe s'assit sur le bord du bureau. Dorothée savait que si elle croisait ses yeux bruns magnifiques, elle n'aurait pas le cœur à lui mentir. Il commença :

– Je peux savoir ce que tu cherches sur le web ?

– Rien, dit-elle, des trucs pour les cours.

– Tu m'as promis de ne pas faire la curieuse à propos de cette affaire. Tu m'as menti ?

Dorothée abandonna son solitaire, de peur d'elle-même finir rapidement célibataire.

– Non, je donne juste un coup de main à mes copines, mais je te promets que je ne mets pas mon nez dans cette histoire.

Il se leva, furieux, et dit d'un ton autoritaire qui la fit trembler :

– Et la nuit, quand je dors, tu fouilles dans mes dossiers de police ?

– Bien sûr que non, dit Dorothée d'un ton faussement choqué de cette accusation.

– Tu vas arrêter ça tout de suite, décida-t-il. C'est tes copines ou moi !

Elle resta immobile, sonnée. Il attendait visiblement une réponse. Il lui tendit son téléphone portable. Devant lui, elle dut composer le numéro de Marie-Charlotte. Celle-ci répondit aussitôt. Elle était en train de regarder un documentaire sur les animaux antarctiques, sur la cinq.

– C'est Dorothée. Voilà… Je…

Philippe croisait les bras, et lui intimait du regard d'aller au bout de la démarche.

– J'arrête tout, continuez sans moi. C'est trop dangereux ; et

puis, je ne veux pas compromettre ma relation avec Philippe.
– Quoi ? S'exclama Marie à l'autre bout du fil. Tu ne peux pas nous faire ça ! Doro !
– Ça ne change rien à notre amitié, assura Dorothée.
– Au contraire, ça change tout.
Marie-Charlotte raccrocha, blessée, et composa le numéro de ses amies pour leur apprendre la mauvaise nouvelle. Dorothée resta là, le téléphone sur l'oreille, sans réaliser le choix qu'elle venait de faire. Elle sentit les larmes monter à ses yeux. Mais Philippe la prit dans ses bras et sut la rassurer, de sa voix douce et suave qui pouvait tout obtenir d'elle.

Le lendemain soir, Marie, Virginie et Mathieu étaient assis autour de la petite table à manger d'Anna. Il y avait tout juste la place de poser quatre assiettes. L'ambiance n'était pas des plus joyeuses. L'équipe était dépitée par la décision de Dorothée. Personne ne digérait son choix. Elle qui avait l'air si indépendante avait finalement cédé au piège des sentiments.
Marie, quant à elle, continuait à voir d'un mauvais œil le beau Mathieu. Toujours méfiante envers lui, elle le regardait roucouler avec Anna avec inquiétude. Elle ne pouvait s'empêcher de penser que son amie allait souffrir. Ce n'était pas le pressentiment de Celle-ci, qui voyait la vie en rose, plus rayonnante que jamais.
– Et voilà ! Bon appétit les amis !
Anna déposa le plat sur la table, ravie. Elle ôta son tablier et observa les moues hésitantes.
– Qu'est-ce que c'est ? Demanda Mathieu.
– Une invention de ma part, se félicita Anna. Je ne savais pas trop quoi vous faire, alors j'ai mis du riz, avec toutes sortes de choses dedans.
– De choses ? reprit Marie avec méfiance.
– Arrêtez, vous allez me vexer ! Allez hop, une cuillère pour maman !
Anna servit la pâtée informe dans chaque assiette. Le riz avait gonflé et collé, il formait une sorte de pâte qui aurait pu servir de plâtre pour assembler des briques. Mathieu se sentit obligé

de goûter, pour faire plaisir à sa dulcinée. Il cacha son dégoût et avala avec difficulté. Les filles le regardaient, inquiètes. Anna ne s'en rendit pas compte et commença :
– J'aurais bien invité Dorothée, mais elle n'est pas venue en cours aujourd'hui.
– C'est pas grave, dit Marie. Elle nous a trahis. Elle a choisi son camp.
– Il faut qu'on dissocie l'enquête de notre amitié, raisonna Virginie.
– Non, c'est indissociable, reprit Marie. De quoi veux-tu que l'on parle quand on la verra ? De la pluie et du beau temps ? Elle a choisi son flic, elle nous a abandonnées.
– Mangez, ça vous redonnera le moral, dit Anna.
Les mines ne semblaient pas convaincues par un tel remède. Marie passa sa fourchette dans la purée solide, incertaine.
– Chérie, tu ne devrais pas les forcer, grimaça Mathieu.
Anna se braqua. Il crut qu'il l'avait vexée, mais elle sourit béatement :
– Tu m'as appelée « chérie »…
Virginie et Marie croisèrent un regard amusé. Les deux tourtereaux échangèrent un baiser et Mathieu se dit qu'il avait gagné le droit de ne pas finir son assiette. Il entreprit d'aborder l'idée qui lui avait traversé l'esprit :
– Vous êtes au courant que le BDE organise des voyages ? Il y a un séjour à Rome prévu début décembre, je me disais qu'il serait intéressant de participer, non ?
– Dans quel cadre ? Demanda naïvement Marie-Charlotte. Pour les cours d'archéologie romaine ?
Les trois la regardèrent, et elle se sentit rougir.
– J'ai tenté…
– Tu veux profiter d'un voyage scolaire pour enquêter sur le directeur ? Dit Anna, effarée.
– Vous avez l'air choqué, s'étonna Mathieu. Après tous nos cambriolages, je pensais que vous trouveriez le défi plutôt facile.
– S'il te plaît, ne dis pas "cambriolage", dis "petite intrusion", le reprit Virginie, que cette précision de vocabulaire rassurait.

168

Chacun se taisait, réfléchissant à la question. C'était une bonne excuse pour ne pas manger. Sauf Anna, dont rien ne pouvait la détourner du but ultime : la nourriture. Elle racla le plat avec appétit. Elle s'étonna que les autres assiettes restent pleines et se proposa de les finir. Marie-Charlotte lui tendit avec générosité son assiette.
– Bon, qu'est-ce que vous en pensez ? Reprit Mathieu.
– Tu oublies un détail, objecta Virginie. On galère déjà pour rembourser la franchise de l'assurance de l'Audi, alors pour se payer un voyage…
Mathieu parut gêné et dit en s'essuyant avec sa serviette :
– J'ai un peu d'argent de côté… Je peux payer ma place, et celle d'Anna. Je crois qu'ils demandent trois cents euros pour quatre jours, tout compris. Ça ne me paraît pas excessif.
Anna parut surprise et prise d'une légère angoisse. D'où Mathieu sortait-il cet argent ?
– Moi, dit Marie, je n'aurai pas non plus de problème de ce côté-là.
Virginie soupira. Elle réfléchit à ce qu'elle pourrait revendre pour toucher rapidement cette somme.
– Tu pourrais demander une avance à Dorothée, elle touche une bourse, proposa Anna.
– Bien sûr, Dorothée va financer un séjour à Rome, pour une enquête dont elle ne veut plus entendre parler, soupira Marie.
Virginie garda une mine assombrie. Cette enquête lui tenait à cœur, elle ne voulait pour rien au monde rater un moment aussi important, voire décisif. Elle décida de changer de sujet :
– À propos de l'enquête, Dorothée a trouvé quelques renseignements sur ce Roger Cassini. Ancien archéologue, collectionneur qui vit en Italie, il se passionne pour la Renaissance.
– C'est lui qui avait acheté la pièce de monnaie de la Confrérie, se souvint Mathieu.
– Oui, dit Virginie. On doit savoir s'il l'avait offerte à Mamie Nova, ou si elle la lui a volée. En clair, quels sont leurs rapports.
– Comment on va s'y prendre ? S'inquiéta Marie.

– Je crois que j'ai une hypothèse sur ce Cassini, avoua Virginie. Pour vérifier cela, je dois m'introduire dans les archives de l'école.
Marie se leva de table, polie :
– Bon, en tout cas, c'était délicieux Anna, merci de cet accueil.
Anna éclata de rire :
– Voyons, ne sois pas si pressée, j'ai fait un gâteau pour le dessert !

   Virginie nettoyait les vitres du bureau de la psychologue de l'École. Elle avait mis un casque sur ses oreilles et le rythme de la musique lui donnait le courage de tenir. Elle était fatiguée par les cours et par ce travail supplémentaire.
Elle était perdue dans ses pensées quand quelqu'un toqua à la porte, qui était entrouverte. Virginie ne l'entendit pas, et Luc entra dans la pièce. Elle sursauta quand elle s'aperçut de sa présence. Elle ôta ses écouteurs et resta muette, gênée.
– Salut, dit-il en découvrant ses petites dents écartées.
Elle lui adressa un bref sourire, et demanda :
– Tu t'es encore endormi dans ton bureau ?
– Non, avoua-t-il. En fait, je guettais ton arrivée, j'avais envie de te voir.
Elle sentit ses joues claires s'empourprer. Pirate était gentil, mais elle avait du mal à le cerner. Probablement n'était-ce qu'un problème de maturité, mais elle n'aimait pas trop son comportement aux soirées. En fait, elle était un peu jalouse qu'il soit autant courtisé par ses camarades de classe. Que lui voulait-il au juste ? Sa vie actuelle était bien trop compliquée pour s'ajouter des problèmes sentimentaux.
– Luc, tu veux m'aider à faire quelque chose ? DemandA-t-elle, car elle avait une idée en tête.
– Tout ce que tu veux, répondit Celui-ci, ardent.
Après tout, il tombait à pic. Elle lui expliqua son plan, lui faisant promettre de ne pas poser de question. Il accepta, bon joueur. Virginie et Pirate se rendirent à l'étage et ouvrirent la pièce des archives. Cette pièce n'était ouverte qu'une fois par semaine pour faire le ménage, mais sinon, elle était close au

maximum, pour conserver ses secrets à l'abri des curieux. Elle était grande, bordée de rayons d'étagères garnies de dossiers.
– On cherche quoi au juste ? Interrogea Luc en parcourant une étagère du regard.
– Tu sais Luc, en ce moment, je lis les romans d'Agatha Christie… Sais-tu comment Hercule Poirot résout toutes ses énigmes ?
Luc écarquilla les yeux et fit "non" de la tête.
– Pratiquement jamais grâce à des preuves matérielles. Non, c'est la psychologie des protagonistes qui lui indiquent la clé de l'affaire. Et bien c'est ce que je cherche !
Comme Luc restait éberlué. Il rit nerveusement :
– Tu n'as rien d'un petit chauve moustachu.
Elle éclata d'un rire léger et ajouta, énigmatique :
– Voyons, c'est classé par année… Il faudrait regarder dans les années soixante-dix.
Elle se mit à chercher puis s'interrompit :
– Tu n'as jamais pensé à te couper les cheveux ?
Il parut gêné et sourit timidement.

Ils passèrent en revue les classeurs et dossiers. Luc ne parvenait pas à rester concentré sur sa recherche, il regardait la jolie blonde, transi et incandescent. Il se pencha au-dessus d'elle pour humer son parfum, mais Virginie ne le remarqua pas. Il se sentait tel Pygmalion, contemplant la perfection de sa Galatée, mais désespérant que son rêve ne prenne jamais vie. Que devait-il faire pour obtenir ses faveurs ? Éperdu, il n'attendait qu'un signe de sa belle.
Il y avait des registres avec le nom des élèves, leur moyenne finale, une photo d'identité. Jusqu'aux années quatre-vingt-dix, on pratiquait encore la photo de classe. Les classes étaient en effet constituées d'une quarantaine d'étudiants. L'École formait une élite, alors qu'aujourd'hui, les amphithéâtres étaient remplis de centaines d'étudiants. L'École du Louvre avait été instituée en 1882, dans le sillon du projet pédagogique de Jules Ferry. En plein cœur du plus grand musée du monde, sa réputation n'avait d'égal que ses élèves, une poignée de futurs conservateurs et archéologues. C'est entre ses murs que les

premiers cours de muséologie au monde furent donnés.

Suivant son dessein, Virginie ouvrit le dossier de l'année 1973 et son cœur fit un bond dans sa poitrine. Elle avait déjà vu cette photo de classe quelque part. En effet, elle l'avait également vue, froissée, dans un tiroir du bureau de Mamie Nova. Elle scruta les visages du papier teinté jaune.
Luc se pencha au-dessus d'elle et posa son doigt sur l'un des visages :
– On dirait Geneviève Tardieu, dit-il, amusé.
Virginie se glaça, car elle reconnut qui était assis à côté d'elle. C'était Monsieur Fauret. Mamie Nova et lui étaient assis sur ces bancs avant eux, ils se connaissaient presque depuis toujours. Ce n'était pas un hasard s'ils paraissaient si liés. Mais ce n'était pas le seul visage que Virginie cherchait. Elle sortit de sa poche l'article de journal que Dorothée lui avait envoyé par mail. La photo qui accompagnait l'article confirma ses doutes.
Roger Cassini était assis à côté de Fauret, un bras autour de son épaule. Les trois compères devaient être des amis d'enfance. Les trois jeunes gens souriaient à travers le temps immortalisé par la photographie. Voilà, c'était ça que Virginie cherchait à comprendre ! Qui était vraiment Michel Fauret ? Il était au centre de toute cette affaire, la clé de voûte de cette énigme, et il lui semblait déterminant de parvenir à définir qui était la victime. Elle tenait une nouvelle pièce du puzzle entre ses mains.
Virginie glissa la photo dans son sac, sous les yeux ébahis de Luc, qui ne l'aurait pas crue voleuse pour deux sous.
– Pourquoi tu la prends ?
Elle mit l'index sur sa bouche pour lui signifier le secret. Elle l'entraîna en direction de la sortie, à pas de velours. Le cœur de Pirate battait à toute allure, il ne comprenait pas vraiment ce à quoi il avait assisté. Mais découvrir sa princesse en femme d'action avait décuplé son intérêt pour elle. Virginie stoppa net quand elle entendit des gémissements de peur. En panique, elle poussa la porte d'un petit local technique et entraîna Luc dans cette cachette de fortune. Elle éteignit la lumière et ils laissèrent la porte entrebâillée.

Elle vit Geneviève Tardieu, plaquée contre un mur. Une main tendait un petit couteau devant sa gorge pour l'intimider, et un autre bras la maintenait immobile. Virginie mit une main sur sa bouche pour qu'aucun cri ne s'en échappe.
– Où est la pièce ?
– On me l'a volée, dit Geneviève en tremblant de peur.
Le bras resserra son emprise :
– Tu dois la rendre, tu le sais très bien.
– Je vous jure qu'elle a disparu, pleura Mamie Nova.
– Et la sanguine aussi ? Elle a disparu en même temps que Fauret ?
– Oui, assura Geneviève.
Virginie déglutit. La sanguine ! Elle essayait de contenir son émotion pour ne pas perdre une parole échangée entre la victime et ses agresseurs. Fallait-il intervenir ou écouter un maximum d'informations ? Derrière elle, Luc hallucinait, la bouche ouverte, bougeant pour essayer d'apercevoir les protagonistes de cette scène improbable.
– Mais c'est toi qui avais la clé, dit l'un des hommes. Ne mens pas, je perds patience !
– On m'a aussi volé cette clé, gémit la vieille femme.
Virginie ouvrit de grands yeux éberlués. Elle se souvint de la petite clé qu'on lui avait fait parvenir, et qui avait servi à ouvrir le coffre contenant la sanguine. Mamie Nova était le possesseur premier de cette clé.
– Je te préviens, si tu mens, ça te coûtera très cher.
Et comme ils molestèrent une dernière fois la vieille dame pour bien appuyer le sens de leurs paroles, Virginie eut un mouvement de recul, prise d'effroi. Oscar et Sébastien !
Comment Sébastien pouvait-il ainsi menacer sa propre mère ? Mais alors, qui faisait partie de la Confrérie, qui était dans quel camp ?
Virginie sonda le regard de Sébastien, et elle comprit enfin qu'il n'était que le subalterne d'Oscar. Servile, il obéissait à son maître au détriment de sa propre mère, suivant en rampant son implacable bourreau.
Elle comprit surtout que sa théorie ne tenait plus debout. Si

Sébastien Tardieu n'était pas en possession de la pièce de monnaie, qui donc l'avait volée à Mamie Nova ?

13

Tous les chemins mènent à Rome

À la bibliothèque planait une certaine tension. Le ciel était blanc, hostile. Il faisait nuit en plein jour. Oscar rangeait les livres en sifflotant, comme si de rien n'était. Marie l'observait, l'air mauvais, tandis que sa voisine de table, Anne-Cécile, travaillait studieusement. Qui aurait soupçonné la liaison de ces deux-là, qui ne s'étaient presque jamais parlé en public ? Marie ouvrit un grand livre qu'elle posa sur la table de manière à ce qu'Anne-Cécile, assise en face d'elle, ne voie pas ce qu'elle faisait. Elle sortit de son sac le petit carnet de l'enquête et le parcourut. Elle fixait les noms d'Oscar et Anne-Cécile, et les entoura d'un cœur. La complicité qui les unissait la travaillait. Étaient-ils simplement amants, ou étaient-ils complices de certains méfaits au nom de la confrérie ? Anne-Cécile était-elle l'indic d'Oscar ? Ou celui-ci menait-il ses activités parallèles en laissant sa petite amie dans l'ignorance totale ?
Virginie entra dans la bibliothèque, un grand sourire aux lèvres, et accourut vers son amie. Elle lui fit de grands gestes pour que Marie la rejoigne. Marie se leva et Virginie lui sauta au cou :
– Je viens à Rome avec vous !
– Super ! Où as-tu trouvé l'argent ?
– Je ne sais pas, quelqu'un a payé ma place, j'ai reçu la réponse de la fiche d'inscription !
Marie se braqua :
– Attends, si c'était un guet-apens ?
– Qu'est-ce que tu racontes ? S'étonna Virginie. C'est sûrement Dorothée qui veut se racheter.
– Peut-être que c'est Sébastien qui compte nous zigouiller toutes d'un seul coup en nous jetant dans la cage aux fauves du Colisée ! S'exclama Marie.
– Voyons Marie, il n'y a plus de fauves depuis longtemps. C'est Peut-être un admirateur secret, dit Virginie avec rêverie.

– On est dans un remake du *Da Vinci Code*, pas des *Feux de l'Amour* ! répliqua Marie. La personne qui t'a inscrite est Peut-être celle qui t'a envoyé la clé pour le coffre de la sanguine, quelqu'un qui sait que tu enquêtes et qui te surveille.
Virginie eut un mouvement de recul. Le doute était légitime. Peut-être lui tendait-on un piège. Mais elle était déterminée à l'affronter.

    Les quarante élèves inscrits au voyage embarquaient, dans la panique que provoque toujours un départ. Luc était débordé. Il faisait l'appel, nommant les participants à la criée à travers le car.
– Anna ?
– Là ! Dit Celle-ci en hissant péniblement sa valise par-dessus son fauteuil.
– Mathieu ?
Ce dernier monta prestement dans le car et tapa dans la main de Pirate.
– Virginie ?
La voix de Pirate se fondit dans le bruit général. Virginie monta et lui sourit généreusement. Il lui rendit son sourire, ravi. Elle monta dans le car et rejoignit ses amis au fond. Elle tapa dans la main que Mathieu lui tendait.
Ils prirent place et déjà Mathieu dépliait des plans de la capitale italienne, entourant au stylo ce qu'il comptait visiter. Il entourait certains sites en noir, d'autres en rouge.
– Pourquoi tu changes de couleur ? Demanda Anna qui était assise à côté de lui.
– En noir, c'est ce que je veux voir pour les cours. En rouge, c'est pour l'enquête !
Il lui fit un clin d'œil complice. C'était en fait à peu près la seule chose qu'il lui accordait en public, mais elle s'y était faite.
Marie monta dans le car, en panique. Mathieu se redressa et cria :
– On fait la ola pour celle qui est toujours en retard !
Tout le monde se mit à rire et Marie-Charlotte rougit, honteuse. Elle les rejoignit, alarmée, et les pria de se calmer :

– Je dois vous dire quelque chose.
– Tu es malade à l'arrière ? Supposa Anna.
– Bien plus grave. Vous allez me tuer !
– Accouche, dit Mathieu.
Il appuya sur l'épaule de la jeune fille, la forçant à s'asseoir devant eux. Thomas le satyre monta également. Il croisa le regard du petit groupe et se ratatina, tournant la tête.
Les trois amis sentirent que Marie était très nerveuse. Ils la pressèrent pour qu'elle parle. Elle commença à pleurnicher :
– C'est horrible, avouA-t-elle. On m'a volé le carnet de l'enquête.
Personne ne réagit immédiatement. Puis Anna explosa :
– Tu es sérieuse ? C'est super grave !
– Mais bon sang réfléchis, s'alarma Virginie, où est-ce que tu l'as vu pour la dernière fois ?
Marie tremblait, au bord des larmes :
– Je le lisais mercredi à la bibliothèque, et maintenant que j'y pense, j'ai dû l'oublier là-bas…
– On te l'a sûrement volé, paniqua Mathieu. On est foutus !
C'était ce qui pouvait arriver de pire. Quelqu'un avait entre les mains la preuve irréfutable qu'ils fouinaient dans ce qui ne les regardait pas. S'il était entre de mauvaises mains, ils étaient inévitablement en danger. Les filles se morfondirent d'inquiétude en voyant que Mathieu lui-même cédait à la panique, pour la première fois depuis le début de leurs investigations.
– On s'en va au bon moment, maugréa Mathieu. Si on était resté à Paris ce week-end, on serait Peut-être morts.
Marie éclata en sanglots. Virginie se sentit obligée de passer une main dans son dos pour la réconforter, mais elle avait envie de la tuer.
– Morts ? Comment ça « morts » ? S'inquiéta Anna. Pour l'instant il est question de kidnapping et de vol, la confrérie n'est pas fanatique au point d'assassiner des gens !
– Qu'est-ce que tu en sais ? Demanda Mathieu. Si on devient des éléments gênants, ils vont vouloir nous éliminer.
À ce mot, Marie redoubla de larmes et se moucha bruyamment,

exaspérant Virginie. Sa patience légendaire atteignait ses limites. Mathieu était excédé mais ne savait comment se calmer. Anna tenta de raisonner la troupe :
– Réfléchissons, qui peut avoir mis la main dessus ?
– Voyons voir, qui travaille à la bibliothèque ? Demanda Virginie. Ah oui, c'est vrai, Oscar, une espèce de malade qui appartient à un groupe de fanatiques !
Le coupable semblait évident. Oscar allait prévenir la confrérie, et ils auraient un groupe de cinglés à leurs trousses.
– Maintenant, ce n'est plus qu'une question de vitesse, déclara Mathieu. On a intérêt à être plus rapides qu'eux.
Leurs cœurs se serrèrent dans leurs poitrines quand Sébastien monta dans le car. Ils déglutirent. Si Oscar avait passé un coup de téléphone à son complice, Sébastien savait tout. Marie se cacha derrière le dossier du fauteuil en pleurant de plus belle. Mathieu serra la main d'Anna dans la sienne pour qu'elle se contrôle. Soudain, Luc s'empara du micro qui grinça horriblement :
– En avant les amis !
Tout le monde applaudit en sifflant et criant, sauf notre petite troupe qui restait pétrifiée.
– C'est parti pour une petite vingtaine d'heures de trajet, rien de mieux pour se bloquer le dos dans une mauvaise position, sympathiser avec votre voisin ou réviser un peu les cours d'archéo romaine !
– Pirate est à bord du navire, dit Anna du bout des lèvres.
Cela parvint à décrocher un sourire à la petite Marie-Charlotte.
– Vous ne trouvez pas qu'il est mignon habillé en noir ? Risqua Virginie.
– Il est toujours en noir, observa Anna.
Virginie se mit à rougir. Puis Anna réalisa :
– Mais il s'est coupé les cheveux ! Pirate ne ressemble plus à un pirate !
Virginie ne répondit pas. Elle observait avec tendresse le président du BDE tirer sur le fil du micro qui s'était coincé dans une valise. Luc avait suivi son conseil ! Il avait de très beaux yeux bleus que ses cheveux désormais courts mettaient

vraiment en valeur. Avec son petit piercing caché au milieu de son bouc noir, on avait l'impression de le redécouvrir.
Le car avait démarré et le groupe d'étudiants partait pour l'Italie.

Luc avait enfoncé un bonnet sur sa tête brune. Il neigeait à Rome en ce début de décembre. Il agita son plan de la ville au-dessus de lui pour rassembler ses camarades.
– Bon, les gars, annonça-t-il, cet après-midi, on va se diviser en deux groupes. Ceux qui sont intéressés par la visite du Colisée, suivez-moi. Ceux qui préfèrent faire le musée du Capitole, suivez Monsieur Tardieu.
On perdit encore cinq minutes avant que chacun ne détermine son choix. Les trois amies et Mathieu prirent la direction du musée du Capitole. Virginie n'osa pas lâcher ses amis pour suivre Luc au Colisée. Elle regarda le jeune homme s'éloigner avec son groupe. Anna la prit par le bras et elles partirent dans la direction opposée. C'était l'initiative de Mathieu. Il était particulièrement motivé et avait à l'évidence une idée derrière la tête.
– J'aurais préféré qu'on évite Sébastien Tardieu, avoua Virginie.
– Suivez-moi, dit Sébastien en agitant son écharpe rouge.
– Monsieur, on visiterait bien la planque de votre Confrérie de fous, dit Marie à voix basse.
Ses chaussures s'enfonçaient sur la neige entassée sur le trottoir. Les voitures roulaient au pas.
Rome tenait ses promesses. Dans l'imaginaire collectif, du moins celui de nos étudiants en histoire de l'art, Rome était le berceau de la Renaissance, la gloire de l'Antiquité… Le cœur de l'énigme du Raphaël aussi, bien sûr. Cette ville que tous les grands artistes de la Renaissance étaient venus conquérir, cette ville que tous les artistes néoclassiques au XIXe siècle étaient venus visiter en pèlerinage solennel et incontournable. Une étape indispensable de la formation de l'artiste, au cœur de l'histoire et de l'art.
Notre équipe avançait, serrée, unie, mais l'esprit de chacun s'égarait, passant d'une façade à une fontaine, d'un monument

au porche d'une église. On sautait de siècle en siècle, on passait devant une ruine de deux mille ans, puis on se recueillait intérieurement devant une chapelle du quinzième siècle. Tous avaient sur la poitrine le poids de ce lourd passif, en tête l'histoire millénaire de cette ville unique. La patrie de Raphaël, Peut-être la clé du secret de l'École du Louvre.

     Le groupe de l'École du Louvre arriva devant le musée. Sébastien proposa une visite guidée pour ceux qui se spécialisaient dans l'archéologie romaine. Les autres étaient libres de déambuler à leur guise.

– Virginie, tu devrais rester avec Sébastien pour ne pas éveiller de soupçon, dit Mathieu.

La jeune fille ne protesta pas, malgré sa peur envers le professeur. Elle avait vraiment confiance en Mathieu, qui lui paraissait être le maître de la situation ; du moins, ça la rassurait de se l'imaginer ainsi.

Mathieu, quant à lui, aurait bien confié Marie à l'autre groupe, mais il craignait que Sébastien ne profite de sa faiblesse pour la menacer. Malgré sa rancœur envers la jeune fille, il la prit sous son aile, et ils se dirigèrent vers l'accueil du musée. Anna connaissait quelques bases en italien et demanda si elle pouvait s'entretenir avec le conservateur. Aimable comme un chien de garde, la secrétaire lui refusa sa demande et l'ignora, se replongeant dans ses activités. Anna regarda avec dépit ses amis.

– Dis-lui qu'on vient de la part de Roger Cassini, lui glissa Mathieu.

Anna dut chercher quelques instants comment traduire cela, et la secrétaire passa un coup de fil animé au conservateur. Elle raccrocha et les pria de patienter. Marie était anxieuse, elle jetait des regards impatients vers la salle où Sébastien commentait les œuvres. S'il s'apercevait de leur plan, qu'adviendrait-il d'eux ?

     Le directeur était un homme proche de la retraite. Il avait le charme italien et les yeux bleus, la chevelure grisonnante. Mathieu lui tendit une main qu'il serra. Il les invita à entrer dans son bureau. Il demanda ce qui les amenait. Anna

dut se dépêtrer dans une grammaire très approximative.
– Tu as demandé quoi ? Glissa Marie.
– S'il connaissait Fauret et Cassini, souffla Anna.
Le directeur répondit que ces noms ne lui étaient pas inconnus. Il accepta de mauvaise grâce de chercher dans ses dossiers. Il râla quand il s'aperçut qu'il devait consulter les archives.
– Dans les années quatre-vingt, articula lentement Marie.
– Quatre-vingt-cinq, plus précisément, reprit Mathieu qui suivait toujours l'idée qu'il avait à l'esprit.
– Si, certo ! S'exclama le vieux conservateur.
Il sortit le dossier de cette année-là et leur montra une photo jaunie. Ce qu'ils virent les cloua sur place. La photo montrait Mamie Nova, Fauret et Cassini, en plein chantier de fouilles archéologiques, non loin du Vatican.
– Incroyable ! S'exclama Marie en saisissant la photo pour dévisager les protagonistes de plus près. Mamie Nova avait déjà besoin d'un lifting.
Un dossier de presse accompagnait la photographie. Il était écrit en italien. Anna put en comprendre le titre : en 1985, une sanguine probablement attribuée à Giulio Romano, un élève de l'entourage de Raphaël, fut trouvée par une équipe de chercheurs Français. En lisant le premier paragraphe, elle comprit qu'il s'agissait de la sanguine trouvée chez Fauret, précisément celle qu'elle avait volée.
– Traduis-nous s'il te plaît, s'impatienta Marie, folle d'excitation.
– C'est incroyable, dit Anna lentement, Fauret, Cassini et Geneviève Tardieu ont fait l'École du Louvre ensemble. Ensuite, ils ont fait des fouilles dans la même équipe. Ils devaient être très amis. Cette année-là, ils ont trouvé une sanguine…
Un autre article avait été photocopié et Mathieu s'en empara.
– Je ne comprends pas l'italien, et pourtant je devine aisément de quoi parle cet article.
Marie s'en saisit :
– La sanguine mystérieuse disparaît aussitôt qu'elle est trouvée…

Le directeur expliqua que l'équipe Française travaillait pour le musée du Capitole. Cette sanguine avait donc été remise au laboratoire du musée, mais elle avait disparu presque aussitôt qu'elle y était entrée. Elle restait introuvable à ce jour.
Mathieu fut tenté de crier un « Eurêka ! » de satisfaction, mais se retint, serrant le poing. Il repensa à la lettre anonyme envoyée à Fauret « Toute erreur se paie, même les plus anciennes. » Fauret avait bel et bien volé cette sanguine ! Qui avait pu écrire cette lettre ? Oscar ? Sébastien ?
Il demanda à Anna de le questionner sur cette Confrérie. Elle hésita. Le conservateur n'avait pas évoqué une telle chose. Et si lui-même en faisait partie et les trouvait trop curieux ? Elle ne posa donc pas la question et remercia le directeur. Il se leva pour les raccompagner à la porte.
Une main froide et maigre sur l'épaule d'Anna la fit sursauter alors qu'ils franchissaient la porte du bureau. Sébastien les regardait fixement derrière ses lunettes.
– Qu'est-ce que vous faisiez chez le conservateur ?
– Je me renseignais pour un stage, improvisa Mathieu.
Sébastien les regarda intensément et regagna le groupe, de sa démarche maladive.
– Vous croyez que Sébastien sait que sa mère est une voleuse et qu'il la fait chanter ? Demanda Marie.
– C'est une évidence, murmura Mathieu.

La nuit était tombée très tôt en cette fin d'après-midi. L'équipe se rua au-dehors, encore secouée de ses découvertes. Vite, en pressant le pas, ils pouvaient encore visiter le Panthéon. Mathieu déploya son plan de la ville, se positionna dans la bonne direction et entraîna ses amies. Anna ne pouvait contenir son excitation et son émotion. Elle courait au-devant de la troupe, se retournant pour leur signifier d'accélérer leur marche. Elle arriva essoufflée devant l'imposant porche à colonnes. L'entrée serait bientôt fermée, les derniers touristes s'affairaient à acheter leur ticket.
Mathieu et les filles arrivèrent à sa hauteur, prirent un billet et la petite équipe entra dans la salle circulaire. Un silence

solennel régnait. Quelques chuchotements résonnaient contre la pierre. La lumière était faible, l'oculus au sommet de la coupole ne laissait transpercer que la nuit. Anna et ses amis avaient le souffle coupé, le cœur battant.

Virginie leur fit un signe pressant. Les autres la rejoignirent. Tous levèrent la tête vers le tombeau de Raphaël.

« Considéré comme quasi divin de son vivant… »

Anna se rappelait la conférence de Sébastien. Raphaël, inhumé au Panthéon, tel un demi-dieu. Le cœur tambourinant dans leur poitrine, ils contemplaient, hypnotisés, le tombeau du peintre. Une épitaphe était gravée.

Mathieu feuilleta son guide et lut à voix haute la traduction de l'inscription :

– « Ci-gît Raphaël, qui durant toute sa vie fit craindre à la Nature d'être maîtrisée par lui et, lorsqu'il mourut, de mourir avec lui. »

Une seconde de silence fut observée. Marie demanda :

– Qui a écrit ça ?

– Le poète humaniste Pietro Bembo, qui fut un ami de Raphaël, lut Mathieu.

Tous restèrent pensifs, frissonnant de froid dans l'immensité de la pièce, au milieu des colonnes et des sculptures de pierre. La luminosité baissait de plus en plus, les gardiens commençaient à fermer le site. Raphaël avait souhaité reposer pour l'éternité dans ce temple antique, construit au premier siècle, dans lequel on rendait un culte aux dieux. Toujours cette même passion pour l'Antiquité.

Chacun à cet instant comprit enfin l'envergure de la fascination que ce peintre avait générée de son vivant, et encore des siècles après sa mort. L'existence d'une confrérie qui lui vouerait un culte était désormais une hypothèse certaine.

Le lendemain après-midi, les élèves bénéficiaient de quelques heures de quartier libre pour visiter ce qu'ils voulaient. Mathieu réunit ses amies :

– Je propose qu'on aille jeter un coup d'œil à la bibliothèque municipale.

– Heu, intervint Virginie timidement, je ne comprends pas un mot d'italien, je ne vous serai pas utile. Je crois que je vais me poser dans un Café et me reposer un peu.
– D'accord, acquiescèrent les autres.
Ils partirent en direction de la bibliothèque, et Virginie resta sur place, au milieu du groupe qui se dispersait. Elle alla trouver Luc et le salua.
– Tu viens te balader avec moi au forum ? Proposa Luc.
Il avait demandé conseil à Mathieu. Comment séduire la jeune fille ? Mathieu lui avait recommandé de l'emmener au forum. Les ruines, c'était romantique ! Virginie accepta et ils allèrent se promener au milieu des vestiges dont le charme était décuplé par la couche purificatrice de la neige. Ils marchaient en silence, perdus dans leur contemplation. Virginie, au teint rosé, avec ses yeux bleus et sa toison blonde, ressemblait, au milieu de ce théâtre blanc, à une déesse vestale, qui ne cessait de rallumer la flamme dans le cœur de Pirate. Luc était l'adorateur, le soupirant alangui, maladroit dans son rôle de jeune premier. Virginie était soufflée par la beauté du lieu, ses yeux se posaient tantôt sur les restes d'un portique à colonnes, puis ses longs cils qui retenaient la neige, papillonnaient d'émerveillement devant l'Arc de Titus.
Luc ne pouvait ôter son regard d'elle, et trébucha sur une pierre. Il atterrit les deux mains dans la neige. Virginie éclata de rire et l'aida à se relever. Il avait rougi, maladroit.
Luc profita de cet instant privilégié pour confier à Virginie qu'il était extrêmement tracassé depuis l'épisode où ils étaient restés cachés dans le local technique.
– Dis, commença-t-il. C'était quoi cette histoire avec Geneviève Tardieu l'autre soir ?
Il riait nerveusement.
– J'ai beau y repenser, je n'arrête pas de me dire que j'ai dû rêver, c'est incompréhensible…
– Mieux vaut que tu n'en saches pas trop, dit la blonde d'un air faussement détaché.
Mais comme il insistait, et qu'il essayait vraiment de sonder son regard pour savoir ce qui se tramait, elle s'approcha de lui

et l'embrassa. Un peu pour le faire taire, et surtout par envie. Les deux n'osaient parler, et Virginie était partagée entre la pudeur et la satisfaction.
– Pourquoi tu m'as embrassé ? Demanda-t-il, les yeux grands ouverts.
– Je sais que c'est toi qui as financé ma participation au voyage. Je trouve ça très romantique !
Luc fut ébloui par son sourire d'ange, mais redescendit vite sur terre. Il rit :
– J'en suis ravi, mais ce n'est pas moi qui ai payé ta place.
– Ce n'est pas toi ? Retomba Virginie.
– Non, rigola Luc.
Virginie fut terriblement gênée de ce quiproquo et surtout très vexée. Elle passa devant lui, escaladant les pierres qui gênaient le passage, et elle s'enfonça dans le chemin blanc. La jolie princesse était tombée de son cheval, et le prince charmant n'était qu'un simple valet.
Luc lui courut après en glissant sur le verglas, l'appelant en vain.
– Je suis trop con, se maudit-il. Attends ! Virginie ! Si tu veux, je peux te payer un café !

Virginie s'enfonça dans les ruines. La déception que Luc ne soit pas son mécène secret, s'ajoutait à la peur. Qui donc avait financé ce voyage, et dans quel but ?
Il était bientôt dix-huit heures, et la nuit était tombée d'un coup, plongeant le forum dans une brume épaisse. Les lampadaires éclairaient les vestiges enveloppés de mystère. Elle frissonna. Ce n'était pas prudent de rester seule dans une ville inconnue. La température avait encore baissé, et le froid perçait ses gants et son bonnet. Sa frimousse blanche soufflait de l'air glacé à chaque respiration.
Elle sortit du forum, et traversa un quartier un peu sordide. Elle s'aperçut très vite qu'elle n'était pas arrivée de ce côté-ci et qu'elle était perdue. Elle chercha en vain du regard un repère, tentant de calmer sa peur irrationnelle. Mais qu'est-ce qui lui avait pris de partir ainsi tête baissée ?

Les ruelles étaient désertes et mal éclairées. Virginie entendit des pas derrière elle. Elle se retourna, et distingua une longue silhouette fine, courbée, qui la suivait à une certaine distance. Il portait une veste à capuche qui dissimulait son visage dans l'ombre. Virginie tenta de se raisonner. Elle pressa néanmoins le pas. Elle était perdue. Comment regagner l'auberge ? Quelle imprudence d'être partie sans prendre un plan ! Les pas se rapprochaient, l'homme avait accéléré. La jeune fille, affolée, se retourna, et vit clairement l'homme courir en sa direction. Pas de doute, puisqu'ils étaient seuls dans la longue ruelle. Prise de panique, elle se mit à courir également, de toutes ses forces. Le cœur haletant, les larmes lui enserrant la gorge, elle s'épuisa à échapper à l'agresseur. Sa poitrine se serrait et sa respiration se saccadait, prise d'une crise d'asthme. La poitrine complètement nouée, elle fut obligée de stopper sa course alors qu'elle arrivait à hauteur d'un carrefour. Mais l'homme l'avait rattrapée, et il la poussa brusquement sur la route. Virginie tomba. La voiture qui arrivait en face freina brusquement sur le verglas, sa trajectoire dévia, et le conducteur vint finir sa route sur un lampadaire. Il roulait heureusement à faible allure. Mais le conducteur, choqué, sortit aider la jeune fille à se relever. Virginie, tétanisée, s'étouffait de peur et de confusion, rassemblant ses forces pour chercher dans son sac son inhalateur. Ses jambes ne la portaient plus. Elle posa sa main sur sa poitrine pour tenter de calmer son émotion. Les quelques passants vinrent la secourir. Elle ne put se relever immédiatement et on l'aida à s'asseoir sur le côté. Elle insista pour que l'on n'appelle pas les secours. Elle avait beau chercher du regard, la silhouette noire avait disparu dans la nuit.

Mathieu, Anna et Marie arpentaient l'immense bibliothèque. Ils avaient l'impression de perdre leur temps.
– J'y crois pas, on vient à Rome pour travailler à la bibliothèque, réalisa Anna avec lassitude.
– On devrait leur demander s'ils ne cachent pas de secte dans leur sous-sol, proposa Marie, on gagnerait du temps.
Elle rangeait les ouvrages qu'elle avait consultés, découragée.

Une jeune femme à lunettes s'approcha de leur table. Elle était documentaliste et leur proposa son aide. Anna hésita puis l'accepta, car ils étaient dans une impasse. Anna demanda si la bibliothèque possédait des ouvrages sur les grandes énigmes non élucidées, ou un livre regroupant et cataloguant les sectes. Sa recherche parut assez floue aux yeux de la documentaliste. Elle disparut et revint dix minutes plus tard avec une pile de livres.

Anna élimina immédiatement les livres de sorcellerie et ceux qui évoquaient les loups-garous.

– On n'y est pas du tout, soupira Marie. Explique-toi mieux !

– Facile à dire, répliqua Anna.

– Ce serait plus simple si Fauret était un loup-garou, conclut Marie. C'est déjà plus documenté que les confréries romaines.

La documentaliste crut comprendre ce que venait de dire Marie et après un assez long échange dans un langage approximatif, elle revint avec d'autres livres. Anna précisa qu'il s'agissait d'une secte romaine.

– C'est en italien, se découragea Anna en ouvrant l'un des pavés. Il me faudrait des heures…

– Google est notre ami, dit Mathieu en s'installant à un poste. Fais voir un peu, on va chercher une traduction.

– Tiens, regarde, cria Anna en pointant son doigt sur une page jaunie. C'est l'Ouroboros !

– Miracle, s'écria Marie. Vas-y lis, lis !

Anna dicta le texte en italien à Mathieu qui cherchait la traduction sur internet. Un temps près d'une éternité sembla se passer, les esprits étaient épuisés et l'heure tournait, il faudrait bientôt rejoindre le reste du groupe.

– Allons-y, dit Mathieu qui commença à lire la traduction. La Confrérie de l'Ouroboros existerait depuis le XIV° siècle mais sa date exacte de fondation reste incertaine. À l'origine, il s'agissait d'une secte romaine à l'époque où l'Italie était morcelée en petits états-royaumes rivaux. Chaque ville rivalisait de magnificence et de richesse et se faisait la guerre pour imposer sa domination. Plus tard, cette confrérie a perdu son sens originel. Elle est devenue une sorte de secte nationaliste prisée par les habitants de Rome fiers de leur puissance. Son domaine s'est élargi, notamment aux arts. Certains des membres de cette secte sont des amateurs de lettres ou d'art, nostalgiques d'un temps où Rome exerçait l'hégémonie artistique, notamment durant la Renaissance du seizième siècle. Convaincus que l'art italien était alors à l'apogée de la perfection artistique, jamais égalée depuis, les membres de la Confrérie veulent réunir les chefs-d'œuvre de cette ville. Ils se seraient donné pour mission de les rendre à Rome. L'Ouroboros, ou serpent qui se mord la queue, serait donc un symbole de cycle infini, donc de Renaissance. Mais aussi, d'une boucle bouclée, qui renverrait au désir de rendre à Rome ses trésors dispersés. Au seizième siècle, dans un contexte humaniste, empreint de philosophie et de classicisme, la confrérie recentre son culte autour de la figure du peintre Raphaël, considéré comme leur plus illustre représentant. Il est la fierté et l'emblème de la grandeur de Rome.

– Attendez, coupa Marie. Si je comprends bien, les membres de la Confrérie veulent rendre à Rome les plus grands chefs-d'œuvre qu'elle a produits dans le passé ?

– Apparemment oui, dit Mathieu.

– Je ne comprends pas, ça ne colle pas avec le principe de musée, réfléchit Anna. Fauret croit-il si peu en la fonction qu'il exerce ? Je veux dire, il est conservateur du Louvre, pourquoi voudrait-il que les tableaux de son musée en sortent et soient rendus à l'Italie ? Le musée n'est-il pas un condensé de l'humanité, un lieu où toutes les cultures se rejoignent pour être proposées aux yeux de tous ?

– Peut-être que son statut de conservateur n'est qu'une couverture, supposa Mathieu. Il a d'autant mieux la mainmise sur les œuvres, afin de pouvoir les renvoyer chez elles.

Marie suivait le raisonnement :

– Ça explique pourquoi Fauret a volé la sanguine durant sa jeunesse, et pourquoi Cassini a acheté une pièce de monnaie représentant l'Ouroboros pour l'offrir à Mamie Nova. Ils sont des amis de jeunesse et appartiennent tous trois à la confrérie.

– Oui, mais pourquoi Fauret a-t-il disparu ? Demanda Anna. Et

si Sébastien et Oscar font également partie de la Confrérie, pourquoi sont-ils en mauvais rapport avec Mamie Nova ?
– Cela veut dire qu'il y a une faille au sein de la confrérie, raisonna Mathieu. Ils en font tous partie, mais quelque chose les divise. Peut-être que l'un d'eux a trahi la confrérie. Ça expliquerait l'intrusion au Louvre en plein jour : il y avait une volonté évidente de nuire à la réputation du musée.
– Oui, surtout que *La Belle Jardinière* devait figurer à l'exposition de Raphaël au mois de janvier, se souvint Marie-Charlotte.
– Je pense que Fauret voulait abandonner la confrérie, supposa Anna. Après tout, il gardait la sanguine chez lui, il a refusé de la rendre à la confrérie romaine ! Tout comme Oscar et Sébastien ont menacé Mamie Nova, en lui ordonnant de rendre la monnaie.
– Donc d'après toi, répéta Marie, Fauret et Mamie Nova ont des remords et veulent quitter la confrérie ? Les autres les poursuivent pour qu'ils rendent ce qui appartient à la confrérie ?
– Quelque chose de ce genre, admit Anna.
Il y eut un silence solennel. Anna regarda autour d'elle. Les étudiants silencieux étaient plongés dans leur réflexion, la neige frappait les fenêtres. Il lui sembla que le lieu était plein de mystère.
– Si l'on suit ce raisonnement ça veut dire que…
– Que quoi ? Demanda Marie, inquiète.
– *La Belle Jardinière* est quelque part dans cette ville… et Peut-être aussi la pièce de monnaie, puisqu'elle a disparu à son tour, dit Anna.
Marie soupira :
– Ce qui relance l'éternel dilemme.
– Lequel ? Demanda Mathieu.
– Une œuvre d'art doit-elle retourner d'où elle vient ? Fait-elle partie de l'identité d'une nation ?
– Je ne suis pas de cet avis, dit Anna. Si l'œuvre a atterri dans un musée, c'est qu'elle a une raison, cela fait partie de son histoire personnelle. *La Belle Jardinière* avait été ramenée par

François Ier en personne. Cela fait partie de son histoire. N'est-il pas normal qu'elle soit en France ? Rendre l'œuvre, ce serait l'amputer de son parcours historique et personnel.
– Attendez, ce n'est pas tout, coupa Mathieu qui continuait de parcourir la traduction. La légende dit que la Confrérie se transmet un trésor inestimable depuis sa fondation, de génération en génération. Ce trésor a été conçu par ses membres dans l'église Sant'Elio degli Orefici, église de Rome dont Raphaël a fourni les plans.
Les trois bouches tombèrent en même temps. Ce n'était plus du tout la même chose. D'abord sur la piste d'un tableau disparu, ils se trouvaient projetés dans une chasse au trésor. L'enjeu était d'une envergure bien plus grande que ce qu'ils pensaient.
– Mais… Un trésor… Hésita Marie-Charlotte. Du genre, la caverne d'Ali baba ?
– Et pourquoi pas un génie dans une lampe ? Railla Anna.
– Mais alors, balbutia Marie-Charlotte, ce trésor est encore dans l'église Sant'Elio ?
La même idée de folie traversa leurs esprits. La neige frappait maintenant contre les hautes vitres de la bibliothèque, derrière lesquelles une nuit noire avait abattu son voile. Mathieu poursuivit sa lecture :
– Non, écoutez ça : un de ses plus illustres représentants, Julio Mazarini, un siècle plus tard, crée une forte scission dans la Confrérie en fuyant Rome avec le trésor.
L'espoir avait été de courte durée. Le trésor n'était plus dans la ville éternelle. Où pouvait bien être ce trésor à présent ? Existait-il toujours ? Ou cela n'était-il que pure légende ?
– Attendez, Mazarini… On parle de Mazarin, le ministre de Louis XIV ? Coupa Anna, sidérée.
– Probablement, acquiesça Mathieu, il était italien et a travaillé à la cour papale.
– Incroyable… Lâcha Anna. Mais s'il a fui Rome avec le trésor… C'est sûrement pour le cacher à Paris !
Ils restèrent là, pensifs, profondément perdus dans leurs considérations passionnantes. Quoi qu'ils fussent sur le point de découvrir, cette histoire devenait palpitante. Ils se sentaient

investis d'une réelle mission envers l'art et tâcheraient d'en être dignes.

De petits pas pressés sur le carrelage de marbre et une voix fluette paniquée les sortirent de leurs pensées. Sa petite tête blonde couverte de neige, Virginie courut jusqu'à leur table, son nez rougi par le froid et ses yeux baignés de larmes. Paniqués, ses amis bondirent de leurs chaises.
– On a essayé de me tuer !

14

Les masques tombent

Le thé brûlant remplit les tasses des trois amies, pelotonnées sur le lit d'Anna, emmitouflées dans leurs pyjamas d'hiver. Après l'interlude romain, personne n'avait eu le cœur de se séparer. Elles avaient besoin de rester ensemble pour se sentir fortes. Car l'angoisse était devenue si omniprésente qu'elle faisait partie intégrante de leur quotidien. Virginie parcourait un livre d'histoire, assise en tailleur sur le lit, tandis que Marie faisait une recherche sur internet. Anna quant à elle ne parvenait pas vraiment à fixer son attention, et faisait les cent pas dans la petite chambre.
– Anna, assieds-toi, bois ton thé, recommanda Virginie, maternelle.
Anna soupira et se résigna à la rejoindre sur le lit. Elle prit un manuel d'archéologie et fit mine de réviser.
– Ce livre sur le dix-septième siècle est plutôt éclairant, leur rapporta Virginie. Ça explique un peu la passion de Mazarin pour le collectionnisme. Apparemment, il avait amassé une fortune inestimable de son vivant, égale à celle du roi. Il se passionnait d'art et bien sûr avait toujours un grand attachement pour sa patrie Italienne. C'est d'ailleurs lui qui a introduit l'opéra italien en France.
– Il aimait à ce point l'art, continua Marie, qu'il a fondé l'Académie Royale de peinture et de sculpture. Le joyau qu'il a fait construire de son vivant est bien sûr la Bibliothèque Mazarine. Mazarin avait formé à Rome, puis à Paris, une collection d'antiques et d'œuvres d'art, mais également réuni plus de quarante mille ouvrages, manuscrits et œuvres humanistes. C'est la plus ancienne bibliothèque publique de France.
– Un véritable esthète, et un pionnier éclairé, commenta Anna.
– Pendant la Fronde, lut Marie, ses trésors furent partiellement vendus aux enchères. Il réussit à en reconstituer l'essence et

légua tout à sa fondation posthume, le Collège des Quatre-Nations, qui abrite son tombeau.
– Attendez ! Coupa Virginie. La conservatrice du Cabinet des Médailles nous a dit que l'Ouroboros qui figure sur la pièce de Mamie Nova, est représenté sur le dallage du Collège des Quatre Nations.
Les filles restèrent muettes, suspendues à la même idée folle.
– Bon, on se calme, récapitula Anna en se levant du lit. Mazarin était donc un illustre membre de la Confrérie. Il aurait ramené leur trésor de Rome et l'aurait caché quelque part à Paris… Vous pensez que Mazarin aurait pu cacher ce trésor au Collège des Quatre Nations ?
– C'est notre seule et unique piste, dit Virginie. Et c'est la prochaine.

Les mines rabougries écoutaient Monsieur Molina. Le professeur d'archéologie grecque commentait avec passion le torse de Millet :
– Observez la perfection de sa musculature, le poli du marbre sensuel, les fesses bien rebondies de l'athlète…
Il approcha ses ongles peints des fesses de la statue, perdu dans ses pensées, puis revint à la réalité, repoussant une mèche colorée de son visage carré.
– Vous voyez, ce torse n'est pas la représentation habituelle des jeunes éphèbes graciles… sa musculature s'approche plus des recherches que mènera plus tard Michel Ange… cette exagération est typique de la période hellénistique.
Dorothée n'écoutait pas le professeur. Elle cherchait à capter le regard de ses amies, que celles-ci fuyaient.
– Ça s'est bien passé à Rome ? GlissA-t-elle à Virginie.
– Oui, mais le car avait deux heures de retard au retour… Thomas s'était perdu…
Dorothée éclata d'un grand rire franc, et Molina fronça les sourcils :
– Concentration s'il vous plaît ! Réalisez l'importance de cette sculpture pour les génies de la Renaissance ! Comment ne pas penser aux ignudis de la Chapelle Sixtine, leur corps

musculeux et puissant…

À l'évidence, le professeur s'enflammait de passion pour le nu Grec. Les filles évitèrent de se regarder pour ne pas glousser de rire. Anna jeta un œil panoramique dans la salle des marbres grecs. Les statues acéphales, les torses de pierre, les idoles en terre cuite scandaient cette pièce de sous-sol au plafond cintré. Non, aucun éphèbe de marbre n'avait la perfection de celui de son homme. Elle regarda son petit ami concentré sur ses notes. Mille et une questions sans rapport avec l'histoire de l'art animaient son esprit. La désillusion de découvrir un prince charmant imparfait n'avait rien changé à l'attrait du jeune homme… mais cela était-il réellement réciproque ? Il était toujours aussi discret, et même fuyant en public. Elle respectait sa pudeur mais n'était jamais sereine vis-à-vis de leur relation. Il était bien différent dans l'intimité, attentionné et complice. Ce paradoxe permanent qu'était Mathieu, attisait à la fois les ardeurs de notre héroïne et ses tourments. Ce garçon restait aussi équivoque que fascinant, Anna toujours plus enflammée.

Lorsque midi sonna le professeur les remercia et les amis se réunirent. Dorothée se joignit au groupe, hésitante :

– Salut tout le monde !

– Coucou, dirent-ils avec gêne.

– Alors, Rome ?

– Tu le saurais si tu étais venue, dit Marie-Charlotte sur un ton de reproche, mais sans regarder son amie dans les yeux.

Dorothée encaissa la remarque, qu'elle savait mériter.

– Écoute, dit Mathieu, il faut quand même qu'on te prévienne. Marie a perdu le carnet de l'enquête, tu es Peut-être en danger, comme nous d'ailleurs.

Dorothée devint blême de peur.

– Perdu ? Comment ça perdu ?

– Ça arrive à tout le monde, rétorqua Marie.

– Sois prudente et discrète. Quand les cours sont finis, rentre immédiatement chez toi, et ne reste pas seule. Apparemment, quelqu'un a essayé de nuire à Virginie. Sûrement Sébastien, car Oscar a dû trouver le carnet et passer aux choses sérieuses.

Un gros blanc s'installa. On était muet de peur. Virginie ne

s'était pas remise de l'épisode romain et avait comme perdu l'usage de la parole.
– Je crois qu'il est plus que temps de tomber les masques, dit Anna. Il faut qu'on parle à Mamie Nova.
– Oui, le temps nous est compté, dit Mathieu gravement. Je crois qu'il faut qu'on aille au Collège des Quatre Nations. C'est notre dernière carte à abattre. La suite du jeu de piste nous y conduit tout droit.
– Espérons juste que ce ne soit pas dans la gueule du loup, frissonna Marie-Charlotte.

Le groupe des quatre avait profité d'une visite guidée sur réservation pour entrer dans ce qui était maintenant l'Institut de France. En effet, l'écrin de l'Académie Française n'était pas entièrement ouvert au public, et on pouvait y pénétrer seulement certains jours et sur réservation de groupe. Il serait donc plus difficile pour nos complices d'échapper à l'attention du guide pour espérer étendre leurs investigations.
Pavillon des arts et des lettres, le Collège des Quatre Nations, projet de Mazarin réalisé après sa mort, avait pour fonction de réunir les esprits les plus éclairés. Devenu l'Institut de France sous Napoléon Ier, le lieu devint une sorte de panthéon de la nation, ses membres formant un Parlement de savants. Grands esprits, philosophes, physiciens, artistes, musiciens, le meilleur de l'homme concentré derrière l'architecture classique de Louis Le Vau. Napoléon Ier était lui-même membre de l'Institut.
L'Institut de France ouvrait ses deux grands bras arrondis en direction du Louvre, qui lui faisait face. Le Pont des Arts, scintillant de ses milliers de cadenas d'amour, reliait les deux majestueux monuments. Dans une aile, se trouvait la fameuse Bibliothèque mazarine, grande réalisation du vivant du Cardinal. Au centre, un portique à colonnes servait d'entrée à la chapelle.
Sous le haut dôme circulaire, la chapelle protégeait en son cœur le tombeau du Cardinal italien.
Anna et Mathieu tendaient leur regard dans cette

direction, détournant leur attention du discours du guide. Marie et Virginie étaient chargées de faire diversion. Elles posaient donc des questions incessantes à la guide, plus bêtes les unes que les autres, pour gagner du temps. Ainsi Anna et Mathieu réussirent à échapper discrètement à l'attention du petit groupe constitué.

Ils marchèrent sur la pointe des pieds jusqu'à la chapelle. La voix du guide résonnait lointainement contre les murs de pierre. Ils se consultèrent du regard, incertains de ce qu'ils cherchaient. Mathieu arpentait l'espace de la pièce illuminée par la lumière du dôme, vide et froid. Le tombeau de Mazarin les accueillit, somptueux, la figure du Cardinal dressée dans un ultime élan de vie, les invitant à s'approcher. Mathieu baissa les yeux. Au sol, sur une dalle de pierre, l'Ouroboros avait été gravé, discret, à moitié effacé par les touristes qui l'avaient foulé sans y prêter attention. Il tapota sur le bras de son amie, dont le regard était rivé sur celui, figé pour l'éternité, du Cardinal, comme si elle attendait qu'il parle. Mathieu lui indiqua le dallage. Ils se baissèrent, fascinés.

Anna, excitée, chercha un second serpent enroulé. Oui ! Il y en avait un un peu plus loin, sur une autre dalle. Et encore un autre, qui les rapprochait toujours du Cardinal de marbre. Le dernier symbole les conduisait pile derrière le tombeau. L'Ouroboros disparaissait à moitié sous le cénotaphe. Peut-être que cela signifiait qu'il y avait quelque chose dessous ?

Ils se baissèrent, cherchant sans trop savoir quoi. Mathieu essaya de pousser la base du socle de marbre, mais rien ne bougea. Anna l'aida et ils poussèrent plus fort. La pierre bougea. Ils se regardèrent, ahuris, rouges de leurs efforts. Ils se raidirent en entendant un gardien qui faisait sa ronde. Ils se figèrent, silencieux. Puis ils s'accordèrent tacitement à pousser encore une fois, de toutes leurs forces. La pierre pivota lentement d'à peine quelques centimètres. Un froid glacial leur parvint de l'intérieur. Ils retirent leur souffle. Mathieu glissa trois doigts à l'intérieur du vide créé, caressé par le courant d'air froid.

Il n'y avait rien.

Une cachette semblait creusée ici, sous le tombeau de Mazarin, mais elle était vide. La déception fut immense. Mathieu renvoya la main, plus profondément. Il en sortit, étonné, un papier jauni et froissé. Il le déplia avec soin. L'écriture ancienne à la plume avait bavé. Il fronça les sourcils pour déchiffrer l'écriture faite de déliés et de boucles.
« Il repose désormais sous les couloirs du peuple. »
Il interrogea sa coéquipière du regard. Celle-ci était plus concentrée que jamais, et mordait sa lèvre inférieure. « Il » ? À quoi renvoyait ce pronom ? Était-il indiqué que le corps de Mazarin avait été déplacé et qu'il reposait désormais autre part ? Ou cela se rapportait-il au trésor ?
Les couloirs du peuple… ?
La voix du guide approchant à grand pas les sortit de leurs pensées, et ils remirent à toute vitesse la lourde pierre à sa place. Ils pouvaient entendre la voix aiguë de Marie-Charlotte tenter de retenir le guide, lui lançant désespérément ses questions idiotes.
Ils se levèrent en panique, contournèrent le tombeau et regagnèrent le groupe, le cœur battant la chamade. Mathieu tenait fort entre ses doigts, au fond de sa poche, le dernier indice de leur chasse au trésor, laissé avec diligence par quelqu'un près de deux cents ans plus tôt.

    Marie et Virginie frappèrent à la porte du bureau de Geneviève Tardieu. La voix grinçante de la vieille dame les somma d'entrer. Marie-Charlotte tremblait comme une feuille. Le jour où elle avait passé le concours d'entrée de l'école, elle n'aurait jamais cru en défier un jour la directrice yeux dans les yeux.
– Que puis-je faire pour vous ? DemandA-t-elle en lorgnant par-dessus ses lunettes.
– Écoutez, dit Virginie en prenant une grande inspiration.
Mais elle ne put trouver la suite de son discours. Marie paniqua, se sentant soudainement démunie. Prononcer cela à voix haute devant Geneviève Tardieu c'était donner une dimension réelle à toute cette histoire incroyable.

– On sait tout, dit Virginie. La Confrérie, Raphaël, votre ami d'enfance Roger Cassini...
Elle bluffait à moitié bien sûr, car le cœur de l'énigme n'avait toujours pas été révélé. Quels étaient leurs liens et où était Michel Fauret, si toutefois il vivait encore ?
– Nous envisageons d'en informer la police, bluffa l'étudiante.
Virginie regretta immédiatement ses paroles. Elle venait de la menacer. Sa voix se brisa, trahissant sa peur. Et devant la codirectrice hallucinée, elle lança :
– On sait que le Raphaël n'était pas votre premier forfait.
Geneviève resta muette de surprise. Un silence de plomb régna quelques secondes. Chacune attendait que quelqu'un dise quelque chose.
– Je ne vois absolument pas de quoi vous parlez, et je vous prie de quitter ce bureau sur-le-champ.
Marie s'apprêtait à obéir sans demander son reste, mais Virginie la retint par le bras. Il fallait aller jusqu'au bout :
– S'il vous plaît ! On est en danger, la confrérie est au courant que l'on s'intéresse à elle ! Nous savons qu'ils vous veulent également du mal, il faut que l'on unisse nos forces ! Dites-nous ce que vous savez, par pitié !
– Ne vous mêlez pas de ça !
– C'est trop tard, supplia Marie au bord des larmes, ils ont trouvé notre carnet, on va passer à la moulinette ! Pitié Madame Nova !
– Tardieu, corrigea Virginie.
Geneviève les empoigna par la force, les tenant chacune par un bras, et les tira jusqu'à la porte. Marie pleurait, mais Geneviève claqua la porte et s'enferma à double tour. Virginie était effondrée de découragement. Les deux amies ne surent que faire, et devant les mines surprises des étudiants qui passaient, elles prirent le chemin de la sortie.

Dorothée passait la soirée chez son petit ami Philippe. Mais une tristesse immense s'était emparée d'elle depuis sa rupture avec ses amies. Elles lui manquaient tellement... L'enquête avait donné un sens à sa vie, un goût unique, la sensation d'être vivante, et plus que tout, elle lui avait offert les plus précieuses amies qu'elle n'avait jamais eues. Elle culpabilisait de les avoir abandonnées, leur ayant préféré son amour naissant pour Philippe. Elle se rongeait de souci pour elles. S'il leur arrivait malheur, elle ne se le pardonnerait jamais.

Alors que Philippe Garnier prenait sa douche, la jeune fille quitta l'ordinateur sur lequel elle faisait des recherches pour les cours. Elle courut instinctivement jusqu'au bureau. Elle chercha parmi les dossiers éparpillés sur le bureau. Elle trouva sous une pile la chemise qu'elle avait déjà fouillée une première fois. C'était bien le dossier de l'affaire du Louvre. Elle le parcourut rapidement, tournant les pages, quand soudain, elle se glaça. Elle prit dans les mains les photographies qui étaient glissées à la fin du dossier. Sur l'une, Virginie se rendait au Cabinet des Médailles. Sur l'autre, Anna rentrait dans un appartement de Châtelet avec la fillette qu'elle gardait le soir après les cours. Et il y en avait des dizaines d'autres. Les clichés les faisaient apparaître, toutes les quatre, dans des lieux ou des situations compromettantes. Philippe possédait aussi une copie de leur emploi du temps scolaire. Les filles avaient raison ! Il n'y avait aucun doute que Philippe les surveillait. Mais pourquoi ? Voulait-il les confondre pour leurs cambriolages, pire savait-il pour le recel de la sanguine ? Agissait-il pour la police ou pour un membre de la Confrérie ?

Elle comprenait maintenant pourquoi il l'avait rappelé plusieurs semaines après leur premier rendez-vous et pourquoi il avait été si insistant. Là, chez lui, elle était sous sa surveillance et sous son contrôle. Peut-être que lui aussi fouillait dans ses affaires et dans son ordinateur quand elle s'endormait en toute confiance.

Blessée dans son amour-propre, notre indépendante éprise de liberté avait pour la première fois sacrifié son autonomie pour se laisser embarquer par ses sentiments. À bon entendeur ! Sa vraie nature lui revint comme un fiévreux besoin de souveraineté.

Comme si cela l'avait réveillée d'un long sommeil, elle retrouva son instinct de lutte. Elle partit en claquant la porte derrière elle.

Paris en ce jour de décembre avait fait don à ses habitants d'un soleil glacé mais qui éclairait les mines fatiguées. Anna avait décidé d'emmener sa petite Lili promener, avec son cochon d'Inde.
– On va où ? Demanda Lili.
Elle attacha la laisse autour du cou de Perle. La boule de poils couina comme à son habitude. Lili, radieuse, avait rabattu sa capuche sur ses longs cheveux blonds.
– Il va falloir marcher lentement, Perle est fatiguée.
– Fatiguée de quoi ? Tourner dans sa roulotte toute la journée ?
Anna enfonça son bonnet sur sa tête, plaquant ses cheveux châtains désobéissants, et ferma la porte derrière elles. Lili avait affublé son animal de compagnie d'un petit tricot de laine. Elle commentait gaiement ce bel après-midi et tirait sur la laisse pour que Perle garde le rythme. La pauvre bête glissait davantage sur son ventre que ce qu'elle ne marchait.
Anna avait décidé d'aller rendre une visite surprise à Mathieu, qui lui avait annoncé jouer au foot avec ses collègues dans un parc du quartier.
– On va aller faire un coucou à mon chéri.
– D'accord, dit Lili, sinon je ne croirai jamais que tu en as un.
Anna grinça des dents et frictionna affectueusement la petite tête blonde. Au bout de trois quarts d'heure de marche d'escargot, elles arrivèrent devant le parc. Anna chercha du regard celui qui faisait battre son cœur et l'aperçut, ravie. Elle poussa la barrière de l'entrée du parc et s'y enfonça avec la fillette et son camarade poilu. Anna lui indiqua du doigt son petit ami et Lili approuva d'un signe de tête, heureuse et curieuse de mettre un visage sur celui dont sa baby-sitter parlait tous les soirs. Mathieu s'étirait dans un coin, parlant énergiquement avec ses amis. Anna s'approcha et l'interpella :
– Mathieu !
Il se retourna et découvrit avec surprise Anna, accompagnée d'une petite tête blonde et d'un hamster en laisse. Elle lui faisait

de grands signes. En quelques foulées il fut à sa hauteur, mais ne l'embrassa pas, en sueur :
– Qu'est-ce que tu fais là ?
– Surprise !
– Tu ne peux pas rester ici.
– Pourquoi ? S'étonna Anna.
Il la saisit par le bras et lui fit faire un demi-tour sur elle-même.
– On se voit ce soir d'accord ? Je peux passer après l'entraînement si tu veux.
Anna réalisa, choquée :
– Tu as honte de moi ?
– Non, mais…
– Mais si, c'est évident.
À ce moment-là, quelqu'un qu'Anna n'attendait pas débarqua, pimpant d'énergie.
– Luc ! Tu fais du foot aussi ?
– Oui, depuis la semaine dernière. Je suis prêt à tout pour être au top de ma forme ! Dis-moi… Est-ce que Virginie t'a parlé de moi depuis notre retour de Rome ?
– Non, réfléchit Anna. Pourquoi, que s'est-il passé ?
Pirate rougit. Il était assez craquant, avec sa boucle d'oreille, ses yeux bleus et son casque de cheveux noirs. Il respirait avec difficulté.
– Rien, si elle ne t'a rien dit, c'est que ce n'était rien…
Il fit demi-tour et retourna se défouler sur le terrain, gai comme un pinson. Rémi, le copain de classe de Mathieu, la salua rapidement, un peu effrayé par cette fille qui semblait être partout.
Mathieu reprit les hostilités envers sa petite amie envahissante :
– Écoute, tu ne peux pas venir à mes entraînements. C'est un moment où on est entre potes, où on se défoule.
– Excuse-moi, je pensais que ça te ferait plaisir, dit Anna, désolée.
– Tu n'es pas très gentil, remarqua Lili.
Puis elle poussa un cri de surprise :
– Perle a disparu !
– Oh non, ce n'est pas possible ! Ragea Anna. Tu as lâché la

laisse ? Retrouve cette fichue boule de poils !
– Perle, ma Perlette, où tu es ? Appela Lili en courbant l'échine.
– Saloperie ! Si je te trouve je te bouffe en civet ! Cria Anna en arpentant le secteur.
Elle s'avança vers les autres joueurs et les aborda, paniquée :
– Excusez-moi, vous n'auriez pas vu un cochon d'Inde marron, avec des taches blanches, âgé d'environ trois mois ?
– Moi j'en ai vu un, mais noir et âgé de six mois, plaisanta un joueur.
Tout le monde se mit à rire. Mathieu courut derrière elle, effaré :
– Désolé les gars, je vais gérer le problème.
Il prit sa petite amie par le bras et allait la raccompagner, quand Anna se braqua de stupeur. Quelqu'un qu'elle n'attendait vraiment pas ici l'observait, amusé et moqueur. Elle crut défaillir et se blottit dans les bras de Mathieu :
– Mais qu'est-ce qu'il fait là ?
– Je t'expliquerai… Rentre chez toi !
– Je ne savais pas que vous sortiez ensemble les tourtereaux.
Oscar sourit avec mépris. Sa touffe de cheveux était plus embroussaillée que jamais. Anna fut à court de réplique et alla récupérer Lili.
– J'ai retrouvé Perle ! Cria Lili, Mathieuieuse.
Mathieu fit quelques pas pour les raccompagner :
– On peut dire que tu as fait impression, lui reprocha-t-il.
– Comment as-tu pu nous cacher qu'Oscar jouait dans ton équipe ? Tu le fréquentes depuis le début ?
– Je ne vous l'ai pas caché… j'ai juste oublié de vous le dire. Ne retourne pas la situation à ton avantage.
– Qu'est-ce que je dois croire de toi ? Demanda Anna, décontenancée.
Elle prit le cochon d'Inde sous le bras et la fillette par la main et s'engagea vers la sortie du parc d'un pas vif. Mathieu pesta et alla retrouver ses amis, qui ne manquèrent pas de plaisanter sur cette petite amie extravagante.

Anne-Cécile Fauret n'avait pas le moral. La nuit tombait

tôt l'hiver, et le froid la paralysait dans des pensées peu heureuses. Dans son kimono de soie, elle était assise devant le bureau de son père et contemplait les affaires que cet homme avait laissées avant de disparaître. Sur le bureau, des cartes postales reproduisaient quelques peintures célèbres. Dans un cadre régnait en maître la photo d'Anne-Cécile enfant, assise sur les épaules de son père. Elle saisit la photo et la regarda de plus près. Ils posaient devant la National Gallery. Elle n'avait alors que huit ans, et se souvenait de ce voyage à Londres. Son père lui avait fait visiter ce grand musée et avait commenté avec passion chaque peinture qu'il affectionnait personnellement. Anne-Cécile avait été émerveillée par la culture de son père, mais elle avait ressenti une sorte de fatigue. Pourquoi son père était-il à ce point épris d'art ? Toute son enfance avait été bercée de cette passion. À chaque Noël et chaque anniversaire, la petite Anne-Cécile savait que son père lui avait choisi un livre d'histoire de l'art ou un puzzle, qu'elle reconstituerait patiemment, comme la petite fille modèle qu'il souhaitait qu'elle soit.

Anne-Cécile détestait l'art. Voilà la vérité. Elle méprisait ce qui avait volé l'attention de son père pendant des années. Elle en avait développé une aversion. Jamais elle ne s'était sentie aussi intéressante aux yeux de son père qu'une Vierge à l'Enfant de Titien. Il n'était pas un père absent, mais pas non plus un père exemplaire.

Éduquée dans cette voie depuis toujours, Anne-Cécile avait naturellement passé le concours d'entrée à l'École du Louvre, et n'était la fierté de son père réellement que depuis ce jour. Alors, elle s'était révélée digne d'intérêt à ses yeux. Persuadé de la prédisposition de sa fille, Michel Fauret lui faisait partager toutes ses découvertes. Elle était la première critique des articles qu'il publiait.

    Anne-Cécile sentit une larme perler sur sa joue. Elle regrettait qu'il ne soit plus là… Et qu'il ne l'ait pas été davantage auparavant. Elle ne s'était jamais sentie à la hauteur de ses espérances. Où pouvait-il bien être aujourd'hui ? Que lui était-il arrivé ? L'enquête policière piétinait. Elle semblait à des

années-lumière de la vérité. D'ailleurs, les médias qui en avaient fait leur une, n'accordaient à l'affaire plus que quelques lignes dans la presse et une minute en fin du journal télévisé.
La porte s'ouvrit et elle entendit Oscar râler et pester.
– Qu'est-ce qu'il y a, tu t'es encore fait mal à la cheville ? CriA-t-elle depuis le bureau.
Elle alla l'accueillir. Il était plein de boue, elle lui somma d'enlever ses baskets et jeta son maillot de foot dans le panier de linge sale. Il était encore plus exécrable qu'à son habitude. Anne-Cécile sourit maternellement. Elle l'aimait comme on aimait un fils capricieux et trop gâté. Elle cédait à tous ses désirs, passant l'éponge sur ses sautes d'humeurs régulières.
– Je t'ai fait couler un bain chaud, dit-elle avec tendresse.
– Mais tu ne comprends rien !
Elle se braqua, blessée. Elle était fragile depuis quelque temps. La moindre remarque la faisait fondre en larmes.
– Tu es là, tranquillement installée chez toi, à faire couler des bains chauds… Tu as oublié que j'ai une mission ? Et qu'on est en train de nous court-circuiter.
– Tu exagères. Je m'implique pour la Confrérie, je fais de mon mieux pour apprendre ce que mijotent Marie-Charlotte Delavillette et ses amies.
– Tu t'y prends mal ! Dit-il en jetant son sac dans le couloir.
Il se retourna vers elle et cria dans l'immensité de l'appartement :
– Elles se méfient de toi, elles te détestent, ça se sent ! Elles ne t'invitent jamais à leurs soirées… tu n'es pas fichue de te faire des copines ?
Anne-Cécile se brisa. Non, personne ne voulait de son amitié…. Elle était détestée parce qu'on la soupçonnait d'être pistonnée, parce qu'on murmurait que son père n'était pas net et qu'il avait disparu dans des circonstances étranges.
– Je fais tout ça pour toi je te signale ! CriA-t-elle.
– Eh bien fais-le mieux ! Tu n'avais même pas remarqué qu'Anna sortait avec Mathieu ! Tu ne sers vraiment à rien ! Il a fallu qu'elle débarque à l'entraînement !
– Qu'est-ce que ça change ?

– Tu le sais très bien.

Sur ce, il claqua la porte de la salle de bains avec fureur. Anne-Cécile se sentit fondre en larmes. Elle resta assise dans le couloir un moment, à sangloter, puis elle se reprit. Elle alla dans sa chambre, sortit un sac caché de sous son lit. Elle l'ouvrit et contempla le petit carnet gris. Elle l'ouvrit, comme on découvre un trésor.

Anna, Dorothée, Marie-Charlotte, Virginie et Mathieu avaient tour à tour gribouillé des hypothèses, des numéros de téléphone, des contacts, des suspects potentiels. Anne-Cécile parcourut les pages avec passion. Elle vit que les curieux avaient abandonné les pistes de Messieurs Véronet et Beaumarais, les candidats au poste de son père. Ils avaient rapidement compris qu'ils n'avaient aucun rapport avec l'affaire. Ils avançaient, faisaient des rapprochements logiques. Une piste entraînait l'autre, un suspect en éliminait un autre. Bientôt ils découvriraient tout. Anne-Cécile se rendait compte du courage que ses camarades avaient. Elle les enviait. Elle aurait voulu être des leurs, être un héros elle aussi, sauver son père et ainsi gagner sa reconnaissance éternelle.

Quand Oscar sortit de la douche, elle rangea le carnet sous le lit et reprit son second rôle, celui de la mauvaise enquêteuse qui n'avait rien découvert sur le camp ennemi.

15

Désagréables découvertes

Virginie prit son courage à deux mains et frappa à la porte du Bureau des Étudiants. Un membre du Bureau ouvrit, et la pria d'entrer. Virginie trouva Luc affalé sur le canapé, en train de jouer aux jeux vidéo. Quand il la vit, il sauta comme s'il s'était assis sur un hérisson. Rouge de gêne, il éteignit la console et alla la rejoindre.
– Tu as l'air très occupé, je tombe Peut-être mal, ironisA-t-elle.
– Non… Je… Je…
– Tu sors une minute ?
Luc s'exécuta, son cœur battait la chamade. Elle allait lui dire d'oublier, lui dire qu'elle regrettait…
– Écoute, dit Virginie qui se triturait les mains. L'autre fois, quand on était au forum… Je me suis énervée parce que j'étais surprise que ce ne soit pas toi qui m'aies payé le voyage.
– Mais je te jure que je l'aurais fait si j'en avais eu les moyens ! Supplia Luc, lyrique.
– Ce n'est pas la question, dit Virginie gentiment. Le problème, c'est que si ce n'est pas toi, ça m'inquiète vraiment.
– Pourquoi ? Ça ne peut être qu'un mécène protecteur qui voit d'un très bon œil tes études.
Mais la jolie blonde avait un regard sombre et l'air profondément préoccupée :
– Luc, je crois que quelqu'un me veut du mal, ça me fait peur…
– C'est impossible, je ne laisserai personne te faire du mal. Qu'est-ce que tu veux que je fasse ?
Elle soupira, impuissante. Il sortit de ses pensées et s'exclama :
– Je suis allé à la dernière réunion de l'école. Je voulais te le dire, je n'y pensais plus… Voilà, on a trouvé un nouveau conservateur pour le musée du Louvre ! Et il va y avoir une soirée très privée organisée dans les locaux du musée pour fêter sa prise de fonction.
– Ah oui ? s'écria Virginie. Donne-moi la date exacte.

Luc rentra dans le bureau et fouilla les tiroirs. Il sortit un papier, vainqueur :
– C'est dans dix jours ! Lundi dix-huit décembre, à dix-neuf heures. Mais bien évidemment, l'entrée est strictement réservée aux V.I.P.
– Il doit y avoir un moyen d'y entrer…
Il la contemplait alors qu'elle réfléchissait à un plan d'action. Quand elle lui demanda à nouveau :
– Au fait, tu ne m'as pas dit le nom du nouveau conservateur ?
Luc relut ses notes et déclara, ravi :
– Un certain Roger Cassini.

    Anna regardait ses pieds, marchant d'un pas nonchalant vers la bibliothèque. Le froid était partout, il s'immisçait sous les manteaux et faisait frissonner l'échine. Elle frotta ses mains gantées, un nuage blanc se formait quand elle respirait.
Elle était inquiète. Mathieu n'avait pas donné signe de vie depuis leur dispute. Elle pensa qu'il ne pouvait pas être sérieusement fâché pour si peu et essaya de se rassurer. Justement, Celui-ci l'attendait, assis sur les marches devant la Porte des Lions. Il se leva en la voyant arriver et enleva son casque de musique de ses oreilles. Il avait une barre sur le front qui indiquait qu'une conversation sérieuse s'annonçait.
Sans la saluer, il lui prit le bras et l'entraîna à part, sur la pelouse, près des sculptures généreuses de Maillol.
– Tu es encore fâché ? Oui, tu es fâché… C'est Perle… J'ai dit à Lili que cette histoire de laisse c'était n'importe quoi, mais…
– Écoute, coupa Mathieu.
Il prit une inspiration et lâcha froidement :
– Vaut mieux en rester là. Ça prend une direction qui ne me convient pas.
Anna resta statufiée, incapable de toute réaction. Le visage de Mathieu était plus fermé et sévère que jamais. Il lui paraissait soudain très loin d'elle.
– Tu es sérieux là ?
Comme il gardait le silence, elle insista :
– Tu ne penses pas ce que tu dis, toi et moi ça marche très

bien… Bien sûr on a notre caractère, mais personne n'est parfait…
– On n'est pas sur la même longueur d'onde, je n'ai pas envie de m'engager. Je tiens trop à ma liberté.
– Plus qu'à moi, alors, conclut-elle, mauvaise.
– On se verra pour l'enquête.
Il lâcha un "désolé" du bout des lèvres et fit demi-tour. La mâchoire serrée et le front soucieux, il partit détacher son vélo. Anna resta plantée là jusqu'à ce qu'il fût hors de sa vue.

Une réunion au sommet avait été immédiatement décidée. Les filles siégeaient en Grand Conseil chez Marie-Charlotte. Réunies en grand conciliabule, elles tentaient de calmer Anna qui pleurait toutes les larmes de son corps, couchée sur le lit.
Elle aurait tant voulu le retenir. Elle repensa à cette scène d'abandon et de désespoir et une sculpture de Camille Claudel lui apparut à l'esprit. C'était elle, suppliante, qui l'avait laissé s'échapper sans un regard derrière lui.
– Je ne comprends pas… dit Marie-Charlotte. Expliquez-moi le comportement masculin, je suis perdue.
– Il n'y a rien à comprendre, ils ne sont pas à la hauteur, c'est tout, répondit Virginie.
Les deux étaient assises sur le lit aux côtés d'Anna, qui se secouait toujours de sanglots.
– Il ne te mérite pas. Si je le vois je te jure qu'il va passer un mauvais quart d'heure, grommela Marie.
– Non… Ma vie est fichue… Mathieu ne veut plus de moi. Je n'ai plus qu'à changer d'école. Et de ville, aussi. Laissez-moi mourir les filles.
– Pas question, dit Marie, tu ne t'en sortiras pas aussi facilement tant que l'enquête ne sera pas terminée !
Elle était dépitée de ramasser son amie dans cet état-là. Oh ! C'était couru d'avance. Elle était si extrême dans ses sentiments, elle s'était livrée sans la moindre retenue aux bras de ce garçon sans le connaître réellement et en dépit de tous les indices qui concouraient en sa défaveur. Aujourd'hui, le voile

était levé sur son imposture.

Anna se redressa, les yeux dévastés :

– Je ne suis qu'un héron, condamné à la galère à perpétuité.

– N'importe quoi… dit Virginie.

Elle chercha un exemple, et incita son amie à faire de même.

– Tu es très rigolote, dit gentiment Marie-Charlotte. Franche et loyale en amitié.

– Et tu es une cuisinière en progrès, dit Virginie en goûtant une part du gâteau qu'Anna avait apporté.

– Je l'ai acheté chez Carrefour, sanglota Anna.

Virginie le reposa.

– Mais c'est insensé, à Rome tout allait bien, et là il te quitte… Qu'est-ce qui s'est passé ces derniers jours ? Tu n'as pas remarqué quelque chose de bizarre chez lui ? Insista Marie-Charlotte.

Anna ouvrit les yeux et dit avant de s'effondrer :

– Oh mon Dieu, il y a une autre fille… C'est pour ça qu'il était si distant à l'école. Si ça se trouve, il a tout un harem.

– Mais non, dit Virginie qui n'avait pas pensé à cela. Il a un secret, qu'il faut trouver.

– La vérité, c'est qu'il a honte de moi, reniflait toujours la jeune fille. Regardez, il n'a jamais voulu s'afficher avec moi à l'École. J'ai tout gâché quand je suis allée le voir au foot…

Ce fut comme un éclair de lucidité, et elle ajouta :

– Il ne voulait pas que ses copains me voient. J'ai cru qu'il avait honte de moi, mais en fait, c'est qu'il ne voulait pas que moi, je voie ses copains.

– Comment ça ?

– Oscar joue dans son équipe.

– Quoi ? Éclatèrent les filles.

– Quel traître de nous avoir caché ça ! Explosa Marie. Quel menteur !

Ses lèvres brûlaient d'envie de sermonner son amie d'un "Je t'avais prévenue !". Mais au lieu de la satisfaction d'avoir flairé la malhonnêteté de Mathieu, elle était submergée de colère.

– Calmons-nous. Il y a forcément une explication, raisonna Virginie.

Elle s'arrêta, hésitante, et continua :
– J'en vois une, mais elle n'est pas très heureuse. Mathieu fait Peut-être partie de la confrérie, il traville probablement pour Oscar, et c'est pour ça qu'il se fait passer pour notre ami depuis le début…
Anna se laissa tomber de plus belle sur le lit et noya ses larmes dans l'oreiller.
– Je ne peux pas croire qu'il m'ait menti à ce point, que je n'étais qu'un pion… Non, il était sincère, quand il est venu chez moi et qu'il m'a embrassée passionnément ! Je ne peux pas vous croire.
– Sois forte Anna. C'est terminé, il a choisi son camp ! Décréta fermement Marie-Charlotte.
– L'état d'urgence est décrété. On doit à tout prix trouver le moyen d'entrer à la soirée d'investiture du nouveau conservateur, dit Virginie.
Les filles n'avaient plus beaucoup d'alliés et l'étau se resserrait inexorablement sur un dénouement opaque et incertain.

Marie-Charlotte ajusta son tailleur et se regarda une dernière fois dans son miroir de poche. Elle avait tiré ses cheveux en un chignon sévère. Elle attendait sur les bancs du couloir. C'était bientôt son tour.
– Marie-Charlotte Delavillette.
Elle se leva à l'appel de son nom, et entra dans le petit bureau. La femme la dévisagea de la tête aux pieds, et l'invita à s'asseoir.
– Remplissez cette fiche s'il vous plaît.
La dame était une belle femme qui allait sur la quarantaine. Marie la reluqua d'un œil, intimidée par son élégance, et se pencha sur sa fiche de candidature. Elle commença à remplir son nom et ses coordonnées, quand la dame l'interrogea :
– Votre profession ?
– Je suis étudiante, à l'École du Louvre justement.
– Qu'est-ce qui vous motive à passer ce casting ?
– Eh bien, je cherche à me faire un peu d'argent de poche…
– Nous cherchons des hôtesses d'accueil sérieuses pour la

cérémonie d'investiture de Roger Cassini.
– Je serai à la hauteur ! Promit Marie en criant presque.
– Justement, levez-vous s'il vous plaît.
Marie ne comprit pas, et n'osa bouger. Son interlocutrice répéta l'ordre et Marie s'exécuta.
– Combien mesurez-vous jeune fille ?
– Heu… Un mètre cinquante-sept…
À cette annonce, le rendez-vous prit fin plus tôt que prévu. Marie-Charlotte se retrouva à la porte, vexée et boudeuse. Elle se mit en route vers l'école, affrontant la blancheur hivernale. Transie de froid, elle enfila ses gants. Sur le trottoir d'en face, elle remarqua Anne-Cécile qui lui adressait de grands signes. Elle traversa la route, enveloppée dans un grand manteau. Anne-Cécile avait, en toutes circonstances, ses collants, ses talons, et sa longue jupe à volants. Son expression était douce et avenante. Marie essaya de masquer sa surprise et sa peur.
– Salut Marie-Charlotte ! Qu'est-ce que tu fais devant le cabinet de recrutement du Louvre ?
– Rien, je cherchais les toilettes.
Comment expliquer qu'elle voulait assister à l'investiture de celui qui allait remplacer son père, enterré vivant ?
– Tu veux boire un thé ? L'invita Anne-Cécile. Je n'habite pas très loin. Enfin, tu le sais…
Marie frissonna. Elle faisait bien évidemment allusion au cambriolage. Elle se sentit rougir de gêne, en panique.
– Non merci, je ne veux pas abuser…
– Je t'en prie, ça me ferait plaisir ! Je me sens seule dans cette grande maison… Tu sais, j'ai du mal à me faire des amies…
« C'est sûr que si tu caches à tes amies que tu te tapes le bibliothécaire et que tu les braques avec un revolver, c'est difficile… pensa Marie. »
– Bon… D'accord, céda Marie à contrecœur.
Elles montèrent dans le bus. Marie essayait de paraître naturelle, mais elle n'arrêtait pas de repenser au soir où Anne-Cécile avait pointé cette arme sur elle. La lueur de folie dans ses yeux.
Elles parlèrent de tout et de rien, surtout des cours, afin de

détendre l'atmosphère. Elles descendirent tout près de la rue du Cirque, et Marie essaya de ne pas penser à la fameuse nuit où elle avait attendu sa complice, cachée derrière cette haie. Anne-Cécile ouvrit la porte et l'invita à faire comme chez elle.

Elle lui servit une tasse de thé et des biscuits, sur la petite table du salon. Monsieur Fauret était un homme de goût. De beaux tableaux ornaient les murs, de petites sculptures décoraient le buffet. Marie était habituée au luxe, mais Celui-ci la mettait mal à l'aise. C'était comme apercevoir un mort au fond de sa tombe. Les objets rappelaient l'absence de leur propriétaire.

– Au fait, tu ne m'as jamais dit si vous aviez trouvé quelque chose, le soir où vous vous êtes introduits ici, dit Anne-Cécile sur le ton de la conversation, en buvant une gorgée.

Marie s'étouffa et dut taper du poing sur sa poitrine pour ne pas s'étrangler. Décontenancée, elle bredouilla négativement. Elle se tortilla sur place, croisant les jambes et les décroisant nerveusement.

– Tu peux me le dire tu sais, dit Anne-Cécile. Tu ne crois pas qu'il est temps de se parler sincèrement ?

– Alors que je suis seule ici et que tu pourrais me séquestrer ? Dit Marie sur le ton de la plaisanterie.

– Voyons, Marie, je suis de votre côté, vous le savez bien.

– Eh bien, c'est vrai que l'on a Peut-être oublié de te dire certaines choses…

– Lesquelles ?

– Parce que nous venons tout juste de les découvrir. En fait, il semblerait qu'une sorte de secte en veuille à ton père.

Marie bluffait, sachant pertinemment qu'Anne-Cécile était au courant.

– Ah bon ? Feignit Anne-Cécile.

– Oui, dit Marie en se levant.

– Tu es sûre que vous n'avez rien volé à mon père ?

Anne-Cécile fixait son amie droit dans les yeux. Marie revit Anna sortir la sanguine de son sac et fondre en larmes, comme dans un rêve.

– J'en suis certaine…

L'insistance d'Anne-Cécile prouvait qu'elle avait pour mission de récupérer la sanguine disparue, afin de la restituer à la confrérie. C'était probablement son diabolique petit ami qui l'avait sommée de la retrouver.

Marie se dirigea vers la fenêtre afin de changer de discussion. Soudain, elle se glaça. Elle vit Oscar marcher dans la petite allée. Elle tenta de sauver la face et ne pas laisser transparaître son émotion. Oscar allait-il monter et la séquestrer ? Les avait-il suivies ?

Son cœur battait à se rompre. Anne-Cécile la fixait toujours, cherchant à la décontenancer. Quand Marie tourna la tête à nouveau vers la fenêtre, elle vit Oscar qui montait dans une voiture grise. Il démarra. Elle soupira de soulagement. Mais quand la voiture tourna, elle découvrit que tout l'avant droit de la voiture était défoncé.

Elle recula d'un bond, comme si elle avait été électrocutée. Elle prit son sac et partit dans le couloir sans se retourner.

– Où vas-tu ? Cria son hôte.

Terrifiée, Marie descendit les marches en courant et garda le rythme jusqu'à ce qu'elle fût arrivée dans le métro. Elle avait maintenant la certitude qu'Oscar avait déjà essayé de se débarrasser d'eux. Il n'hésiterait probablement pas à renouveler cette tentative macabre.

Anna inspira un grand coup et frappa à la porte. Elle appréhendait ce qu'elle allait ressentir à la vue de celui qui hantait ses nuits. Mathieu ouvrit. Il avait son casque sur les oreilles, l'air fatigué. Des cahiers et des livres d'art étaient éparpillés sur son bureau.

– Je ne viens pas te harceler ni semer des cochons d'Inde dans ton appartement, rassure-toi. Je viens récupérer mes affaires.

Il ouvrit la porte en grand et ôta son casque. Il gardait le nez baissé, gêné. Anna joua l'indifférente.

– Je suis très pressée, dit-elle.

Elle récupéra sa brosse à dents et tendit une main.

– Rends-moi mon tee-shirt de Bob l'Éponge s'il te plaît.

– Il est dans la cuisine, je n'avais plus de chiffon pour faire la vaisselle, plaisanta Mathieu.

Anna garda la mine sévère, et Mathieu le lui tendit. Elle fourra les affaires dans son sac et regarda autour d'elle, attendant qu'il la retienne.

– Il est à toi ce… fouet pour battre les œufs ?

Anna le lui arracha des mains.

– C'est un masseur pour la tête ! C'est Marie qui me l'avait prêté. Tu ne t'en es pas servi pour faire la cuisine quand même ?

Il hocha la tête négativement. Anna rangea l'étrange ustensile dans son sac, le ferma et se dirigea vers la porte.

– Attends, dit-il Tu ne veux pas que l'on en parle ?

– Je crois que tout est clair. Tu n'étais pas attaché à moi, c'était une aventure sympathique mais qui a fait son temps. D'ailleurs, je trouve que tu as raison. On est mieux séparés. Mais ne t'inquiète pas, on peut rester amis.

Elle s'éloigna dans le couloir mais il la rattrapa :

– Arrête, ça ne me plaît pas que tu penses ça. Viens, entre cinq minutes.

Il insista du regard, et elle fit demi-tour. Il soupira profondément.

– Écoute…

Il s'approcha d'elle et l'embrassa.

– Tu me manques.

Elle le repoussa, incertaine de comprendre à quoi il jouait. Il l'embrassa encore, tant et plus, et elle ne put résister plus longtemps, malgré les recommandations de ses amies qui résonnaient dans sa tête et l'empêchaient d'apprécier le moment.

– Je suis désolé de t'avoir fait du mal, dit-il doucement. Je veux te demander quelque chose.

Elle hocha la tête, docile et envoûtée. La détermination de notre héroïne s'était bien rapidement évaporée.

– Je sais que je t'ai déçue. Mais quoi qu'il puisse arriver par la suite, jure-moi que tu auras toujours confiance en moi.

Anna hésita.

– Ce n'est pas facile… tu m'as déjà menti sur ton passé. J'ai

peur de toi, je ne sais jamais ce que je vais encore découvrir.
– Justement. Fais-moi la promesse que quoi qu'il arrive, tu me feras confiance.
– Comment ça, "quoi qu'il arrive" ? Tu me fais peur.
– Dis-le.
– D'accord, je te fais confiance.
Il l'embrassa puis saisit son visage entre ses mains. Il prit un air grave :
– Si les choses tournent mal, je veux que tu te souviennes de quelque chose.
– Quoi, comment ça, qu'est-ce que tu racontes…
– Chut, ne dis rien et écoute : 098564890.
– Quoi ?
– 098564890. Répète.
– Tu es devenu fou ? Dit Anna en riant, nerveuse. Attends, je vais l'écrire…
– Non, ne l'écris nulle part ! Apprends-le seulement par cœur.
Il lui fit répéter cela plusieurs fois. Anna était paniquée. Mais que lui cachait-il encore ? Il soupira et l'invita à s'allonger dans ses bras sur le lit. Il gardait les yeux ouverts et fixait le plafond, le regard plus soucieux que jamais. Il la serra dans ses bras de toute sa tendresse. Anna retenait son souffle. Quelle bonne idée elle avait eue de venir ! Serait-elle capable de le manipuler et lui tirer les vers du nez, comme le lui avaient demandé ses amies ? Non… Elle croyait en lui maintenant…
– Je dois partir.
– Tu ne vas pas recommencer ! Mathieu, ce n'est pas possible, il faut qu'on reparte sur des bases solides.
– Je viens juste de me rappeler que j'ai oublié ma carte d'étudiant à la bibliothèque.
– Quelqu'un la ramassera. Oscar te la rendra au foot.
Mathieu fit la moue.
– Ça sent le reproche…
Alors qu'il se jetait sur sa veste et son sac, en direction de la sortie, elle capitula :
– Très bien, file… Disparais comme d'habitude ! Je claquerai la porte.

Elle resta là, couchée, fatiguée et perdue, à regarder ces lieux qu'elle connaissait par cœur. Serait-il toujours aussi mystérieux ? Devait-elle accepter qu'il ait son jardin secret, ou était-elle en droit d'exiger une totale sincérité ? Dans quelle histoire s'était-il embarqué qui lui paraissait si grave et qui justifiait ses secrets à répétition ?

Anna se rongeait désormais les sangs. Inquiète, elle saisit son téléphone.

– Vivi ? C'est moi. Oui, je me suis réconciliée avec lui… mais je l'ai trouvé très mystérieux. Je crois que tu avais raison, il nous cache quelque chose… mais je ne comprends pas quoi…

Anna s'était levée et faisait les cent pas dans le studio. Alors qu'elle parlait, elle remarqua quelque chose qui dépassait de sous le lit. Son cœur s'accéléra. Elle se baissa et tira la boîte. C'était une banale boîte à chaussures. Elle rit, soulagée.

– Non, excuse-moi, je deviens parano… Qu'est-ce que tu me disais ?

Mais alors qu'elle allait la replacer, elle entendit quelque chose tinter à l'intérieur, d'un bruit métallique. Elle ouvrit la boîte et lâcha son téléphone. Ce qu'elle venait de trouver la glaça. Quel menteur ! Quel traître il était !

La pièce en or de la Confrérie brillait de tout son éclat.

.

16

Une question de vitesse

Virginie faisait les cent pas dans la chambre de Marie-Charlotte. Elle réfléchissait à toute allure. Il fallait un plan ! Tout de suite !
– Nos alliés se retournent tous contre nous, on est seules au monde, paniqua Marie. Ils ont le carnet de l'enquête. Ni Philippe ni Mathieu ne sont là pour nous protéger. On va être kidnappées comme Fauret, violées et torturées ! Peut-être même tuées !
– Ça suffit ! Cria Virginie. Raisonnez un peu les filles.
– Je trouve la version de Marie extrêmement sensée, reconnut Anna. On va mourir et ce n'est qu'une question de temps.
Anna n'espérait plus vraiment rien de la vie, désillusionnée au plus haut point. Elle ne pouvait même pas aborder le sujet Mathieu sans être prise de crampes au ventre.
– Vous nous enterrez vivantes ? Vous renoncez ? Où est votre courage ? Se révolta Virginie.
– Ça fait longtemps que j'ai perdu mon courage, avoua Marie. Je n'ai plus qu'un misérable instinct de survie, mais la foi, je l'ai perdue. Tous les jours, quand je marche dans la rue, j'ai peur qu'une voiture s'arrête et m'embarque.
Marie-Charlotte vivait un véritable cauchemar. En pleine tourmente, elle n'espérait même plus sortir de cette détresse. Elle s'enfonçait chaque jour un peu plus dans l'angoisse. Elle était une froussarde revendiquée. Si ça ne tenait qu'à elle, elle hibernerait jusqu'à ce que tout cela soit terminé.
– Mais bon sang, il doit y avoir un moyen ! Cria Virginie.
Ses amies furent stupéfaites de l'élan de panique de Virginie, qui d'habitude calmait toujours la troupe. La voir si apeurée décourageait les derniers espoirs, comme si l'on soufflait sur les dernières bougies qui brûlaient en elles.
– Nous devons aller droit à l'affrontement, décida Anna dans un sursaut d'instinct de survie. C'est au cocktail de Cassini que

tout se joue. Tous les protagonistes seront réunis. C'est le moment où jamais de les coincer, trouver une preuve irréfutable. Et après on balance tout à la police.
– Je te rappelle que nous nous sommes vendues auprès de Mamie Nova. Si elle nous voit au cocktail elle nous fera sortir immédiatement, ou pire, elle ordonnera à Cassini de nous enfermer, dit Virginie.
– Tu as une meilleure idée ? Nous devons attaquer avant que ce soit eux qui nous piègent, affirma Anna.
– Le cocktail est demain soir. Nous devons y assister, vous avez raison, concéda Marie. Prendre des photos, faire des enregistrements de choses qui nous paraissent suspectes. Et surtout, à la fin du cocktail, nous devons les suivre. Ils iront probablement fêter l'investiture de Cassini dans leur antre secret.
– Très bien, dit Virginie. Mais il nous faut un plan pour entrer.
– J'ai essayé de postuler pour être hôtesse pendant la réception, mais j'étais trop petite, soupira Marie.
Virginie saisit son téléphone et composa un numéro. Les filles attendaient, curieuses.
– Luc ? Bonsoir, c'est Virginie.
Luc au bout du fil sursauta de surprise et lâcha la tartine de pâté qu'il allait engloutir.
– Salut Princesse ! Que me vaut l'honneur de cet appel ?
– La cérémonie d'investiture du nouveau directeur a lieu demain soir… Est-ce que tu as trouvé un moyen de me faire entrer ?
Il baissa le son de la télé tout en gardant un œil sur le match de football.
– Hélas non, je suis désolé… J'ai moi-même eu énormément de mal à obtenir une invitation.
– Tu vas y aller ? S'écria Virginie, surexcitée.
– Génial, tous nos espoirs reposent sur Pirate, souffla Anna en croisant les bras. On fait quoi, on lui donne un sabre et on le pousse dans le tas ?
Luc n'avait pas entendu et continua :
– Oui, j'ai dû faire pression sur le pôle pédagogique en

prétendant que je voulais prendre des photos pour le journal de l'école.
– Il y a un journal à l'école ? S'étonna Virginie.
– Pas encore, j'ai dit qu'on allait le créer.
Luc pouffa de rire dans le combiné. Anna leva les yeux au ciel, impatiente.
– Tu es le meilleur Luc, félicitations, dit Virginie.
– Écoute, j'ai autre chose à te dire. Il y a à peine une heure, quelqu'un a glissé une enveloppe sous la porte du BDE, à ton nom. Mais je n'avais pas ton numéro de téléphone, dit-il sans oublier de lancer un certain message subliminal.
Virginie resta muette, pétrifiée. Elle se leva et s'éloigna de ses amies, s'approchant de la fenêtre. Elle serra le combiné dans ses mains et articula :
– Une lettre pour moi ? Tu l'as lue ?
– Non. Je suis au bureau là, tu veux que je l'ouvre ?
Virginie déglutit, le sang battait à ses tempes. Marie et Anna se questionnaient du regard, inquiètes. Virginie s'assit sur le lit, essayant de réguler sa respiration.
– Ouvre l'enveloppe s'il te plaît.
Quelques secondes de silence passèrent, on entendit le déchirement du papier.
– Bravo ! S'exclama Pirate. Tu as reçu une invitation au cocktail ! Elle est carrément à ton nom ! Et valable pour deux personnes.
Les filles crièrent de surprise à cette annonce.
– C'est impossible, dit Virginie. Mais qui a envoyé ça ?
– Je ne sais pas, il n'y a que le carton d'invitation, aucun mot ne l'accompagne.
Virginie ne pouvait réfléchir calmement. Ses amies lui sautaient au cou. Mais elle était traversée d'un terrible pressentiment. Était-ce Sébastien ? Allait-il tenter un autre moyen de lui nuire, comme à Rome ?

Tout n'était que paillettes et flûtes de champagne dans le hall du musée du Louvre. Les mains élégantes se pressaient sur les buffets, illuminés sous la grande pyramide où les dames

rivalisaient de leurs plus belles toilettes. Un orchestre animait la soirée, couvert par les conversations des centaines d'invités.
Virginie présenta son invitation à l'accueil. Marie-Charlotte était sa cavalière. Aussitôt entrées, elles se firent un signe de la tête et se séparèrent. Virginie descendit l'escalator couronné par la pyramide de verre.
Arrivée en bas, elle fut prise de vertige, happée par la pieuvre mondaine. Elle ne reconnaissait pas un seul visage. Elle était la plus jeune, son intrusion serait sûrement remarquée. Elle ne savait que faire ni où aller. Soudain, un flash l'aveugla.
– J'ai trouvé la reine de la soirée !
Luc l'embrassa sur la joue et l'emmena par le bras.
– Luc, je n'ai jamais été aussi heureuse de te voir.
– Qu'est-ce qui t'arrive ? Tu as l'air très tendue. J'ai l'impression que tu vas tourner de l'œil.
Elle dut s'appuyer contre lui pour reprendre ses esprits. Partout elle guettait le revolver qui allait la réduire au silence pour l'éternité.
Luc se précipita vers un buffet et lui apporta un verre de jus d'orange. Elle but. Il la regardait, soucieux, de ses beaux yeux bleus. C'est là qu'elle le vit différemment. Il était sur son trente-et-un, avait noué un nœud papillon. Le gros appareil photo pendait autour de son cou. Il avait coiffé ses cheveux courts avec du gel et troqué ses baskets trouées pour des chaussures cirées.
– Tu es très élégant, dit-elle.
Elle-même avait emprunté à Marie une robe de soirée somptueuse. Il lui sourit, ravi.
– Alors ça y est, tu peux me dire ce qui te met dans ces états ? Je sais que j'en jette dans mon costard, mais quand même.
– Je ne voudrais pas te mettre en danger.
Il hocha la tête, soudain sérieux :
– Je crois avoir deviné de toute manière. Écoute, si tu as besoin de quoi que ce soit, je suis là.
Elle aurait voulu se pendre à son cou et lui envoya un regard suppliant. Qu'il lui était réconfortant ! Jamais elle ne s'était sentie aussi vulnérable. Où était la chaleur rassurante de son

foyer du Midi, l'innocence perdue de son enfance, laissée sur le quai de la gare quelques mois plus tôt ?

Anna se tenait rue de Rivoli, guettant les taxis. À sa hauteur, l'un s'arrêta et Anne-Cécile en sortit. Anna alla à sa rencontre, comme elles l'avaient convenu. Anne-Cécile lui tendit une invitation du bout de ses gants de soie. Elle portait un manteau de fourrure et une longue robe noire. Anna trouvait déplacé d'assister à la cérémonie d'investiture de celui qui remplaçait son père, celui qui l'avait Peut-être enlevé. Mais venant de cette bande de fous, rien ne la surprenait.
Alors qu'elles se dirigeaient vers l'entrée, Anne-Cécile demanda :
– Honnêtement, pourquoi tiens-tu tant à aller à cette soirée ?
– Par curiosité. Et puis il va y avoir des célébrités du monde artistique, il serait bon de se faire repérer pour décrocher un stage ou obtenir quelques cartes de visite.
– Arrête de mentir, dit Anne-Cécile. Tu veux entrer pour l'enquête.
Anna ne sut que répondre.
– Tu as oublié que je faisais partie de l'enquête également ? Dit mielleusement Anne-Cécile. Mon invitation est valable pour deux personnes, ça me fait plaisir de t'inviter.
Anna déglutit. La petite traîtresse n'allait pas la lâcher d'une semelle. Mais au moins, elle allait entrer.

L'orchestre entamait un jazz enjoué. Les robes étincelaient, les discussions s'animaient au fur et à mesure que les bouteilles se vidaient. À peine entrée, Anna aperçut un visage connu en haut de la mezzanine Sully. Elle monta à l'étage de la réception aussi vite que ses talons le lui permettaient, et posa son bras sur la chemise blanche de la serveuse.
– Dorothée !
La belle brune fut tentée de se jeter dans les bras de son amie.
– Qu'est-ce que tu fais là ? S'enquit Anna.
– Tu croyais vraiment que je pouvais vous laisser tomber ? Je

suis allée au casting et ils m'ont prise comme serveuse. Je comptais enquêter pour vous, mais je vois que vous avez réussi à rentrer ! Dit-elle en souriant affectueusement.
– Le temps presse, dit Anna qui ne pouvait cacher son soulagement. Tu as un plan ?
– Pas vraiment. Mais j'ai quand même volé ça chez Philippe.
Elle sortit de sa poche un petit objet noir.
– Mets ça dans ton décolleté. C'est un micro.
– Tu es la meilleure ! S'exclama Anna.
Elle observa son amie, pleine de reconnaissance. Qu'elle lui avait manqué ! Dorothée était plus confiante que jamais, dans son tailleur et son chemisier. Elle avait attaché ses cheveux en queue-de-cheval.
– Voilà, comme ça on pourra communiquer en cas d'urgence. Maintenant on se sépare !

Dorothée traversa tout l'étage et alla proposer le plateau de toasts à Roger Cassini. L'homme se retourna vers elle comme au ralenti. Elle ne réalisa pas qu'elle le voyait en chair et en os. Il avait la cinquantaine, les cheveux grisonnants, les yeux bleus et le charme italien. Elle espéra que son regard ne la trahissait pas. Elle repensa à la photo de l'article sur internet, et à la photo de classe trouvée chez Fauret. Roger avait été élève ici avant elle.
– Un toast de foie gras ?
– Merci Mademoiselle.
Savait-il qu'elle enquêtait sur lui ? Qui avait lu le carnet de l'enquête ? Oscar et Sébastien avaient-ils avoué à leur maître qu'une bande de gamines fouinait dans les parages ?
Elle allait se détourner quand il la retint :
– Comment avez-vous réussi à entrer ici ce soir ?
Elle bégaya. Il lui souriait aimablement.
– Je suis étudiante à l'École du Louvre. Je suis serveuse pour la soirée.
– Quel ravissant minois ! J'étais moi-même étudiant ici. C'est un grand honneur pour moi de devenir conservateur du musée.

Anna, du haut de la mezzanine, scruta du regard le hall

de la pyramide à la recherche d'une cible. Elle repéra Oscar et Sébastien, qui parlaient sombrement dans un coin. Elle descendit tout en maîtrisant sa démarche, malgré les talons aiguilles. Elle avait mis une robe noire courte et sexy.
– Bonsoir, dit-elle avec aplomb.
– Anna, dit Oscar sans manquer de la déshabiller du regard. Je serais tenté de te baiser la main si je n'avais pas en tête une course-poursuite de cochon d'Inde.
Anna ne se laissa pas démonter par son cynisme. Sébastien bredouilla :
– Qui vous a invitée ?
– Anne-Cécile Fauret, vous la connaissez Peut-être.
Elle dit cela en fixant Oscar droit dans les yeux. Celui-ci ouvrit la bouche, stupéfait. En une seconde il était entré dans une colère noire et Sébastien tentait de le calmer. Anna était satisfaite : il fallait semer la discorde au sein du camp ennemi.

Marie-Charlotte sortait des toilettes et vérifiait son maquillage dans le miroir. Angoissée, elle se demandait comment cette soirée, et comment toute cette histoire, allaient se dénouer. Elle repartait en direction de la fête, quand quelqu'un qui l'attendait devant la porte lui sauta dessus, plaqua sa main sur sa bouche, la forçant à faire demi-tour dans les vestiaires.
Marie-Charlotte regardait, terrorisée, Philippe qui la maintenait à sa merci. Il lui fit signe de ne pas crier et la relâcha doucement. Elle ne comprenait absolument rien, qui était de quel côté.
– C'est Dorothée qui t'a fait entrer ? BalbutiA-t-elle.
Philippe fit briller sa plaque de policier sur sa chemise.
– Je crois que tu as un train de retard. Non. Je surveille lc déroulement de la soirée.
Marie crut qu'il parlait en tant que policier. Mais elle comprit à quel genre de mission il faisait allusion. Elle se souvint de l'enregistrement au dictaphone et de l'avertissement de Virginie. Philippe était envoyé par quelqu'un pour les surveiller ! Sans attendre son reste, elle voulut sortir, mais

Philippe était bien plus grand et fort qu'elle. Il bloqua la porte et l'attrapa au vol, la serrant dans ses bras tout en lui bloquant la bouche. Marie était terrifiée. Il serra de plus en plus fort et Marie gémit de douleur. Il lui bloquait les bras derrière le dos. Il ôta sa main de sa bouche et lui dit :
– Écoute-moi bien. Rentrez chez vous et arrêtez de fouiner, ou ça va très mal finir.
Il serra au maximum, elle cria de douleur, une larme jaillit de ses yeux. Elle se dégagea d'un coup, décoiffée et tétanisée. Il ne sortait donc plus avec Dorothée et tombait les masques ?
– Alors quelqu'un t'envoie vraiment pour nous éloigner de la Confrérie !
Il dégaina un couteau pour finir de l'intimider. Marie s'enfuit en courant de toutes ses forces. Elle se noya dans la foule des invités, à la recherche de ses amies, frottant son bras endolori. Elle jetait des regards suppliants dans toutes les directions. Philippe se jeta à ses trousses. Mais Marie s'était évaporée dans la foule. Philippe jura et dégaina son téléphone.
– L'une d'elles m'a échappé !
– Bon sang, grinça Oscar, excédé. Ça fait des mois que je te paie pour les éloigner, mais elles sont ici ce soir ! Tu as intérêt à les retrouver avant la réunion ou ça ira très mal pour toi.
– Écoute, moi je m'en fiche de cette histoire de confrérie. Je fais mon boulot. Je te débarrasse de ces sales gamines, et on se retrouve plus tard. N'oublie pas de me payer à la fin de la soirée.
Oscar coupa la conversation, plus énervé que jamais. Mais quelle idée il avait eue d'engager cet imbécile ! Il ne comprenait rien. Ce n'était qu'un jeune arrogant, un flic corrompu qui ferait carrière dans l'arnaque et l'argent sale. Non, Oscar ne pouvait guère compter sur cette botte secrète.

Le cœur d'Anna manqua un battement quand elle reconnut le gardien qui surveillait une des issues de secours. Non ! Pas lui ! Il allait lui ôter son courage.
Mathieu déglutit à l'arrivée du taureau lâché dans l'arène. Anna avançait fermement, dans sa petite robe noire moulante,

furibonde.
– Pas maintenant, je suis en mission, dit Mathieu en avançant les mains devant lui pour se protéger.
– Pour l'enquête ou pour la Confrérie ?
– Je vais t'expliquer.
Il la saisit par les épaules et la poussa sur le côté. Elle cria en se débattant :
– Et la pièce alors ? Tu l'as volée le soir où on était chez Geneviève Tardieu ? Tu m'as embrassée pour faire diversion !
Un baiser de Judas ! Sans en entendre davantage, elle le gifla :
– Tiens, celle-ci tu ne l'as pas volée en tout cas !
Il resta stupéfait. La sécurité s'avança et saisit la jeune fille.
– Qu'est-ce qui se passe ici ? Demanda un vigile. On la fait sortir ?
– Non, relâche-la, dit Mathieu en frottant sa joue endolorie. C'est rien, elle va se calmer.
– Ne vous faites pas remarquer, ce n'est pas un cirque ici.
L'homme s'éloigna et Anna épousseta sa robe, vexée.
– Je me suis fait engager comme agent de sécurité, souffla Mathieu. J'ai fait exprès pour pouvoir entrer. Sois discrète bon sang !
– Qui t'a pistonné ? Tu as léché les bottes de notre pire ennemi, Cassini ? Tu as choisi ton camp, je n'hésiterai pas à t'écraser s'il le faut !
Sans écouter son plaidoyer, elle partit d'un pas décidé. Qu'elle avait la haine ! Mais comment avait-elle pu être aussi aveugle ? Il avait joué avec ses sentiments pour infiltrer leur petite enquête, pour mieux informer l'ennemi. Il avait menti sur toute la ligne, il était des leurs. Mais s'il fallait qu'elle l'affronte ce soir, elle s'en sentait capable.

17

Cocktail

Marie bouscula la foule, haletante, les larmes lui brûlant la gorge. Ses yeux paniqués cherchaient un visage connu. Si seulement elle avait pu se cacher dans un trou de souris ! Elle fondit sur Virginie quand elle repéra sa toison blonde parmi la marée humaine.
– C'est horrible, il faut qu'on parte ! Tu avais raison, Philippe nous surveille. Il est à la soirée, il m'a menacée !
– Mesdames et messieurs.
La musique cessa, le cristal tinta et les têtes se tournèrent vers la mezzanine de l'aile Richelieu. Les filles reconnurent immédiatement la voix chevrotante de Mamie Nova.
– J'ai l'immense honneur de vous convier à cette soirée d'investiture de notre nouveau conservateur du musée du Louvre, le très respectable et fameux Roger Cassini !
Les applaudissements tonnèrent, les flashs fusèrent dans toute la salle. Virginie fut parcourue d'un frisson de peur. Mamie Nova continua :
– Tout d'abord nous allons vous présenter Monsieur Cassini en faisant un court rappel de sa brillante carrière.
– Sans omettre les crimes perpétrés par sa Confrérie de fous, murmura Virginie.
– Je suis moi-même une amie de longue date de Roger puisque nous étions sur les bancs de l'École du Louvre. Qui aurait cru que nous serions ici ce soir, trente ans plus tard !
Les rires et applaudissements reprirent. Anna avait rejoint ses amies. Toute cette mascarade la dégoûtait. Ce criminel ne pouvait pas prendre la place de Michel Fauret avec autant de facilité, et couronné par tant d'honneurs ! Elle pensa un instant se saisir du micro et tout révéler, mais on la sortirait de force et personne ne la croirait. Ce qu'il fallait, c'était des preuves. Ses amies étaient hypnotisées par le discours. Cet homme de pouvoir avait réussi à être là, ce soir, sous les feux de la rampe,

écoutant son éloge et recueillant des centaines de sourires.
Anna regarda autour d'elle, découragée. Elle aperçut Anne-Cécile, appuyée contre un mur. Elle s'approcha d'elle et dit sans introduction :
– Écoute, l'homme que tu vois là-haut est un criminel, il a sûrement fait du mal à ton père pour arriver ici ce soir.
Elle la saisit par les épaules et la fixa droit dans les yeux.
– Tu dois absolument me dire ce que tu sais. Je sais que tu aimes Oscar, mais il est malhonnête. On a toujours le choix, on peut toujours choisir de faire partie des bons ou des méchants. Réveille-toi ! Oscar est probablement sorti avec toi pour mieux approcher la Confrérie et avoir ton appui.
Anne-Cécile pleurait, vulnérable et perdue. Que devait-elle faire ? Quel était son camp ?
– C'est moi qui ai volé votre carnet, pleurA-t-elle.
– Quoi ? Explosa Anna. Tu l'as communiqué à Oscar ?
– Non. Je ne vous ai pas trahis. Au début, je suis devenue votre amie parce qu'Oscar m'a demandé de vous infiltrer. Mais après, je vous ai trouvés si courageux, je vous enviais. Je voulais vraiment vous aider ! Je voulais que vous m'aimiez, être votre amie. Je ne lui ai pas livré le carnet, mais Oscar sait que vous enquêtez.
– Roger Cassini est leur maître ?
Elle hocha la tête.
– Oscar a tout dit à Cassini ?
– Non ! S'écria Anne-Cécile pour la rassurer. Si Cassini sait qu'un groupe d'étudiantes indiscrètes veut le dénoncer, il destituera Oscar et Sébastien, il les traitera en bons à rien. Alors Oscar et Sébastien ont décidé de se débarrasser de vous en se débrouillant sans Cassini.
– En t'engageant, ainsi que Philippe… Et Mathieu. Tu sais quel est leur plan ?
Anne-Cécile baissa les yeux et se tourna pour éviter de répondre.
– S'il te plaît ! Tu dois nous le dire !
– Ils doivent se retrouver dans leur temple et faire une cérémonie, mais je ne sais pas où est leur repaire. C'est interdit

aux femmes.
– Ils feront une exception pour ce soir.
Oscar remarqua leur conversation et l'émotion de sa petite amie et devina ce qui venait de se tramer. Il quitta son poste en haut de la mezzanine. Il s'avança, menaçant. Anna secoua Anne-Cécile :
– Il faut qu'on parte ! Il va te faire du mal.
– Je ne peux pas partir !
Anna la secoua et la prit par la main. Elles se mirent à courir. Sans réfléchir, elles bousculèrent les convives, traversèrent un couloir. Elles coururent encore et atterrirent dans la Cour Puget. Haletantes, dans le noir, elles entendaient résonner leur respiration. Elles s'engouffrèrent dans la cour, passant devant les immenses groupes sculptés. Le Milon de Crotone était terrifiant, dans l'obscurité, son cri silencieux immobile fixé par Puget pour l'éternité. Anna et Anne-Cécile montèrent encore des escaliers. Le python géant en bronze de Bosio ouvrait grande sa gueule venimeuse, et Anna sursauta de voir son ombre projetée sur le mur.
Les filles s'immobilisèrent, tendant l'oreille. Loin, comme un écho, on entendait Cassini prononcer son discours suivi des tonnerres d'applaudissements. Soudain, elles virent une ombre entrer dans la cour, puis la touffe chevelue d'Oscar se devina dans l'obscurité. Il avait un revolver à la main. Anna tressaillit, saisit la main de son amie et elles avancèrent, courbées, à tâtons. Elles se perdirent dans la galerie des sculptures Françaises.

Virginie et Marie écoutaient toujours le discours, subjuguées. Soudain, elles virent Philippe fondre sur elles à travers la foule. D'un même élan elles se retournèrent et partirent à toute vitesse, s'efforçant de ne pas courir pour ne pas attirer l'attention. Elles allaient monter à l'étage Sully, quand Sébastien leur barra la route. Alors, elles prirent leurs jambes à leur cou et foncèrent vers l'étage Denon.
Virginie ôta ses talons afin de mieux courir. Marie souffrait d'un point de côté mais gardait le rythme. Elles s'enfoncèrent,

montèrent l'escalier démesuré à toute vitesse. Épuisées, elles se tinrent les côtes une seconde, puis s'engouffrèrent dans une salle. Elles étaient devant les grands formats de la peinture du dix-neuvième siècle. La pièce était plongée dans le noir. Elles passèrent devant les portraits d'Ingres. Virginie se prit les pieds dans sa robe et tomba au sol. Le contenu de son sac se répandit par terre. Elle voulut le ramasser à la hâte mais Marie la força à se relever et l'entraîna par le bras. Elles se cachèrent dans une petite pièce pour reprendre leur souffle, paniquées.

Anna et Anne-Cécile étaient montées à l'étage, et tâchaient de ne pas regarder les crucifix menaçants. La Vierge de Jeanne d'Évreux les accueillit d'un sourire d'ivoire compatissant.
– Stop, dit Anne-Cécile, je n'en peux plus.
– Oscar a un flingue, où a-t-il pu le dégoter ?
– Il a sûrement pris celui de mon père.
Anna vit comme en flash-back ce revolver qu'elle avait trouvé lors du cambriolage, celui-là même qui la poursuivait ce soir.
– Tu aurais dû t'en emparer avant lui. Sortant avec ce taré, tu aurais pu deviner que ça te serait utile !
Elles appuyaient les bras sur leurs genoux, tête baissée, épuisées. Anna se rappela alors qu'elle avait glissé un micro dans son décolleté. Elle fouilla énergiquement dans son soutien-gorge sous l'œil éberlué d'Anne-Cécile.
– Un-deux, un-deux, à l'aide !
Aucun signal. Elle le secoua, l'agita, le tapota, en vain. Puis elle vit un minuscule bouton qu'elle actionna, et l'appareil grésilla.
– Doro ! Doro tu m'entends ? C'est Anna ! On est dans le pétrin, envoyez-nous du renfort !
À l'autre bout, dans le silence général qui laissait place au discours, Dorothée ouvrit de grands yeux et s'éloigna de la foule.
– Anna, où es-tu ?
– Je suis entourée de vases en cristal, de crucifix et de boîtes en ivoire.
– Ce sont les objets d'art, tu es à l'étage de l'aile Richelieu.

– Sors-moi de là, Oscar a une arme et nous poursuit ! criA-t-elle, la voix brisée de panique.
– J'arrive !

Virginie et Marie reprirent leur course effrénée. Elles passèrent devant les solennels tableaux de David, et lorsqu'elles arrivèrent devant les escaliers, l'ascenseur s'ouvrit et laissa apparaître Sébastien. Les filles poussèrent un cri de terreur. Il braqua un revolver sur elles, les réduisant à sa merci. Le souffle coupé, elles attendaient qu'il leur indique la marche à suivre. Essoufflée et morte de peur, Virginie commença à suffoquer, prise d'une crise d'asthme. Mais son sac était resté sur le sol, étendu à plusieurs salles d'ici. Sans prêter attention au malaise de son élève, Sébastien les poussa toutes les deux dans les escaliers et leur ordonna de descendre, les mains sur la tête.

Dorothée regarda autour d'elle, désespérée. Devait-elle se lancer seule aux trousses d'un homme armé ? Son entrée sur scène se devait d'être extrêmement efficace. Mais qui mettre dans la confidence ? Pirate était introuvable, Mathieu faisait le chien de garde devant la sortie, Philippe était un traître. Sans plus attendre, elle traversa la foule et monta à la mezzanine, dérangeant le discours. Elle saisit la main de Geneviève Tardieu, qui était postée à la droite de Cassini, ce qui provoqua un temps d'arrêt de sa part. On le pria de continuer son discours, mais il était déstabilisé. Néanmoins il ne devait rien laisser paraître et ne put intervenir.
Mamie Nova essaya de lâcher la main de la jeune fille, mais elle la tenait fermement. Un gardien allait intervenir quand Geneviève accepta de se retirer quelques mètres plus loin.
– Mais enfin mademoiselle, qu'est-ce qui vous prend ?
– Je sais tout. Mes amies sont en danger. Oscar et votre fils leur veulent du mal, parce qu'elles savent pour la Confrérie.
– Taisez-vous enfin, pas ici !
– Je vous en supplie, c'est le moment de choisir votre camp !
La vieille dame hésitait, ses lèvres tremblaient. Geneviève s'éloigna encore de plusieurs pas, la main sur la poitrine,

décontenancée.
– Pour l'instant vous devez m'aider à les retrouver ! La pressa Dorothée.
– Ils doivent se réunir cette nuit dans le repaire, avoua soudainement Geneviève. Ils ont dû y emmener vos amies.
– Vous pouvez m'y conduire ?
Geneviève acquiesça, s'excusa auprès d'un cercle de responsables et quitta la scène. Dorothée se sentait regagnée d'espoir. Elle suivait aveuglément cette personne si mystérieuse, puis fut saisie d'un affreux doute. Et si elle la conduisait droit à sa perte ?
Cassini bredouilla des excuses au nom de sa collègue, prétextant un accès soudain de fatigue, et le micro passa de main en main. Cassini assistait, stressé, à tous les mots d'encouragements des personnalités du milieu. La Renommée ailée et couronnée qui flottait au-dessus de sa tête ceinte de laurier, lui apparaissait comme un rêve brouillé par de sombres nuages.

Sébastien ordonnait toujours à ses otages d'avancer les mains sur la tête. Les filles marchèrent ainsi un moment qui leur parut une éternité. Virginie tentait de calmer son asthme en respirant lentement et en fermant les yeux. Ils arrivèrent dans les salles des petits formats du dix-neuvième siècle. C'était une succession de petites pièces. Sébastien s'approcha d'un paysage de Jean-Baptiste Corot, et le décrocha. Marie-Charlotte crut que l'alarme allait se déclencher, mais il n'en fut rien.
– Pourquoi il n'y a pas d'alarme ?
– Parce que c'est un faux, dit Sébastien.
Sous le tableau, il y avait un code à taper. Sébastien le composa. Sous les yeux éberlués des étudiantes, un mur voisin coulissa. Sébastien leur ordonna d'entrer, replaça le tableau à sa place, et ferma le pas.
Il éclairait le sombre couloir de sa lampe torche. Marie grelottait de peur et sanglotait. Virginie respirait mal mais sa crise n'empirait pas. Personne ne connaissait l'existence de ce passage secret. Il allait les éliminer, et on n'entendrait plus

jamais parler d'elles. Elles feraient partie des énigmes jamais élucidées, comme les archéologues engloutis dans la pyramide de Toutankhamon.

Ils marchèrent encore longtemps. Ils n'entendaient que leur respiration, aucun n'osait parler. Ils durent tourner dans des couloirs encore longuement. Virginie se demandait où pouvaient mener tous les sentiers qu'ils n'empruntaient pas. Le Louvre recelait décidément beaucoup de mystère.
– Puisqu'on va mourir, je peux vous poser une question ? Dit Marie, en espérant le déstabiliser par son sang-froid.
– Laquelle ? Demanda froidement Sébastien.
– Comment connaissez-vous l'existence de tous ces passages secrets ?
Sébastien hésita, puis dit laconiquement :
– Il existe un plan.
Virginie se souvint de ce qu'avait dit le vieux gardien du Louvre. Une légende parlait d'un plan, d'un labyrinthe secret. "Le Louvre est avant tout un château médiéval, plein de mystères" avait dit Hervé Catimini. La secte était donc en possession de ce plan et avait pu installer leur repaire au cœur même du plus grand musée du monde. C'est aussi probablement comme cela que les cambrioleurs étaient entrés « de nulle part » pour voler le Raphaël. Marie rit nerveusement. Elles cherchaient depuis des mois où pouvaient bien se cacher les malfaiteurs, alors qu'elles marchaient au-dessus de leurs têtes tous les jours.
– Les conservateurs se le transmettent de génération en génération. Maintenant avancez, ordonna Sébastien.
Virginie s'exécuta, en prenant soin de discrètement faire tomber son bracelet sur le sol humide.

Dorothée emboîtait le pas de Geneviève, le cœur haletant. Elles passèrent devant de nombreuses salles avant d'arriver devant les petits formats du dix-neuvième siècle. Mamie Nova fit la même savante manipulation, ce qui sidéra la jeune fille. Elle appela Anna à l'aide du micro, et lui indiqua devant quelle toile elle devait se rendre à son tour.

– Jean-Baptiste Corot, Le Pont de Narni, je répète, Corot, le Pont de Narni !
– Bien reçu !
Anna acquiesça et coupa le contact.
Elles allaient entrer, quand Dorothée stoppa Geneviève.
– Attendez. Qui me dit que ce n'est pas un piège ?
– Le temps presse, si vous voulez trouver vos amies à temps.
– Répondez d'abord à une question. Est-ce bien Cassini qui a enlevé Monsieur Fauret ?
Geneviève tressaillit à ce nom et sa mine s'assombrit.
– Nous étions tous trois amis lorsque nous étions étudiants à l'École du Louvre. Nous faisions partie de la confrérie. Lors d'une fouille, nous avons…
– Volé une sanguine, finit Dorothée. Sautez cet épisode, je suis au courant.
Mamie Nova se tut, choquée.
– Quand Michel Fauret est devenu conservateur du Louvre, il a voulu arrêter de voler des œuvres pour la Confrérie. Au fond, Cassini a toujours jalousé son coéquipier, et la rupture a été consommée. Il lui a fait du chantage, celui de dévoiler ses erreurs de jeunesse.
– D'où cette lettre, « toute erreur se paie, même les plus anciennes »…
– Vous avez fouillé dans mon bureau ? S'offusqua la vieille dame.
– Vous avez commis bien pire Madame Tardieu.
– Cassini a ordonné à Fauret de restituer la sanguine à la confrérie, alors que Fauret comptait la rendre à la police. Pour l'intimider, Cassini a organisé le vol du Raphaël. En plein jour, afin de nuire à la réputation du musée et de son conservateur. Comme Fauret a refusé de capituler, Cassini l'a fait enlever.
– Et vous, dans tout ça ?
– J'ai toujours su que Cassini faisait chanter Michel, mais je ne savais pas quoi faire pour l'aider. De plus, mon fils et d'autres acolytes me menaçaient. Cassini m'a obligée à le nommer nouveau conservateur. Il a voulu récupérer une pièce de monnaie en or, une pièce de collection qu'il m'avait offerte dans

notre jeunesse. J'étais terrorisée, j'ai voulu la lui rendre, mais elle a disparu.

– Je ne comprends pas, dit Dorothée. Qui s'est introduit chez vous pour voler la pièce ?

– Mon propre fils, Sébastien. Mais il n'a pas trouvé la pièce. Nous ne savons pas où elle est, c'est incompréhensible.

Dorothée devint blême. Elle comprit plus ou moins quel avait été le rôle de Mathieu dans cette histoire. Soudain, un revolver se posa sur la tempe de Geneviève.

– Tu as parlé pour la dernière fois Mère-Grand.

Oscar les poussa à l'intérieur du passage secret et ferma derrière lui.

18

Les couloirs du peuple

– Dorothée ? Allô ? Oh, elle ne répond plus.
Anna secoua le petit micro devenu silencieux. Elle décida de se rendre où le lui avait indiqué son amie. Une fois devant le Pont de Narni, tableau que Corot avait peint en Italie au début de sa carrière, elle se trouva désemparée.
– Et maintenant ?
Anne-Cécile réfléchit. Si elle décrochait le tableau, l'alarme hurlerait et elles seraient bien embarrassées d'expliquer ça à la police. La jeune fille s'approcha de la toile et l'observa de plus près. Elle recula et remarqua que le tableau n'était pas droit.
– Quelqu'un l'a touché.
Avec précaution, elle se saisit du cadre ; Anna retenait sa respiration. Anne-Cécile tira l'œuvre vers elle, et elle se décrocha sans résistance. Elles soufflèrent, soulagées.
– Oh non, dit Anne-Cécile. Il faut un code.
– Tu es sûre qu'Oscar ne te l'a jamais révélé ? Il n'a pas un chiffre porte-bonheur, ou quelque chose comme ça ? C'est quoi la date de naissance de Raphaël ?
– Qu'est-ce que j'en sais ?
Anna était excédée, folle de panique. Elles allaient arriver trop tard ! Soudain, elle eut un éclair d'illumination. Mécaniquement, elle tapa une série de chiffres. 098564890. Une porte se décrocha du mur. Elles restèrent bouche bée.
– Comment as-tu su… ?
Anna ne comprenait vraiment plus le rôle de Mathieu dans cette histoire, ni pourquoi il lui avait appris ce code. Peut-être voulait-il la conduire dans la gueule du loup. Peut-être pas.
Elles entrèrent dans le long corridor noir, tressaillant de peur. Le dos courbé, elles avançaient à tâtons, en se tenant le long des murs.
– Pourvu qu'il n'y ait pas de rat, gémit Anne-Cécile.
– Tu sais que tes amis sont cinglés ? Tu devrais faire le tri dans

tes fréquentations. Parce que les soirées labyrinthe d'Alice, c'est plus risqué que le Monopoly.
Elles parvinrent à une fourche. Les choses se compliquaient.
– Droite ou gauche ? Chuchota Anna.
Anne-Cécile marcha sur quelque chose et le ramassa.
– On n'est pas les premières à passer par là, en témoigne ce bracelet.
– C'est celui de Vivi ! Oh, faites qu'elle n'ait rien !
– Non, elle nous indique seulement qu'il faut tourner à gauche.

Sébastien stoppa la marche. Ils étaient arrivés devant une imposante porte de pierre. Sébastien la poussa, et fit entrer ses prisonnières. Marie-Charlotte et Virginie ouvrirent de grands yeux, époustouflées. Elles se trouvaient dans l'antre de la Confrérie, une pièce circulaire, aux murs de pierre nus, éclairés par des torches. Sur des étagères, étaient posés toutes sortes d'objets. Des encadrements, des peintures, des livres, des objets liturgiques. Un musée caché dans le ventre du Louvre. Elles restèrent muettes de stupéfaction. À côté d'une statue en bronze, *La Belle Jardinière* était posée sur une étagère. Les filles ne pouvaient plus prononcer le moindre son.
Contre le mur du fond, il y avait un livre épais, fermé, qui reposait en toute sécurité sous un globe de verre. Mais avec le peu de lumière qui éclairait l'inquiétant domaine, les filles ne purent distinguer davantage de détails.
Sébastien leur ligota les mains, et les poussa contre un mur. Leur dos cogna fortement contre la paroi rude. Sébastien attacha leurs liens à des chaînes qui pendaient du plafond. Elles gémirent de peur. Qu'allait-il advenir d'elles ? Virginie s'épuisait, comme si son asthme allait la consumer.
Marie-Charlotte tourna la tête et comprit qu'elles n'étaient pas seules. Un homme d'une cinquantaine d'années était assis par terre, les mains nouées à une chaîne rattachée au mur. L'homme était si faible qu'il ne leva même pas la tête devant le chahut provoqué par leur arrivée. Mais son identité ne faisait pas de doute.
« On a réussi ! On a retrouvé Fauret ! »

La porte glissa de nouveau. Marie leva la tête, pleine d'espoir. Elle sourit de bonheur en voyant pénétrer Dorothée. Mais celle-ci leva les mains, car un revolver pointait dans son dos. Geneviève Tardieu la suivait, elle-même poussée par Oscar.
– Oh non, pleura Marie-Charlotte.
Les nerfs lâchaient, la petite Marie-Charlotte voyait passer devant ses yeux toute sa vie, et fit en elle-même ses adieux à sa famille.
Oscar attacha de la même sorte ses deux prisonnières. Geneviève regarda son ami d'enfance avec culpabilité.
– Pardonne-moi Michel.
Celui-ci ne leva pas la tête.
– Ferme-la ! cria Oscar.
– Michel, par pitié, parle-moi, reprit quand même la vieille.
Celui-ci daigna se redresser. Il était séquestré depuis trois mois dans des conditions misérables. Il était amaigri, ses joues creuses, son teint cireux. Les filles furent tout de même frappées par l'air de ressemblance avec sa fille.
– Pourquoi tu n'es pas venue m'aider avant ? Tu savais où j'étais ! reprocha Fauret.
– Je ne pouvais pas, Roger me menaçait !
– Silence ! Aboya Oscar.
Et il frappa Geneviève au visage. Elle poussa un cri de douleur et s'affaissa davantage sur elle-même. Sébastien ne bronchait pas devant le spectacle de sa mère violentée.
– J'ai fait de mon mieux pour lutter contre eux, gémit Geneviève. Ils me surveillaient, je ne pouvais pas agir. Mais j'ai apporté mon soutien à ceux qui s'étaient donné la mission de t'aider.
Virginie et Marie-Charlotte tournèrent la tête à cet aveu. Elle parlait d'elles ! Virginie eut une illumination :
– La petite clé qu'on m'a envoyée, c'était vous ?
– Oui. Je vous avais entendu projeter de vous introduire chez Michel, je voulais que vous trouviez la sanguine et que vous la mettiez en sécurité.
– Et le voyage à Rome que l'on m'a payé… Et l'invitation à la

soirée d'investiture, c'était vous, réalisa Virginie.
– Je me doutais que certains élèves seraient curieux de cette affaire, et rapidement j'ai compris que vous meniez votre enquête. Je vous ai entendu téléphoner à vos amies et organiser le cambriolage chez Michel Fauret. Quand tu as commencé à faire le ménage dans l'école, je m'apercevais que le courrier avait été ouvert, la poubelle fouillée... J'ai décidé de vous aider, parce que moi-même j'étais dans l'incapacité de le faire.
Virginie n'en revenait pas. Elles avaient été des marionnettes ! Elles avaient exécuté absolument tout ce que Mamie Nova avait voulu leur faire faire. Elles avaient mis la sanguine à l'abri de la Confrérie.
Oscar la menaça de son revolver pour obtenir le silence. La vieille le regarda dans les yeux, et se tut enfin. Un filet de sang coulait de sa lèvre endolorie. La colère d'Oscar s'était amplifiée à l'entente de ces aveux. Geneviève avait aidé cette petite bande de fouines, alors qu'il s'épuisait à essayer de les combattre !

La porte grinça. En trois pas, Oscar atteignit la porte et l'ouvrit à la volée. Anna et Anne-Cécile poussèrent un cri de surprise. Oscar les braqua et leur ordonna d'entrer.
Anne-Cécile se rua à l'intérieur, et courut se jeter dans les bras de son père. Elle éclata en sanglots. Sébastien ligota Anna avec les autres, tandis qu'Oscar intimait à sa petite amie de s'éloigner.
– Papa, pardonne-moi !
Elle l'embrassa tant et plus. Oscar lui somma de se lever. Elle s'exécuta, folle de rage :
– Tu m'avais juré que la Confrérie ne savait pas où était mon père !
– J'ai menti, dit Oscar en haussant les épaules.
Anne-Cécile pleurait toujours avec force. Les filles observaient la scène, tétanisées. Elles comprirent dans quelle limite Anne-Cécile avait adhéré à la confrérie. Elle avait aidé les plans d'Oscar par amour pour lui, manipulée par ses belles paroles. Elle ignorait que son père en avait été la victime malheureuse.

– Tu disais que Papa avait disparu en emportant le tableau de Raphaël ! Tu disais qu'il avait trahi la confrérie !
– Ce n'est pas tout à fait faux, dit Oscar. Ton père nous a trahis. Parce qu'il a quitté la confrérie. Il comptait restituer les œuvres que l'on avait récupérées. On ne pouvait pas le laisser faire une chose pareille.
Anne-Cécile enragea de son erreur. Comment avait-elle pu se laisser berner ainsi ? Comment avait-elle pu préférer cet inconnu à la confiance de son père ? Elle voulut se jeter sur lui pour le tuer, mais Oscar tira. Anne-Cécile fut touchée à l'épaule droite. La puissance du choc la fit tomber au sol. Tout le monde cria. Sébastien s'approcha d'elle et l'attacha avec les autres. Michel Fauret hurlait et se débattait.

– S'il vous plaît…
L'énergie du désespoir avait donné à Anna la force de parler. Puisqu'ils étaient au bout, puisqu'ils jouaient leur dernière carte, puisqu'ils allaient sûrement y rester… Elle devait savoir.
– Nous voulons savoir… Le trésor de la Confrérie…
À l'entente de ce mot, Michel Fauret leva la tête, péniblement. Anna continua, hésitante mais ferme :
– On sait que la Confrérie garde un secret, un trésor qu'elle a fondé… Nos pistes nous ont conduites jusqu'au Cardinal Mazarin…
Marie, Virginie et Dorothée retenaient leur respiration, époustouflées du cran de leur amie.
– Il a fui Rome en emportant ce trésor sous le bras ! Criait à présent Anna. Nous sommes allées au Collège des Quatre Nations où se trouve son tombeau, mais malgré nos efforts, nous n'avons rien trouvé.
Oscar, Sébastien, Michel Fauret et Geneviève Tardieu étaient sidérés. Bien sûr, ils avaient deviné que les étudiantes avaient mis leur nez dans leurs affaires, mais jamais ils n'auraient soupçonné l'ampleur de leurs investigations. Leur secret le plus profond et le plus ancestral était en danger. Quatre banales étudiantes à peine âgées d'une vingtaine d'années avaient découvert l'existence d'un trésor que le monde entier ignorait

depuis cinq siècles.
– Eh bien… Commença Geneviève.
– Tais-toi ! Cria Oscar.
– Elles en savent déjà trop… Articula Michel Fauret.
Il commença son discours, comme s'il se libérait enfin du poids trop lourd de ses erreurs passées.
– Comme vous l'avez compris, la Confrérie voue un culte à Raphaël et ce depuis sa mort. Mais elle vouait à l'origine un culte à Rome et à ses plus grands esprits humanistes. La Confrérie était une sorte de Parlement qui réunissait les esprits les plus éclairés, qui avaient tous en commun la certitude que la grandeur de Rome était inégalable. Ils ont compilé tous leurs principes, toutes leurs règles, et les noms de leurs plus illustres représentants, dans une sorte de manifeste…
– Alors, le trésor est un manuscrit ? Comprit Virginie.
– Oui, inestimable. La plume des plus grands esprits a gratté ces pages tout au long des siècles. De grands philosophes, écrivains, poètes, artistes, scientifiques et hommes politiques y ont contribué et l'ont enrichi de leurs œuvres, ou de leurs pensées. Mais l'un de ses plus grands représentants, l'italien Jules Mazarin, décida de partir à Paris, et ne se résolut pas à abandonner le trésor à la ville de Rome. Il partit avec le manuscrit, et une première scission au sein de la Confrérie éclata. Mazarin fut obligé de fuir les menaces de représailles de la Confrérie. En s'installant à Paris, il créa une seconde branche de la Confrérie. Les plus illustres esprits Français, amoureux de l'Italie et reconnaissants envers sa grandeur, y adhérèrent. Parmi eux et au fil des siècles, les peintres Nicolas Poussin, Jacques-Louis David, Ingres, et bien d'autres.
Les filles ne pouvaient plus quitter des yeux leur directeur, fascinées par son récit historique. Oscar trépignait d'impatience et d'inquiétude, prêt à exploser.
Michel Fauret lançait des regards inquiets à sa fille inanimée. Haletant, il continua sa confession :
– À sa mort, Mazarin voulut mettre le livre manifeste à l'abri. Il ordonna la construction du Collège des Quatre Nations, véritable écrin voué à l'enseignement des lettres, de la

philosophie et des arts. C'est ici qu'il demanda à son successeur, Colbert, de cacher son trésor, auprès duquel il souhaitait reposer pour l'éternité.
– Le trésor avait donc bien été caché sous son tombeau ! Éclata Marie, immensément fière de constater l'efficacité de leurs recherches et de leurs déductions.
– Tout à fait, je vous félicite. Cependant, à la Révolution, le grand Dominique Vivant-Denon, tout premier directeur du musée du Louvre et membre actif de la Confrérie, mit le trésor en lieu sûr. Pour éviter le saccage populaire et la perte de ce patrimoine universel, il enleva le manuscrit et le cacha à son tour…
Elles restèrent suspendues à ses lèvres, impatientes.
– Où ça ? Cria presque Dorothée, d'une voix trop aiguë.
– Dans les couloirs du tout premier musée Français, musée qu'il voulait ouvrir et dédier au grand public.
– Le Louvre, souffla Virginie.
– "Les couloirs du peuple", réalisa Anna en secouant les épaules nerveusement.
Elle observa cet antre étroit et repensa au dédale qu'elles venaient de traverser.
– Le projet de Vivant-Denon était d'en faire un musée universel, chapiteau de toutes les cultures, et, dans cette veine révolutionnaire et démocratique, l'ouvrir au plus grand nombre.
– Le trésor est ici, comprit Anna, qui se mit à trépigner, le cœur prêt à éclater.
Elle regarda vers la vitrine contre le mur du fond et comprit que le livre qui y était entreposé était le trésor de la Confrérie.
– Mais, et vous dans tout ça ? Interrogea Dorothée.
Michel Fauret baissa les yeux, puis regarda du coin de l'œil Oscar, qui le menaçait de son revolver. Mais il continua à révéler leur secret :
– Une seconde scission a éclaté au sein de la Confrérie. Sous Napoléon Ier, également illustre membre de la Confrérie, les pillages et les saccages entachèrent la réputation du Louvre. En 1815 après sa défaite, la France fut condamnée à rendre de

nombreux chefs-d'œuvre, notamment à l'Italie. Mais certains membres de la Confrérie mirent à l'abri des œuvres, refusant de les rendre à leur patrie d'origine, ils les cachèrent et les confièrent à la Confrérie. À partir de ce moment-là, une branche de la Confrérie n'a cessé d'enrichir ses collections par des vols et pillages extrêmement discrets et mystérieux puisque ses membres faisaient partie des hautes sphères des institutions de l'art.

– Mais tu as voulu tout gâcher ! S'écria soudain Oscar.
Il enleva la sécurité de l'arme et la pointa à bout portant. Les filles retinrent leur souffle. Geneviève expliqua à toute vitesse :
– Michel ne voulait plus continuer à voler des œuvres pour la Confrérie. Il a même commencé à en restituer certaines. Cela n'a pas plu à ses autres membres, notamment son ami d'enfance Roger Cassini, qui l'a fait chanter, mais rien n'y a fait. Cassini a donc organisé le vol du Raphaël pour se venger et intimider définitivement Michel. En plein jour afin de nuire à sa réputation et le pousser à la démission. Il espérait bien sûr le remplacer au poste de conservateur pour être au cœur des collections et mieux en assurer la mainmise au profit de la Confrérie. Telle que vous la voyez ici aujourd'hui, *La Belle Jardinière* était en partance pour Rome.

La porte s'ouvrit à nouveau. Chacun retint son souffle. Mathieu entra. Il regarda la petite assemblée quelques instants, puis s'avança tranquillement. Sébastien et Oscar l'accueillirent d'un hochement de tête.
– La cérémonie commence plus tôt que prévu ? demanda Mathieu.
– Non, nous attendons le Maître, dit Sébastien.
– Qu'est-ce qu'on fait d'eux ? reprit Mathieu en désignant les prisonniers du menton.
– On attend les ordres, dit Oscar en nettoyant son arme.
Anne-Cécile avait cessé de gémir, inconsciente.
– Par pitié, cria Anna. Appelez un médecin ! Elle va mourir, vous ne pouvez pas la laisser comme ça ! Amenez-la à l'hôpital de toute urgence !

– Je vous en supplie, répéta Michel.
– Silence ! Rugit Oscar.
La pièce devint silencieuse. La confrérie attendait son maître.
Anna ne pouvait détacher son regard de Mathieu, qui l'évitait soigneusement. Elle avait envie de hurler de rage, de pleurer de toutes ses forces. Elle l'avait aimé tellement fort ! Et il était là, laissant mourir sous ses yeux une camarade de classe. Elle ne trouvait pas la force de lui parler, ni les mots pour exprimer son horreur.
– Je ne peux pas croire ça, marmonna Marie.
Une larme roula de ses yeux. Leur dernier espoir, Mathieu, était un traître. Personne n'allait donc les sortir de là.
– C'est donc toi qui as volé la pièce chez Geneviève. Tu fais partie des leurs, conclut Marie-Charlotte tristement.
Contre toute attente, Oscar demanda :
– De quoi elle parle ?
Mathieu se défendit :
– Elle délire.
Mais le doute fut trop grand. Oscar bouscula Mathieu :
– Si tu avais la pièce, tu la rendrais à la confrérie n'est-ce pas ?
– Bien sûr. Tu as confiance en moi ?
Mathieu fit le tour de la pièce calmement. Mais quand il arriva à hauteur de Sébastien, il lui asséna un grand coup derrière la tête. D'une main, il le désarma. Sébastien tomba à terre. Mathieu lui avait pris son revolver. Il lui donna un violent coup de pied dans les côtes, pour le dissuader de se relever. Mathieu braqua Oscar.
– Lâche ton arme.
Les filles poussèrent un cri de stupeur.
– Oh mon Dieu ! Pleura Marie. Sauve-nous ! Mathieu, pitié ! Sauve-nous !
À ce moment, la porte s'ouvrit à la volée. Luc entra en courant et se jeta sur les prisonnières. Il commença à les détacher. Celles-ci trépignaient, criant des supplications et des remerciements.
– Dépêche-toi ! cria Mathieu.
Luc détacha les liens de Marie-Charlotte. Il la pressa de l'aider

à délivrer les autres. Il libéra les quatre amies, puis souleva Anne-Cécile dans ses bras. Marie-Charlotte s'approcha de Michel Fauret pour rompre ses liens.
– Partez tout de suite ! cria Mathieu.
Oscar profita de cette seconde d'inattention pour le frapper au bras. Les deux s'empoignèrent, luttant l'un contre l'autre. Ils tenaient désormais le revolver d'une même main. Personne ne pouvait s'approcher au risque de recevoir une balle perdue.
À cet instant, la porte s'ouvrit. Cassini !
Il resta une seconde stupéfait de ce désordre. Sébastien se releva et essaya d'étrangler Mathieu par-derrière. Il était coincé. Cassini sortit un revolver de la poche intérieure de son costume.
Alors, Michel se leva, arracha l'arme de leurs mains, et tira sans hésiter sur Roger Cassini. Ce dernier s'effondra. On hurla d'effroi.
Michel Fauret se dirigea en titubant vers son ancien ami d'enfance, et sortit de sa poche une petite clé. Il se rua sur la vitrine et l'ouvrit, en délivrant avec soin le précieux trésor.
Luc sortit de sa torpeur et attacha les mains de Sébastien derrière son dos. Oscar dut se soumettre au même traitement.
Les filles, traumatisées, se serrèrent dans les bras. Elles pleuraient toutes de peur et de consternation.
– Sortons d'ici tout de suite, dit Mamie Nova.

Une foule de curieux s'était assemblée devant les voitures de police. Les gyrophares tournoyaient dans la nuit glaciale. Une ambulance emmena Anne-Cécile en urgence et une autre fit de même avec Roger Cassini.
Des policiers plaquèrent violemment Oscar et Sébastien contre une voiture et leur passèrent les menottes. Sébastien se laissait faire, résigné. Oscar hurlait dans la nuit comme un forcené, se débattant vainement.
Geneviève Tardieu fut également embarquée. Michel Fauret recevait des soins dans une ambulance, tandis qu'un officier recueillait son témoignage. L'agent prit le précieux ouvrage que Fauret lui tendait. Il lui remit le trésor ancestral de la

Confrérie. Les filles regardèrent la manœuvre, profondément émues d'avoir tiré du sommeil un secret séculaire.
– La confrérie a une antenne à Rome, déclara Fauret à l'agent. Je vais vous indiquer son repaire. Vous y trouverez les hommes qui ont cambriolé le Louvre, et de nombreuses œuvres portées disparues. Le tableau de Raphaël est resté au sous-sol du Louvre.
Il jeta un regard désarmé aux quatre étudiantes.
– J'ai en ma possession une sanguine que je dois vous remettre, continua Fauret à l'attention du policier.
Michel Fauret dévisagea le groupe d'étudiantes avec insistance. Anna devint blême. Elle devait rendre tout de suite la sanguine pour ne pas être impliquée ! Virginie posa une main sur son épaule, pour qu'elle comprenne que ce serait fait. Michel avait bien l'intention de couvrir celles qui lui avaient sauvé la vie.
– Qu'est-ce que vous faites au milieu de cette histoire, vous ? demanda soudain l'officier aux quatre jeunes filles.
Elles bredouillèrent, encore sous le choc. Dorothée retrouva son assurance :
– Nous avons été prises en otage. Nous ne savons absolument pas qui sont ces gens.
L'officier dévisagea leurs mines épuisées.
– Nous aurons besoin de votre déposition, plus tard dans la nuit. En attendant, nous allons embarquer ce Monsieur.
Michel Fauret jeta un dernier regard empli de reconnaissance, et monta dans la voiture de police.
Les amies se retrouvèrent là, debout devant la pyramide, au milieu des véhicules de police et de secours. À cet instant, Dorothée sortit de sa torpeur et s'éloigna du petit groupe. Elle interpella un policier :
Excusez-moi ! Hé, s'il vous plaît !
L'intéressé se retourna. À sa hauteur, Dorothée montra du doigt un grand homme brun :
– Cet homme, Philippe Garnier, est un complice ! J'ai un enregistrement, je peux le prouver.
Dans le doute, le policier aborda le rôdeur.
– Il y a erreur sur la personne, rit Philippe nerveusement. Je

suis de la police !

– Montez dans la voiture s'il vous plaît, insista l'officier.

Philippe regarda son ex petite amie avec hargne. Dorothée lui fit un petit signe de la main. Et le bel insolent disparut dans le véhicule.

Ses amies la rejoignirent et posèrent une main amicale sur son épaule. Les filles se regardèrent mutuellement, puis se jetèrent dans les bras l'une de l'autre.

– Je n'arrive pas à croire que c'est fini. Tout est fini ! dit Marie-Charlotte. Nous sommes vivantes !

Dorothée la serra avec chaleur.

– On a réussi… Les filles, on a réussi !

Elles s'observèrent, et éclatèrent de rire.

– On a retrouvé Fauret, répéta Virginie qui respirait toujours par séquence son médicament. C'est incroyable !

– Et mieux encore : on a démantelé une secte séculaire ! s'exclama Dorothée.

Elles s'étreignirent encore, criant de joie et se félicitant généreusement.

– On est vraiment les meilleures ! dit Marie. Je suis tellement fière de nous. Nous sommes allées jusqu'au bout, nous avons bravé toutes les épreuves. Parfois on a eu peur, parfois on a bien failli abandonner. J'ai tellement pleuré, je ne me pensais pas assez courageuse. Et finalement, je crois que c'est la meilleure chose que j'ai jamais faite !

Anna ne pouvait s'exprimer à son tour. Elle souriait à travers ses larmes. Comment aurait-elle trouvé les mots justes ? Cette enquête lui avait donné les meilleures amies au monde, les plus folles aventures, les risques les plus inconscients, l'amour…

Luc arriva en courant. Il se planta devant les filles. Sa veste de costume était couverte de poussière. Il avait une bosse sur le front. Il essayait de reprendre sa respiration :

– Heu… Excusez-moi… Est-ce que quelqu'un aurait la gentillesse de m'expliquer ce qui se passe ?

Virginie lâcha ses amies. D'un pas décidé, elle s'approcha de lui et l'embrassa passionnément. Les filles applaudirent en poussant des cris de triomphe.

– Comment tu nous as retrouvées ? demanda Virginie, se décidant à le laisser respirer.
– Mathieu est venu me trouver dans la salle. Il m'a dit de le suivre, d'obéir à toutes ses consignes. Il m'a demandé de rester caché, et d'intervenir au moment opportun. Mais j'avais plus ou moins fini par comprendre ce qui se tramait.
Virginie l'embrassa de plus belle en guise de sa reconnaissance éternelle. Anna s'assombrit, inquiète. Elle cherchait quelqu'un du regard.
Mathieu arriva à son tour. Sa chemise blanche était déchirée. Il saignait de l'arcade. Il était visiblement éreinté. Les filles eurent une seconde d'hésitation. Personne n'avait réellement compris son implication ni son rôle dans toute cette histoire. Mais Marie-Charlotte se jeta dans ses bras.
– Merci... Merci pour tout ce que tu as fait. Je m'excuse d'avoir douté de toi.
Les autres filles se joignirent à l'étreinte et le couvrirent d'éloges. Il se détacha gentiment et s'approcha d'Anna. Il avait la mâchoire serrée, le regard plein de regrets et de mille aveux. Il ne savait comment elle allait l'accueillir. Mais elle le prit dans ses bras et posa sa tête sur sa poitrine. Les larmes coulèrent de ses yeux. Qu'elle avait eu peur de le perdre ! Il prit son menton et la regarda dans les yeux :
– Je ne te ferai plus jamais de mal, jura-t-il. Si tu veux bien me donner une seconde chance, je te promets que je ne te mentirai plus jamais.
Elle l'embrassa avec force. Luc intervint, un peu perdu :
– Mais alors Mathieu, tu étais du côté des gentils ?
Chacun se posait la même question, et avait attendu que quelqu'un la pose.
– Au départ, je ne savais rien. Anna m'a raconté que vous meniez l'enquête, et j'ai décidé de vous aider. Je ne savais rien sur Oscar et les autres. Puis quand Oscar s'est inscrit dans le même club de foot que moi, je me suis rapproché de lui pour savoir ce qu'il mijotait. Je lui ai fait croire que je voulais entrer dans la confrérie. Quand ils m'ont dit qu'ils comptaient récupérer la pièce de Geneviève Tardieu, j'ai pris les devants.

– Tu l'as volée avant eux ! comprit Dorothée.
– Le soir où on s'est embrassés, dit Anna.
– Oui. Mais au lieu de leur rendre, je l'ai cachée chez moi, pour la mettre en sécurité. Quand Sébastien a voulu la récupérer, il a trouvé le coffre vide.
Anna posa sa tête sur sa poitrine :
– Comment ai-je pu douter de toi…
– Quand Oscar a deviné que vous meniez l'enquête, il est devenu fou. Je ne pouvais pas être avec toi, Anna, alors que je te cachais tellement de choses ! J'essayais de lutter.
– C'est pour ça que tu me fuyais à chaque fois !
– Oui, je culpabilisais de te cacher autant de choses. Et il ne fallait pas qu'Oscar comprenne que j'étais en réalité de votre côté ! Quand tu es venu me voir à l'entraînement de foot, j'ai complètement paniqué. Il a fallu que j'invente n'importe quoi auprès d'Oscar, que je sortais avec toi pour savoir ce que tu manigançais. Mais il m'a demandé de te quitter.
– Et tu l'as fait, lui reprocha Anna.
– Pour te protéger.
Anna soupira :
– Mon héros…
Il l'embrassa tendrement.
– Mon héron…
– Pourquoi tu ne nous as jamais avoué que tu avais infiltré la confrérie ? demanda Dorothée. Tu aurais pu nous livrer tes découvertes, et on aurait bouclé l'histoire plus tôt.
– Honnêtement, j'espérais régler cette histoire avant vous. Le soir de l'accident de voiture, j'ai compris que vous étiez vraiment en danger. Je n'ai pas supporté de te voir à l'hôpital, Anna. J'ai décidé de tout démanteler seul, avant vous, pour vous mettre à l'abri.
Il regarda Anna :
– Tu es tellement forte ! À chaque fois que je découvrais quelque chose, que je voulais le démanteler, tu me talonnais ! Je n'arrivais pas à te couper l'herbe sous le pied. Je voulais que tu ne coures aucun risque.
– Tu nous as sauvés, dit Virginie avec gratitude.

Mathieu regarda Anna :
– C'est toi qui m'as sauvé.
Elle lui avait donné une chance de se dépasser et de racheter ses erreurs du passé.
– On forme une équipe, dit Dorothée fièrement. Et ensemble on a été plus forts que tout !
Les gyrophares prêtaient toujours leur flambeau à cette veillée éprouvante. Chacun avait en tête une même soirée, quatre mois plus tôt. Le soir où tout avait commencé.

Épilogue

Le soleil de juin éclatait encore en cette fin d'après-midi. Des centaines d'étudiants en costume et robe de soirée se pressaient devant la Porte des Lions. Les filles jetaient des regards curieux vers le hall d'entrée. La décoration avait l'air réussie, et d'après Luc qui avait organisé le gala en grande partie, la soirée recelait de surprises.

Le petit groupe entra dans le hall bondé de monde. La musique était entraînante. Chacun s'était présenté dans ses plus beaux apparats. Le nouveau directeur de l'école inaugura la soirée par un discours. Chacun applaudit. La vie semblait revenue en même temps que le soleil.

Un membre du Bureau Des Étudiants passa avec un plateau de coupes de champagnes. Les amis en prirent tous une.

– Aux examens, que par miracle nous avons tous réussis ! Trinqua Marie avec triomphe.

Les verres tintèrent.

– Remarque, toute cette histoire est finie depuis des mois, on a eu le temps de rattraper notre retard scolaire, expliqua Virginie.

– C'est une chance que la Koré de Samos soit tombée à l'examen d'archéologie grecque, rit Anna. Quand je pense que Molina nous l'avait commentée pendant des heures.

Anna et Mathieu croisèrent leur flûte de champagne sans se quitter du regard, le sourire au bord des lèvres.

– Vous êtes mignons tous les deux, commenta Marie. Comme quoi, les cambriolages, ça crée des liens.

– Il faut dire que je n'ai pas profané le tombeau de Mazarin avec beaucoup d'autres filles, dit Mathieu sans quitter Anna des yeux. Depuis, je me suis rangé, et je gagne ma vie honnêtement : j'ai décroché un emploi à mi-temps au Cabinet des Médailles !

Les filles le félicitèrent. Virginie se rappela qu'effectivement, la conservatrice avait beaucoup apprécié son intérêt pour les pièces anciennes. C'était une très bonne chose qu'il trouve un gagne-pain, et qui plus est, dans un domaine qui le passionnait.

Elle chassa la douce ironie de se le rappeler receleur d'une pièce en or sous son lit d'étudiant.
– On trinque sans moi ?
Le groupe accueillit Anne-Cécile avec chaleur.
– C'est super que tu sois venue ! s'exclama Dorothée.
Anne-Cécile s'était remise doucement de sa blessure. Hospitalisée plusieurs mois, elle avait décidé d'arrêter ses études à l'École du Louvre, qu'elle avait commencées pour faire plaisir à son père. Désormais, elle allait faire ce qui lui plaisait vraiment.
– Dans quoi vas-tu te reconvertir ? demanda Marie-Charlotte.
– Eh bien, j'ai décidé d'entrer dans la police !
La petite Marie-Charlotte ouvrit des yeux ronds comme des billes. Incertain de la plaisanterie, personne n'osa réagir.
– Je suis sérieuse, dit Anne-Cécile, amusée de cette réaction. Cette enquête m'a tellement plu, que je vais en faire mon métier !
On la félicita, un peu surpris. Marie déglutit.
– Vous savez si le jugement est tombé ? demanda Dorothée. Que vont devenir toutes nos crapules d'historiens d'art ?
– Oui, leur apprit Anne-Cécile. Philippe a été condamné à un an de prison ferme pour complicité et agression. Il a été destitué de la police. Sébastien, Oscar et Geneviève ont pris quatre ans de prison ferme. Mon père a été écroué pour la tentative d'assassinat de Roger Cassini. Quant à Cassini, il risque dix ans de prison ferme pour vols en bande organisée et séquestration.
Les mines s'abaissèrent, gênées.
– "Toute erreur se paie, même les plus anciennes", conclut sombrement Anne-Cécile.
  Un petit four ?
Le serveur abaissa son plateau à la hauteur de Marie-Charlotte, qui se lécha les babines. Elle en prit un, le remercia, mais son regard resta bloqué sur celui du charmant bénévole.
– Tu es nouveau ? bredouilla Marie.
– Oui, je suis le nouveau bibliothécaire. Je m'appelle Paul, enchanté !

Marie, la bouche pleine de petit-four, lui tendit la main, hypnotisée.
– Marie, dit-elle en avalant sa bouchée.
– Non, Marie-Charlotte, corrigea Anna avec un clin d'œil.
Marie lui envoya un bref regard réprobateur. Paul, aussi grand que Marie était petite, avait le regard vif et la chevelure épaisse. Il lui adressa un grand sourire :
– On se verra plus tard alors, Marie-Charlotte.
Celle-ci déglutit et lui adressa un petit signe de la main. Dorothée fit du coude à son amie :
– On dirait que c'est ton tour Marie ! Pense à bien respecter chaque étape de l'amour courtois, surtout.
Le groupe éclata de rire. À cet instant, un chant a cappella s'éleva des profondeurs du couloir. Les curieux s'en approchèrent promptement. La chorale de l'école ! Elle entonnait un chant médiéval. Les filles durent reconnaître qu'il y avait de l'entraînement derrière une telle interprétation. En s'approchant, Mathieu s'exclama :
– Regardez ! C'est notre ami Thomas au premier rang !
– Coucou Thomas ! cria Dorothée en lui faisant de grands signes.
Celui-ci fronça ses petits sourcils triangulaires, l'air mauvais, et se reconcentra sur sa partition.
– Belle voix de baryton, plaisanta Anna. J'y pense, où est Pirate ?
– Il se prépare pour sa représentation théâtrale, dit Virginie en rougissant. Les filles, maintenant que Luc et moi sommes ensemble, s'il vous plaît, ne l'appelez plus Pirate !
– Assume, dit Marie-Charlotte, trouve-toi aussi un nom et rejoins la grande piraterie !